梁晓声 著

梁晓声说人说事说人生书系

李师东 主编

写给亲爱的同志

团结出版社

·北京·

© 团结出版社，2025 年

图书在版编目（CIP）数据

写给亲爱的同志 / 梁晓声著 . -- 北京：团结出版社，2025.7. --（梁晓声说人说事说人生书系 / 李师东主编）. -- ISBN 978-7-5234-1701-0

Ⅰ . I267

中国国家版本馆 CIP 数据核字第 2025ED1219 号

策划编辑：梁光玉　张　阳
责任编辑：张晓杰
封面设计：阳洪燕

出　　版：团结出版社
　　　　　（北京市东城区东皇城根南街 84 号 邮编：100006）
电　　话：（010）65228880　65244790（出版社）
　　　　　（010）65238766　85113874　65133603（发行部）
　　　　　（010）65133603（邮购）
网　　址：http://www.tjpress.com
电子邮箱：zb65244790@vip.163.com
经　　销：全国新华书店
印　　装：三河市东方印刷有限公司

开　　本：170mm×240mm　16 开
印　　张：17.25　　　　　　　　字　　数：220 千字
版　　次：2025 年 7 月 第 1 版　　印　　次：2025 年 7 月 第 1 次印刷

书　　号：978-7-5234-1701-0
定　　价：59.00 元
　　　　　（版权所属，盗版必究）

目录

001　花儿与少年

006　孩子和雁

012　课桌课椅

017　儿子、母亲、公仆和水

021　地质局长和一顶帐篷

026　遗爱

030　瘦老头

044　怀念赵大爷

047　朱师傅一家

053　落叶赋

059　戴橘色套袖的人

064　从前的事

070　清名

075　老妪

077　看自行车的女人

083　玉顺嫂的股

090　小垃圾女

095　小芝麻粒儿

101　少女敲响我家门

108　一个陌生女孩的来信

117　在小城

122　达丽之死

131　孩儿面

137　鸳鸯劫

142　此爱如钰

147　不速之客

152　一个加班青年的明天

159　我与浪漫青年

165　歌者在桥头

171　在西线的列车上

179　一个青年和他的青春期

184　三平方米的金融海啸

190　兵与母亲

197　还是爱兵

204　"老兵"和军马

211　老水车旁的风景

215　玻璃匠和他的儿子

- 221 老茶农和他的女儿
- 229 母与女
- 234 离乡
- 247 羊皮灯罩
- 253 某种错误
- 261 有裂纹的花瓶

花儿与少年

有一少年,刚上小学六年级,班主任老师多次对他妈妈说:"做好思想准备吧,看来你儿子考上中学的希望不大,即使是一所最最普通的中学。"

同学们也都这么认为,疏远他,还给他起了个绰号"逃学鬼"。

是的,他经常逃学。有时候他妈妈陪他去上学,直至望得见学校了才站住,目送他继续朝学校走去。那时候他妈妈确信,那一天他不会逃学了。

那一天他竟又逃学了。

他逃学的原因是多方面的,最主要的原因是贫穷。贫穷使他交不起学费,买不起新书包。都六年级了,他背的还是上小学一年级时的书包。对于六年级学生,那书包太小了。而且,像他的衣服一样,补了好几块补丁。这使他自惭形秽,也使他的自尊心极其敏感。我们都知道的,那样的自尊心太容易受伤。往往是,其实并没有谁成心以言行伤害他,但是他却已经因为别人的某句话、某种眼神或某种举动,而遭暗算了似的。自卑而又敏感的自尊心,通常总是那样的。处在他那种年龄,很难悟到问题出在自己这儿。

妈妈向他指出过的。

妈妈不止一次说:"家里明明穷,你还非爱面子!早料到你打小就活得这么不开心，莫如当初不生你。"

老师也向他指出过的。

老师不止一次当着他的面在班上说："有的同学，居然在作文中写，对于别人穿的新鞋子如何如何羡慕。知道这暴露了什么思想吗？……"

在一片肃静中，他低下了他的头——他那从破鞋子里戳出来的肮脏的大脚趾，顿时模糊不清了……

妈妈的话令他产生罪过感。

老师的话令他反感。

于是他曾打算以死来向妈妈赎罪。

于是他敌视老师，敌视同学，敌视学校。

某日，他又逃学了。

他正茫然地走在远离学校的地方，有两个大人与他对行而过。他们是一对新婚夫妻，正在度婚假。

他听到那男人说："咦，这孩子像是我们学校的一名学生！……"

他听到那女人说："那你还想问问他为什么没上学呀？"

他正欲跑，手腕已被拽住。

那男人说："我认得你！"

而他，也认出了对方是自己学校的少先队辅导员老师，姓刘。刘老师在学校里组织起了小记者协会，他曾是小记者协会的一员……

那一时刻，他比任何一次无地自容的时刻，都倍感无地自容。

刘老师向新婚妻子郑重地介绍了他，之后目光温和地注视着他，请求道："我代表我亲爱的妻子，诚意邀请你和我们一起逛公园。怎么样，肯给老师个面子吗？"

他摇头，挣手，没挣脱。不知怎么一来，居然又点了点头……

在公园里，小学六年级学生的顺从，得到了一支奶油冰棒作为奖品。虽然，刘老师为自己和新婚妻子也各买了一支，但他还是愿意相信受到了奖励。

那一日公园里人很少。那只不过是一处山水公园，没有禽兽，即或有，一个"逃学鬼"也没好心情看。

三人坐在林间长椅上吮奶油冰棒，对面是公园的一面铁栅栏，几乎被"爬山虎"的藤叶完全覆盖住了。在稠密的鳞片似的绿叶之间，喇叭花散紫翻红，开得热闹，色彩缤纷乱人眼。

刘老师说，仍记得他是小记者时，写过两篇不错的报道。

他已经很久没听到过称赞的话了，差点儿哭了，低下头去。

待他吃完冰棒，刘老师又说："老师想知道喇叭花在是骨朵的时候，究竟是什么样的，你能替老师去仔细看看吗？"

他困惑，然而跑过去了。片刻，跑回来告诉老师，所有的喇叭花骨朵都像被扭了一下，它们必须反着那股劲儿，才能开成花朵。

刘老师笑了，夸他观察得认真。说喇叭花骨朵那种扭着股劲儿的状态，是在开放前自我保护的本能。说花骨朵基本如此。每一朵花，都只能开放一次。为了唯一的一次开放，自我保护是合乎植物生长规律的。说花瓣儿越多的花，骨朵越大，也越硬实。是一瓣包一瓣，一层包一层的结果。所以越大越硬的花骨朵，开放的过程越给人以特别紧张的印象。比如大丽花、牡丹、菊花，都是一天几瓣儿开成花儿的。说若将人比作花，人太幸运了。花儿开好开坏，只能开一次。人这一朵花，一生却可以开放许多次。前一两次开得不好不要紧，只要不放弃开好的愿望，一生怎么也会开好一次的。刘老师说他喜欢的花很多。接着念念有词地背诗句，都和花儿有关。"疏花个个团冰雪，羌笛吹他不下来"——说他喜欢梅花的坚毅；"海棠不惜胭脂色，独立蒙蒙细雨中"——说他喜欢海棠的高洁；刘老师说他也喜欢喇叭花，因为喇叭花是农村里最常见的花，自己便是农民的儿子，家贫，小学没上完就辍学了，是一边放猪一边自学才考上中学的……

一联系到人，他听出，教诲开始了，却没太反感。因为刘老师那样的教诲，他此前从未听到过。

刘老师却没继续教诲下去，话题一转，说星期一将按他的班主任的要求，到他的班级去讲一讲怎样写好作文的问题……

他小声说，从此以后，自己决定不上学了。

老师问："能不能为老师再上一天学？就算是老师的请求。明天是星期六，你还可以不到学校去。你在家写作文吧，关于喇叭花的。如果家长问你为什么不上学，你就说在家写作文是老师给你的任务……"

他听到刘老师的妻子悄语："你不可以这样……"

他听到刘老师却说："可以。"

老师问他："星期六加星期日，两天内你可以写出一篇作文吗？我星期一第三节课到你们班级去，我希望你第二节课前把作文交给我。老师需要有一篇作文可分析、可点评，你为老师再上一天学，行不？"

老师那么诚恳地请求一名学生，不管怎样的一名学生，都是难以拒绝的啊！

他沉默许久，终于吐出一个勉强听得到的字："行……"

他从没那么认真地写过一篇作文，逐字逐句改了几遍。

当妈妈谴责地问他到点了怎么还不去上学时，他理直气壮地回答："没看到我在写作文吗？老师给我的任务！"

星期一，他鼓足勇气，迈入了学校的门，迈入了教室的门。

他在第一节课前，就将作文交给了刘老师。

他为作文起了个很好的题目——《花儿与少年》。

他在作文中写到了人生中的几次开放——刚诞生，发出第一声啼哭时是开放；咿呀学语时是开放；入小学，成为学生的第一天是开放；每一年顺利升级是开放；获得第一份奖状更是心花怒放的时刻……

他在作文中写道：每一朵花骨朵都是想要开放的，每一名小学生都是有荣誉感的。如果他们竟像开不成花朵的花骨朵,那么,给他一点儿表扬吧!对于他,那等于水分和阳光呀!……老师读他那一篇作文时,教室里又异乎寻常地肃静……

自然,他后来考上了中学。

再后来,考上了大学。

再再后来,成为某大学的教授,教古典诗词。讲起词语与花,一往情深,如同讲初恋和他的她……

我有幸听过他一堂课,和莘莘学子一样极受感染。

去年,他退休了。

他是我的友人,一个温良宽厚之人。

他那一位刘老师,成为我心目中的马卡连柯。

朋友,你知道曾有一本苏联的小说叫《教育的诗篇》吗?

要求每一位老师都是马卡连柯,那太过理想化了。但,每一位老师的教学生涯中,起码有一次机会可以像马卡连柯那样。那么,起码有一名他的学生,在眼看就要成为开不成花朵的花骨朵的情况下,却毕竟开放成花朵了。

即使一个国家解体了,教育的诗性也会长存,因为人类永远需要那一种诗性……

孩子和雁

在北方广袤的大地上，三月像毛手毛脚的小伙子，行色匆匆地奔过去了。几乎没带走任何东西，也几乎没留下明显的足迹。北方的三月总是这样，仿佛是为躲避某种纠缠而来，仿佛是为摆脱被牵挂的情愫而去，仿佛故意不给人留下印象。这使人联想到徐志摩的诗句"我挥一挥衣袖，不带走一片云彩"。北方的三月，天空上一向没有干净的云彩；北方的三月，"衣袖"一挥，西南风逐着西北风。然而大地上还是一派融冰残雪处处覆盖的肃杀景象……

现在，四月翩跹而至了。

与三月比起来，四月像一位低调处世的长姐。其实，北方的四月只不过是温情内敛的呀。她把她对大地那份内敛而又庄重的温情，预先储存在她所拥有的每一个日子里。当她的脚步似乎漫不经心地徜徉在北方的大地上，北方的大地就一处处苏醒了。大地嗅着她春意微微的气息，开始了它悄悄地一天比一天生机盎然的变化。天空上仿佛陈旧了整整一年的、三月不爱搭理的、吸灰棉团似的云彩，被四月的风一片一片地抚走了，也不知抚到哪里去了。四月吹送来了崭新的干净的云彩。那可能是四月从南方吹送来的云彩，白而且蓬软似的，又仿佛刚在南方清澈的泉水里洗过，连拧都不曾拧一下就那么松松散散地晾在北方的天空上了。除了山的背阳面，别处的雪是都已经化尽了。凉沁沁亮汩汩的雪水，一汪汪地渗到泥土中去了。河流彻底地解冻了，小草从泥土中钻出来了，柳枝由脆变柔了，树梢变绿了。还有，一队一队的雁，朝飞夕栖，也在四月里不倦地从南方飞回北方来了……

在北方的这一处大地上有一条河，每年的春季都在它折了一个直角弯的地方溢出河床，漫向两岸的草野。于是那河的两岸，在四月里形成了近乎水乡泽国的一景。那儿是北归的雁群喜欢落宿的地方。

离那条河二三里远，有个村子，是普通人家的日子都过得很穷的村子。其中最穷的人家有一个孩子，那孩子特别聪明，那特别聪明的孩子特别爱上学。

他从六七岁起就经常到河边钓鱼。他十四岁那一年，也就是初二的时候，有一天爸爸妈妈又愁又无奈地告诉他——因为家里穷，不能供他继续上学了……

这孩子就也愁起来。他委屈，委屈而又不知该向谁去诉说。于是一个人到他经常去的地方，也就是那条河边去哭。不只大人们愁了委屈了如此，孩子也往往如此。聪明的孩子和刚强的大人一样，只在别人不常去而又似乎仅属于自己的地方独自落泪。

那正是四月里某一天的傍晚。孩子哭着哭着，被一队雁自晚空徐徐滑翔下来的优美情形吸引住了目光。他想他还不如一只雁，小雁不必上学，不是也可以长成一只双翅丰满的大雁吗？他甚至想，他还不如死了的好……

当然，这聪明的孩子没轻生。他回到家里后，对爸爸妈妈郑重地宣布：他还是要上学读书，争取将来做一个有知识有文化的人。爸爸妈妈就责备他不懂事。而他又说："我的学费，我要自己解决。"爸爸妈妈认为他在说赌气话，并不把他的话放在心上。

但那一年，他却真的继续上学了。而且，学费也真的是自己解决的。

也是从那一年开始，最近的一座县城里的某些餐馆，菜单上出现了

"雁"字。不是徒有其名的一道菜，而的的确确是雁肉在后厨的肉案上被切被剁，被炸被烹……

雁都是那孩子提供的。

后来《中华人民共和国野生动物保护法》宣传到那座县城里了，唯利是图的餐馆的菜单上，不敢公然出现"雁"字了。但狡猾的店主每回都悄问顾客："想换换口味儿吗？要是想，我这儿可有雁肉。"倘若顾客反感，板起脸来加以指责，店主就嘻嘻一笑，说开句玩笑嘛，何必当真！倘若顾客闻言眉飞色舞，显出一脸馋相，便有新鲜的或冷冻的雁肉，又在后厨的肉案上被切被剁。四五月间可以吃到新鲜的，以后则只能吃到冷冻的了……

雁仍是那孩子提供的。斯时那孩子已经考上了县里的重点高中。

他在与餐馆老板们私下交易的过程中，学会了一些他认为对他来说很必要的狡猾。

他的父母当然知道他是靠什么解决自己的学费的。他们曾私下里担心地告诫他："儿呀，那是违法的啊！"

他却说："违法的事多了。我是一名优秀学生，为解决自己的学费每年春秋两季逮几只雁卖，法律就是追究起来，也会网开一面的。"

"但大雁不是家养的鸡鸭鹅，是天地间的灵禽，儿子你做的事是罪过呀！"

"那叫我怎么办呢？我已经读到高中了。我相信我一定能考上大学。难道现在我该退学吗？"

见父母被问得哑口无言，又说："我也知道我做的事不对，但以后我会以我的方式赎罪的。"

那些与他进行过交易的餐馆老板们，曾千方百计地企图从他嘴里套出"绝招"——他是如何能逮住雁的？

"你没有枪。再说你送来的雁都是活的，从没有一只带枪伤的。所以你不是用枪打的,这是明摆着的事儿吧?"

"是明摆着的事儿。"

"对雁这东西,我也知道一点儿。如果它们在什么地方被枪打过了,哪怕一只也没死伤,那么它们第二年也不会落在同一个地方了,对不?"

"对。"

"何况,别说你没枪,全县谁家都没枪啊。但凡算支枪,都被收缴了。哪儿一响枪声,其后公安机关肯定详细调查。看来用枪打这种念头,也只能是想想罢了。"

"不错,只能是想想罢了。"

"那么用网罩行不行?"

"不行。雁多灵警啊。不等人张着网挨近它们,它们早飞了。"

"下绳套呢?"

"绳粗了雁就发现了。雁的眼很尖。绳细了,即使套住了它,它也能用嘴把绳啄断。"

"那就下铁夹子!"

"雁喜欢落在水里,铁夹子怎么设呢?碰巧夹住一只,一只惊一群,你也别打算以后再逮住雁了。"

"照你这么说就没法子了?"

"怎么没法子,我不是每年没断了送雁给你吗?"

"就是呀。讲讲,你用的是什么法子?"

"不讲。讲了怕被你学去。"

"咱们索性再做一种交易。告诉我给你五百元钱。"

"不。"

"那……一千!一千还打不动你的心吗?"

"打不动。"

"你自己说个数!"

"谁给我多少钱我也不告诉。如果我为钱告诉了贪心的人，那我不是更罪过了吗？"

他的父母也纳闷地问过，他照例不说。

后来，他自然顺利地考上了大学。而且第一志愿就被录取了——农业大学野生禽类研究专业。是他如愿以偿的专业。

再后来，他大学毕业了，没有理想的对口单位可去，便"下海从商"了。他是中国最早"下海从商"的一批大学毕业生之一。

如今，他带着他凭聪明和机遇赚得的五十三万元回到了家乡。他投资改造了那条河流，使河水在北归的雁群长久以来习惯了中途栖息的地方形成一片面积不小的人工湖。不，对北归的雁群来说，那儿已经不是它们中途栖息的地方了，而是它们乐于度夏的一处环境美好的家园了。

他在那地方立了一座碑——碑上刻的字告诉世人，从初中到高中的五年里，他为了上学，共逮住过五十三只雁，都卖给县城的餐馆被人吃掉了。

他还在那地方建了一幢木结构的简陋的"雁馆"，介绍雁的种类、习性、"集体观念"等等一切关于雁的趣事和知识。在"雁馆"不怎么显眼的地方，摆着几只用铁丝编成的漏斗形状的东西。

如今，那儿已成了一处景点。去赏雁的人渐多。

每当有人参观"雁馆"，最后他总会将人们引到那几只铁丝编成的漏斗形状的东西前，并且怀着几分罪过感坦率地告诉人们——他当年就是用那几种东西逮雁的。他说，他当年观察到，雁和别的野禽有些不同。大多数野禽，降落以后，翅膀还要张开着片刻才缓缓收拢。雁却不是那样。雁双掌降落和翅膀收拢，几乎是同时的。结果，雁的身体就很容易整个儿落入经过伪装的铁丝"漏斗"里。因为没有什么伤痛感，所以中计的雁一般不至于惶扑，雁群也不会受惊。飞了一天精疲力竭的雁，往往将头朝翅下一插，怀着几分奇怪大意地睡去。但它第二天可就伸展不开翅膀了，只能被雁群忽视地遗弃，继而乖乖就擒……

之后，他又总会这么补充一句："我希望人的聪明，尤其一个孩子的聪明，不再被贫穷逼得朝这方面发展。"

那时，人们望着他的目光里，便都有着宽恕了……

在四月或十月，在清晨或傍晚，在北方大地上这处景色苍野透着旖旎的地方，常有同一个身影久久伫立于天地之间，仰望长空，看雁队飞来翔去，听雁鸣阵阵入耳，并情不自禁地吟他所喜欢的两句诗："风翻白浪花千片，雁点青天字一行。"

便是当年那个孩子了。

人们都传说——他将会一辈子驻守那地方的……

课桌课椅

那是西北一个很穷的村子。

那村子在二〇〇〇年新建了一所小学校,说是"学校",其实呢,它只不过是一间土坯房,比西北农村人家的一间房大点儿,比正规小学的标准教室小点儿。说它"新"却是对的:每一块土坯都是当年脱的新坯,梁和檩都是用当年伐倒的树锯成的。苫房顶用的,也是当年收割的麦秸。

那村子原先是没小学的,去年的春季,在一次村委会上,有名村干部说:"唉,明年都二〇〇一年了,叫作新纪元呢!一千年一个纪元呀!咱们借千年一回的年份的吉利,为村里的孩子们好歹弄起所小学校吧!再说最近的小学,离咱们村也有三十几里远,叫那些想上学的孩子怎么去呢?可全村的孩子一代代从小都不上学,往后还怎么行啊!"

众村干部一时沉默。接着,一个个在沉默中点了头。

于是从那一天起,他们一有空就义务脱坯。村人们在他们的带动之下,也都乐于为孩子们尽那份义务。秋收前,四堵土坯墙垒起来了。秋收后,村里仅有的几棵大树伐倒了,小学校举架了。一出新麦秸,就苫顶了……

但村里的孩子们仍不能上学,因为学校还没门窗,也没课桌课椅。

不久,县教委通知村干部,说是县里一所小学换下了一批旧桌椅,可捐送给村里三十套,另外,还为村里搞到了一扇旧门和几扇旧窗,窗上的玻璃基本完好，县教委某人的一个亲戚是拆迁队的，通过这种亲戚关系用一条烟替村里要到的。

村人们奔走相告，男女老少别提有多高兴了：这要是一运回来，几天后孩子们不就可以上学了吗？

可用什么车运回来呢？村里自然是没卡车的，也没任何别的车辆。

村里有个男人叫刘辉，是本地的"大知识分子"。十年前县师专的优秀毕业生，还没拿到正式的毕业文凭，就被县里一所重点小学迫不及待地"抢"去当老师了。后来由于失恋，精神受创，曾在精神病院住过一段时日。出院后，父母将他接回村里将养。这一养便是十年，父母已过世了，他还没娶上媳妇。他对娶不娶媳妇倒也无所谓了，却一心指望还能有重新当老师的一天。村人们则并不嫌弃他，十年来一直敬重着他文化高这一点，也一直称他"刘老师"。

晚上，"刘老师"出现在一名村干部家。他说车的事，他可以解决，包在他身上了。

村干部问："你？包在你身上？你有什么办法解决呢？"

他说："毕竟在县里待过几年啊，朋友总是交下几个的嘛！"

村干部沉吟着说："可是，可是你……"村干部原打算说："可是你当年那些朋友，如今还能给你这个生过精神病的人面子吗？"话到喉间打了个滚，吞咽回去了，换了一种说法："可是你有什么条件呢？"

"刘老师"说："只有一个条件，让我当小学校的老师吧！"

村干部不由一愣，他万万没有料到"刘老师"会提这条件，他联想到建小学校时就数"刘老师"积极肯干，那间土坯房举架后，总见他围绕着房子转，原来竟是这么种心思……

村干部不能泼"刘老师"冷水，他沉吟了一会儿，说：

"你的条件嘛，得全体村干部研究研究，是吧？"

"别人什么态度你先别管，你先表个态。我……我……我能为咱村的孩子们当一名好老师。"

"是啊是啊，这我是毫不怀疑的……"

"那，我就去了。"

"去哪儿啊？"

"去县里，我替孩子们急。"

"这……天都黑了……你连夜赶到县里去？"

"没事儿的，早一天是一天。我又不是女的，怕什么？"村干部没扯住，"刘老师"转身就匆匆走了……

这件事儿当晚就传开了。有人说，怎么能指望他将课桌椅弄回来呢？还有人说，要是他真将课桌椅弄回来了，村里难道真的让一个住过精神病院的人当孩子们的老师？

第二天，"刘老师"没有回来……

第三天，"刘老师"被他的几名朋友送回来了——一位当司机的朋友确实答应了他的请求，还有那几名送他回来的朋友帮着装车。为孩子们上学的事儿，谁都愿意表现份儿热心的，但卡车在半路被三名穿了警服的歹徒劫了，"刘老师"被打成了脑震荡，他的司机朋友也被打昏了。他们苏醒过来时，那辆满载旧课桌椅的卡车早不见了……

村人们一时全都目瞪口呆，面面相觑。

"刘老师"的朋友轮番劝了一阵，说车是上了保险的，而且已经报案了，让"刘老师"只管安心养伤，"刘老师"答应了，他们才走。

那天以后，人们再也见不到"刘老师"围绕校舍转悠的羸弱身影了，他甚至都不大在村里出现了。许多人开始说些埋怨的话了，先是埋怨那名村干部，不该把这事交给一个患过精神病的人办，接着又埋怨"刘老师"，认为完全是他插了一足才把事情搞糟了，否则，校舍的门窗也会安装上了，课桌椅也有了，孩子们都上学了。大人们的埋怨情绪，自然影响到了孩子们……

"刘老师"又在村里露面时，已是秋末，天冷了。大人们对他的笑脸勉强了，孩子们望着他的目光也有几分鄙夷了。他显然敏感地察觉到了人们对他的态度的变化。在孩子们面前，他的样子更加无地自容，他对每一个孩子都负罪似的说："我绝没想到会那样，绝没想到会那样，他们抢劫一卡车旧课桌椅干什么呢？我保证替你们把课桌椅找回来，我保证！"

有的孩子冷漠地望他一会儿，不愿搭理，就跑开了；有的孩子则悻悻地向他掷出两个字："疯子"……

于是他仿佛被定身法定住了，呆呆地一动不动，一站就站了很久。

下第一场雪了……

在这个村子里，在第一场雪洁白的"日记"上，印了第一行足迹的不是别人——他的足迹从他的家门口走向校舍，围绕着校舍走了一圈，走向村外去了……那间校舍的房顶上，没有窗扇的窗口坯台上，以及里边没有课桌椅的地上，积着厚厚的一层雪，像无眼无唇无齿的骷髅……

没人知道他去哪里了……

几天后，因他而受舆论责备的那名村干部收到了"刘老师"寄来的一封信，信上说，希望村人们不要替他担心，他不会出什么事儿的，说他在找那几个劫车的人，也就是在为孩子们找那批旧课桌椅，说他保证能找回来……

这封信的内容也在村里传开了。村人们都摇头叹息：唉，十几年没犯过的病，准是因为受那一场惊吓和刺激犯了。村干部们决定派人把他找回来，但不知他在什么具体地方，派人找回他的事儿议了几次都无法落实……

而就在这时，在邻省离本省最近的县城里，出现了一个蓬头垢面、衣衫褴褛的疯子，靠乞讨饱腹。他令人讨厌之处是对留络腮胡子的人反应特别不正常，一见就两眼发直，就跟踪，有时甚至会扑上去抓住对方的一只手。疯子因此没少挨揍。

有一天，他又扑上去抓住了一个留络腮胡子的人的手，那人的一只手少了中间两个手指。疯子大叫："你逃不了啦！卡车在哪儿？车上的课桌课椅你们弄哪儿去了？"

那人就挥拳打他，一边咒骂："你这疯子，老子打死你！打死你！"

疯子被打得满脸是血，却顽强地不肯松开对方的手臂。

对方急了，拔出刀子扎他，一刀、两刀、三刀……

疯子倒下了，却又抱住了那人的一条腿……

警察来了……

那疯子，也就是"刘老师"的尸体被送回了村里。

络腮胡子招认了。后来，卡车也找到了，它被推下公路，四轮朝天翻在深沟里。一车旧课桌椅，断断裂裂地散乱在山坡上，因有杂树丛遮掩着，从公路上看还不太容易发现。

劫车的歹徒们当时倒不是为了那车课桌椅，而是为了抢了这车尽快逃窜——他们是一伙早已遭公安机关通缉的罪犯……

没人能知道，"刘老师"究竟根据什么认定了在那个县里会有所发现，倘他还活着，自然可以问问他，但他已经死了，于是谜团永不能解了。

公安机关问村里还要不要那批旧课桌椅，村干部们回答：当然要啊，门扇窗扇也要！于是公安机关找了辆卡车，将那些在许多人看来毫无用处的东西跨省运了回来……

村人们在修那些课桌椅时，想到"刘老师"的惨死，心情都很难过，便将他埋在了小学校旁，插了一块木牌，上面写的是"本小学荣誉老师刘辉之墓"……

校舍是终于安装上了门窗，里边是终于摆上了课桌椅，孩子们是终于得以上学了。

当教室里传出第一阵朗朗的读书声时，又下雪了，大雪纷飞……

儿子、母亲、公仆和水

在福建省东山县，曾听人讲到这样一件事——当年，谷文昌们初登岛时，岛上生存条件非常恶劣，沙患严重，草木不生，而且极其缺水。一遭旱灾，十井九枯。水之宝贵，如同西部水源稀少之地。

在那一种情况下，即使某井未干，井水也浅得可怜。可怜到什么程度呢？以分米、厘米言之，非夸张也。

这么浅的水，又如何汲得上来呢？

办法自然是有的。

便是——用一条长长的绳索，将小孩子坠下井去。孩子须在井上脱了鞋，以免鞋将浅浅的水层踩脏了。孩子被坠下时，还须怀抱一个瓷罐，内放小饭勺一只。孩子的小脚丫一着井底，便蹲下身去，用小勺一勺一勺地往罐里装水。对于孩子，那意味着是一项重要的工作，也可以说是一项重要的任务。仿佛汤锅里注油，要以很大的耐心和很大的使命感来完成，急不得的。急也没用。罐里的水满了，便被吊上去。由守在井口的大人，倒在盆里或桶里。每每地，吊上几罐水去以后，井水被淘干了。孩子就得耐心地等着水再慢慢浮现一层。孩子只能蹲着等或站着等。那时，守在井口的大人，也只能更加耐心地等。如此这般，吊上去的水差不多够一家人做饭和喝的了，总需一个来小时的时间或更长的时间。而孩子那一双赤着的小脚丫，是没法儿不始终踩在冰凉的井底的。水干了，踩着的是冰凉的井泥。水又慢慢渗出一层来了，那么小脚丫便在冰凉的井水里浸泡着。而有时，井口等水的大人们会排起长队来，那么就需有几个孩子也排在井边，轮番被坠下井去。从井里被用绳索扯上来的那个孩子，他解开绳子，一转身就会朝有沙子的地方跑去。朝阳地方的沙子毕竟是温暖的，孩子一跑到那儿，就一屁股坐下去，将两只蹲麻了而且被冰凉的井水渗红了的小脚丫快速地埋入温暖的沙中……

　　有一户人家的房屋，盖在离别人家的房屋挺远的地方。这一户人家的屋后有一口井。某年大旱，那口井很侥幸地将干未干。孩子的父亲到外地打工去了，只有母亲和孩子留守家中。那母亲，别无他法，不得不天天将自己六岁的儿子坠下井去弄水。一日傍晚，孩子在井下灌水，母亲却由于又饥又渴，还病着，发着烧，竟一头栽倒井旁，昏了过去。孩子在井下上不来，只有喊，只有哭。喊也罢，哭也罢，却没人听到。天渐渐地就黑了，孩子既不喊也不哭了，因为他的嗓子已喊哑了，因为他的眼里已哭不出泪来了。后半夜，母亲被冷风吹醒了，这才急忙将孩子拽上来——孩子浑身颤抖不止，孩子连话都说不出来了。然而，却紧紧地搂抱着罐子。罐子里，盛着满满的水……

　　后来那孩子的双腿，永远也站不直了。

　　当年东山县的县委书记也听说了这一件事。

　　谷文昌于是对县长发了一个毒誓："如果我们县委不能率领东山百姓治除沙患，不能让东山的老百姓不再为一个水字发愁，那么就让我哪一天被沙丘活埋了吧！"

　　当然，他并没有被沙丘活埋。

　　因为他在任县委书记的十四年间，任劳任怨，百折不挠，制服了东山县的沙患，也为东山县的百姓彻底解决了用水难题……

　　我听罢，始而震动，继而感动。

　　何谓公仆？

公仆者，爱百姓如爱父母者也。

倘有此情怀，皆大公仆也；然这等"情怀"，不会是天生的啊！前提是对百姓的疾苦，耳能听到，眼能看到。听到了，看到了，还要心疼。谷文昌是一位农民出身的县委书记，在河南任区委书记时，便天天与百姓们发生着亲密的接触，将为人民服务视作己任。恤民之情，在他是一件自然而然之事，本无须别人教导。故他到了东山当了县委书记以后，凡十四年间，公仆本色，一日也不曾改变过。这是与现在的某些官员很不同的。现在的某些官员，往往一天也没有与百姓的生活打成一片过，仅靠走通了"上层路线"，平步青云地就成了"公仆"了。"公仆"倒是越做越大，离百姓们却是越来越远。最后远到老百姓想见到他们一面简直比登天还难。这样的些个"公仆"，有耳，那耳也只剩下了一个功能——专听上级旨意和官场动向；有眼，那眼也不再能看得到别的，仅见上级的脸色如何和官场的晋升诀窍而已。对于百姓之疾苦，自己有眼视而不见，自己有耳听而不闻，彻底麻木，心冷如石，如铁，连点儿一般人的恻隐最终都丧失了。别人的耳听到了，别人的眼看到了，告知他们；他们往往陡然变色，心特烦……

在某大学，当我将孩子、母亲、公仆和水的一段往事讲给学子们听后，台下有一名女生忽然哭了。人皆讶然。我问她为什么哭？答："和半个多世纪前东山县那个男孩类似的经历，我也有过。只不过我被母亲用绳索坠下的不是深井，是我们西部人家的水窖。我们那儿根本打不出井水来，家家户户的水窖里蓄的是冬季的雪水和夏季的雨水。只不过我比那个男孩幸运，因为我的经历是绳索断了，我重重地摔在水窖里，磕掉了两颗门牙……"

人皆由讶然而肃然。高坐台上的我，怔愣许久，不知究竟该说几句什么话好。数月后，在一次关于中国农民生活现状的研讨会上，我听一位专家介绍——目前仍有百分之四十六的农村没有自来水；其中半数左右的农村饮用水，含有对人体有害甚至有严重危害的物质；而由于农村的生产方式早已由集体化转变为个体化，国家对农业机械化的直接扶植，其实已由从前的百分之零点四减少为百分之零点三五……

我又一次受到震动。要让农民也喝上放心的水，也不再为喝水发愁，中国该需要多少谷文昌？抑或，需要支出多少钱？没有那么多谷文昌，有那么多钱也好啊！然而细细想来，在谷文昌们和钱之间，中国是都有些缺少的吧？

地质局长和一顶帐篷

十五六年前,我曾改写过一部上下两集的电视剧本《荒原》,内容反映两名年轻的地质工作者艰苦的野外工作——它由中央电视台影视部直接组稿,形成初稿以后,请我再给"影视化"一下。导演叫黄群学,我的一位后来在广告拍摄业很有成就的朋友。而女主角,则是当年因主演了电视连续剧《外来妹》而深受电视观众喜爱的陈小艺。

《荒原》是在甘肃省境内拍摄的。

剧名既然叫《荒原》,所选当然是很荒凉的外景地。它的拍摄,受到了从地质部到甘肃省地质局的热情支持。

地质局长专程从某驻扎野外的地质队赶回兰州接见了摄制组的主创人员,亲切地对他们说:"你们就把地质局当成自己的家吧!遇到什么困难,只管开口。地质局能直接帮助你们解决的,我们义不容辞。不能直接帮助你们解决的,我们一定替你们尽力协调,争取顺利和方便。"

这一位地质局的局长,给摄制组的主创人员留下了很深的印象。

导演黄群学在长途电话里向我大谈他们的好印象,而我忍不住问:"简短点儿,概括一下,那局长究竟是一个怎样的人?"

导演说:"真诚。一个真诚的人!特别注意细节的人。"

我在电话这一端笑了,说你的话像剧本台词啊!一个人真诚不真诚,不能仅凭初步印象得出结论;一个人是否特别注意细节,那也要由具体的例子来证明。

导演在电话那一端说,他们将需要向地质局租借的东西列了一份清单。那位局长当着他们的面让秘书立刻找出来,亲自过目。清单上所列的东西中,包括一台发报机、一套野外炊具、几身地质工作服、一盏马灯、地质劳动工具和一顶帐篷等。

局长边看边说:"这些东西,都是我们地质局有的,完全可以无偿提供给同志们。省下点儿钱用在保证艺术质量方面,不是更好吗?为什么只列了一盏马灯呢?玻璃罩子的东西,一不小心就容易碰坏。一旦坏了,那不就得派人驱车赶回兰州再取一盏吗?耽误时间,分散精力,浪费汽油,还会影响你们的拍摄情绪,是不是呢,同志们?有备无患,我们为你们提供两盏马灯吧。再为你们无偿提供柴油。你们只不过是拍电影,不是真正的野外驻扎,无需多少柴油燃料,对吧?至于发报机,就不必借用一台真正能用的了吧?我们为你们提供一台报废的行不行?反正你们也不是真的用来发报,是吧,同志们?能用的万一搞得不能用了,不是就造成不必要的损失了吗?现在已经是十一月份了,西部地区的野外很寒冷了。你们还要在野外的夜间拍摄,一顶单帐篷不行。帐篷也可以无偿借给你们,但应该改为一顶棉帐篷。你们在野外拍摄时冷了,可以在棉帐篷里暖和暖和嘛……"

于是那位地质局的局长,亲自动笔,将他认为应该无偿提供的东西,都一概批为无偿提供了。

一位在场的处长低声对局长说:"后勤仓库里只剩一顶帐篷了,而且是崭新的,还没用过的。"那样子,分明是有点儿舍不得。

局长沉吟片刻,以决定的口吻说:"崭新的帐篷那也要有人来开始用它,就让摄制组的同志们成为开始用它的人吧!"

听了导演在电话那一端告诉的情况,我对甘肃省地质局的局长,也顿时心生出一片感激了。

之后，在整个野外拍摄过程中，那一顶由地质局长特批的崭新的棉帐篷，在西部地区的野外，确确实实起到了为摄制组遮挡寒冷保障温暖的不可替代的作用。

但也正是因为那一顶崭新的棉帐篷，导演黄群学受到了甘肃省地质局长的批评。而我，是间接受教育的人——剧中有一段很重要的情节，就是帐篷失火了，在夜里被烧成了一堆灰烬。制片人员的拍摄计划表考虑得很合理，安排那一场戏在最后一天夜里拍摄。拍毕，全组当夜返回兰州。

拍摄顺利，导演兴奋，全组愉快。

导演忍不住给局长拨通了电话，预报讯息。

不料局长一听就急了，在电话里断然地说："那一顶帐篷绝对不允许烧掉！我想一定还有另外的办法可以避免一顶只不过才用了半个多月的帐篷被一把火烧掉。"

导演说那是根本没有别的办法可想的事。因为帐篷失火那一场戏，如果不拍，全剧在情节上就没法成立了。导演还说："我们已经预留了一笔资金，足够补偿地质局一顶棉帐篷的损失。"局长却说："不是钱不钱的问题，是另外的办法究竟想过没想过的问题。"最后，局长紧急约见导演。

导演赶回兰州前，又与在北京的我通了一次电话，发愁地说："如果就是不允许烧帐篷，那可怎么办？那可怎么办？"我说："我也没办法呀！那么现在你对他这个人有何感想了呀？"导演说："难以理解。说不定我此一去，就会因一顶帐篷和他闹僵了。反正帐篷是必须烧的，这一点我是没法不坚持到底的。"然而导演并没有和局长闹僵，他反而又一次被局长感动了。局长对导演的态度依然真诚又亲切。在局长简陋的办公室里，局长说出了如下一番话："我相信你们已经预留了一笔资金，足够补偿地质局的一顶新帐篷被一把火烧掉的损失。此前我没看过剧本，替剧组预先考虑得不周到，让你们的拍摄遇到难题了，我向你们道歉。但是和你通话以后，我将剧本读了一遍。烧帐篷的情节不是发生在夜晚吗？既然是在夜晚，那么烧掉的究竟是一顶什么样的帐篷，其实从电视里是看不出来的。为什么不可以用一顶旧帐篷代替一顶新帐篷呢？"

导演嘟哝："看不出来是看不出来，用一顶旧帐篷代替一顶新帐篷当然可以。但，临时上哪儿去找到一顶烧了也不至于令您心疼的旧帐篷呢？找到它需要多少天呢？我们剧组不能在野外干等着啊！……"

局长说："放下你们的剧本，我就开始打电话联系。现在，一顶一把火烧了也不至于让人心疼的帐篷已经找到了，就在离你们的外景地不远的一支地质队的仓库里。我嘱咐他们：将破了的地方尽快修补好，及时给你们摄制组送过去，保证不会耽误你们拍摄今天夜里的戏……"

这是导演没有料到的，他怔怔地望着地质局长，一时不知说什么好。局长又说出一番话是："我们地质工作者的职业性质决定了我们不是物质产品的直接生产者。我们在野外工作时，所用一切东西，无一不是别人生产出来的。他们保障了我们从事野外工作的必备条件，直接改善了我们所经常面临的艰苦环境，这就使我们对于一切物质产品养成了特别珍惜的习惯。你们也可以想象，在野外，有时一根火柴，一节电池，一双鞋垫都是宝贵的。何况，我们是身在西部的地质工作者，西部的老百姓，太穷，太苦了呀！你们若烧掉一顶好端端的帐篷，跟直接烧钱有什么两样呢？那笔钱，等于是一户贫穷的西部人家一年的生活费还绰绰有余。这一笔钱由你们节省下来了，不是可以在别的方面的社会经济活动中，起到更有意义和价值的作用吗？我们中国目前还是一个经济欠发达的国家。我们中国人应该长期树立这样的一种意识——物质之物一旦成为生产品，那就一定要物尽其用。不要轻易一把火把它烧掉了。而我们中国人做事情，尤其是做文化之事的时候，能省一笔钱那就一定要省一笔钱。中国的文化之事，理应启示我们中国人——对于中国，物质的浪费现象那无疑是罪过的……"

当导演后来在电话里将地质局长的话复述给我听时，远在北京的我，握着话筒，心生出种种感慨。

感慨之一那就是——中国委实需要一大批像那一位地质局长一样的人民公仆。

而那一位当年的地质局长，便是我们中国后来任过国家总理的温家宝……

遗 爱

去年冬季，我身体又很不好。

某日，妻将两盒药摆我案旁，以动员的口吻说："这药适合你，要按时吃，也许对你挺见效呐！"

我问："哪儿买的？你以后不要乱买莫名其妙的药。"

妻说不是她买的，是别人寄给我的。

常有这样的事——文学青年，或读者，不知怎么了解到我体弱多病，便寄来某种老方新药。比如一位湖北的养蜂青年，来信说据他所知，蜂蜇可治肝病。劝我陪他养两年蜂。他使蜂蜇我，我指导他创作……

我问："谁寄给我的？"

妻说："你自己都不知道，我更记不清了。"

又问："邮皮儿在哪？"

她说拆包后没细看，我自感有些愧意……

我想这寄药人必是陌生友无疑了。仅仅为着不负这一种至诚关心，我也不该漠然视之。于是从那一天起我开始试着服用。恐不能坚持，又写了"按时服药"四字，压在写字桌的玻璃板下。到家里来的朋友们见了，问我在服什么药，如此郑重其事地要求自己。我说在服"养命宝"，众皆粲然。

两月后，竟自感血气复生，精力渐盛，药却已服完了。到附近药店去买了几次，没买到。欲往厂家去信寄款购之，自忖未必会被认真对待，也就作罢……

至春，又收到药。并附一函，恳请回信告之服后效果。这第二次收到的药，我未敢自专——全部托人捎回哈市，孝敬老母亲了。那几日创作紧张，竟忘了回信。

大约是在五六月间，有两位客人登门拜访，竟是洛阳市生物化学制药厂的负责同志。说是除了我，也给在京的另外一些中老年知识分子赠了药。这次是专来了解效果的，并退还我购药的钱。

我便将哈市弟弟的来信找给他们看。信中说母亲服后，倍觉精神矍铄。嘱我以后不要再寄别的药了，只寄这一种"养命宝"就是了……

我说买东西，总是要付钱的。素昧平生，更无交往，我怎么可以平白受之呢？何况我已白受了两次。何况我今后是打算长期服用的。即不但自己服用，还要继续孝敬老母……

他们说你先别急，听我们把话说完。于是我知道了张劭这名字。

张劭，洛阳市洛宁县人。一九三四年到一九三五年，在英国雷斯德医学院研究深造，获药物化学医学治疗博士。继而在美国获生物化学博士。之后又获了什么医药学博士学位。总之是身兼三项博士学位。他曾参加过青霉素的发明和研制工作。曾被英国曼彻斯特医学研究院任命为"正大"教授（最高一等的最高一级）。他是英国皇家医学学会的终身会员，是当年太平洋医学学会中仅有的四名华人会员之一。一九五四年，这位正值英年的医学科学家和学者，因与苏联专家发生争执遭捕，从此从中国医学界消失。从此洛宁县一个叫吕家坡的偏远贫瘠、藏匿在荒山褶皱里的小村子，多了一户五口人的农民（他和他的夫人及三个总角之龄的女儿）。后因张劭在洛宁一家停产了的化肥厂破陋的化验室里，研制出了较高标准的三十烷醇，引起有关方面的关注和惊诧，才出土文物似的，被新闻媒介"发掘"出来。继而被重视科技人才的洛阳生物化学制药厂聘为高级顾问。斯时当年的博士已经七十余岁。他不遗余力，终日钻研不止。于一九八五年研制出了良药"养命宝"，得到国内医药界的高度评价。一九八七年获河南省优秀产品奖。一九八八年获商业部科技成果奖。一九八九年又分别获省优和部优奖。正当老人要继续研制抗癌药品"新生一号"时（他将项目命名为"新生一号"，多么耐人寻味且令人歔欷呵），不堪呕心沥血病倒，抱憾而逝……

张劭老人生前曾对药厂负责同志言："人生各有其责，人生唯有一命。强其命方能使尽其责。人尽其责，则政通矣，则国富矣，则少者健矣，老者康矣。我之使命，乃促人人健康长寿。孰料时乖运舛，凡三十年间，俯仰田垄，拙事稼穑，如今已成耄耋之人。既未能变成一个好农民，又虚空了从医研药之责，实非情愿。倘能以'养命宝'，迟奉于世，也算我对世人的一份贡献，聊表我对世人的一份仁爱之心。"

又曾言："知识分子，多属国家科教文人才。每闻中年而逝者，必戚戚然。科不昌，教不兴，文不繁荣，国之举措难振……"嘱药厂领导，他日条件允许，当以"养命宝"首赠知识分子中老者、病者、弱者……

这位当年使西方同行刮目相看、待之如宾的三冕博士，三个女儿中，除大女儿曾在上海读完小学，另两个女儿，几乎于艰难时世中，被他的阴霾命运牵连成了文盲或半文盲。但都在十五六岁时，便因父母抚养不起，草草嫁人。都嫁给了比她们年长十几岁的娶妇较难的庄稼人。而且是在对方们不避"立场问题"的情况之下，衔恩而嫁的。二女儿先他而去，他那于四十年代末毕业于南京艺术学院钢琴系的夫人，亦先他而去。这双重的情感上的严重打击，使其心毙于命先……

也许，正是这种原因，他在恢复了知识分子的阅读本能和权利后，竟读过我的几篇亲情小说，如《父亲》《母亲》《黑纽扣》。在《父亲》一篇的边白，留下了一行文字——此作家，当以吾"养命宝"赠之……

我静听至此，不禁眶热。

我想，一个人对同胞的爱心倘果怀胸内，的确是能达到很深情的程度呢！

八月二十八日至九月一日，我只身前往洛阳，专程去张劭博士生活过的那个叫吕家坡的小村子，以还凭吊之愿。站在村首的黄土高坡上，博士的外孙女指给我看她和"外婆外爷"住过的地方。那十来平方米大小的低矮土屋已不复存在。高坡的坎沿遍开着一种不知名的野花，朵小而蓝。蓝得令人惆怅……

我深深地鞠了一躬。

人们，人们，当你们走进了无论哪一家药店，倘发现了那一种叫"养命宝"的包装极简朴的药，即使你并非为它而至，也请你驻足片刻，看上几眼吧。那是一位身兼三冕之博士的老人，无私遗留给我们世人的唯一的东西。

它证明着他对我们世人的，最虔诚的、最宝贵的、最实际的一份爱心……

瘦老头

　　A 君是我朋友,一位"环保"专家。二十世纪九十年代初,他以博士身份从国外甫一归来,便为国内的"环保"问题四处奔走,大声疾呼。可以说,他是中国最早的一位能以专业头脑传播"环保"思想的人。现在,他任职于某大学,成为博士生导师,业已桃李满天下矣。中国之"环保"领域,其弟子多多,皆是有贡献者。他也经常飞往国外参加各种"环保"会议,向世界宣讲中国之"环保"现状……

　　我第一次见到他,是在区"人大"组织的代表学习活动中。屈指算来,已是六七年前的事了。他作为专家,向二十几名区人大代表介绍世界"环保"经验。

　　中午吃饭时,我恰坐于他的旁边。主食是米饭,也有面条。他要了一碗米饭,持箸端碗之际,叫住服务员姑娘,望着一桌羹肴小声问:"有榨菜吗?"

　　服务员姑娘摇头后说,有泡菜,有食堂自腌的小咸菜,有南方辣菜,还有腐乳,就是没有榨菜。他却说:"怎么可以没有榨菜呢?榨菜,必然应该有的啊!"服务员姑娘说:"那,就只能为您现去买一小袋了。"众人都看得分明,人家服务员姑娘那么说,显然等于软软地"将"了他一"军",使他认清形势,能在没有榨菜的特殊情况下,顺利地将一碗米饭吃下去。不料他赶紧说:"那多谢了,那多谢了!"服务员姑娘愣了愣,不乐意地离去。他见众人都在费解地望他，神色颇不自然，连道："见笑见笑，对我来说，米饭还是就着榨菜才香。毛病，毛病……"众人都未接言，默默赔笑而已。我心里暗想，当然是毛病！觉得众人肯定与我同感。他呢，则干脆垂手而坐，直等到人家服务员姑娘为他买来了一小袋榨菜；于是撕开，全部抖在碗中，拌几拌，大快朵颐。

后来，我又在别的场合见到过他几次，竟成朋友。对于他的经历，尤其他与榨菜的亲密关系，渐渐了解：

A君原本是北方林区的一个孩子，他上小学四年级时，逢"文革"年代。"文革"对于中国当年的中小学生们，大抵也留下过某些愉快的回忆。比之于今天皆被逼迫成了分数的奴婢的中小学生，当年的中小学生们简直可以说"幸福"无比了。逃学之事，蔚然成风。在那样的年代，全中国的中小学生没多少真的"以学为主"的，绝大多数以玩为主。尤其像A君那样一些当年的北方林区的孩子，用A君的话说，是"从早到晚，一心只想着怎么玩儿"。

"对于孩子，我们林区有意思的事儿太多了呀！那个年代，我们快玩疯了。我的四年级同学中，居然有识字不足一百个的，还居然有背不下乘法口诀的。别说我们些个孩子认为读书无用了，连我们的父母差不多也这么认为啊！我们的小学校，在林场的场部。我们结伴从家里走到场部去，得走一个来小时。即使离开家门时，都是打算不逃课的，但半路一发现吸引我们的事儿，比如一个马蜂窝、一个鸟巢、一只大个儿的青蛙，或一只蜻蜓王，便又集体逃课没商量了。因为坚持上学的学生越来越少，老师都找借口调离了学校。我四年级还没读完，学校合并到县城去了。这么一来，我们上学更远，便都索性辍学了。家长懒得管我们，不是家长的大人们对我们的种种玩法淘法也早已司空见惯，我们仿佛成了林区的一群小野生动物，整天纠集在一起东游西逛，为了满足心理快感，也每每干点儿坏事。比如偷几串张家院子里晒的蘑菇，悄悄挂到李家的院子里去，看两家的人因而吵起来了，我们大为开心。又如见谁家院子里的花啦菜啦的长得好，没招虫，我们就活捉一罐头瓶毛虫，隔着板障子，将罐头瓶扔进谁家院子……"

在三十多年后，在冬季的一个下午，在我家里，A君将臂肘架在窗台上，缓缓地吸着烟，不动声色地向我讲着他小时候所干的种种坏事。虽然是在冬季，那一个下午的阳光却很好，照进屋里一大片，也照在我和他的身上。是的，他起初是不动声色的，开始讲到"瘦老头儿"的时候，表情和语调，才使我觉得有了忏悔的意味……

"某天，我们五六个最野的小伙伴的视野中，出现了一个陌生的瘦老头。连大人们也不知道他从前是干什么的，只互相传说他是从南方被发配到我们那处北方林场的，姓张。还传说，连他的姓也是有关方面安在他头上的，并非他的真姓。家长们嘱咐我们，千万不要做什么辱害他的事，因为他已经患了晚期癌症，活不了多少日子了。有些话，即使家长们千叮万嘱，我们也还是会当成耳旁风。但是那一回，我们都把家长们的话记在心里了。辱害将死之人，势必会受到老天惩罚的，林区的大人孩子都深信此点。何况，瘦老头确实瘦得令人可怜，又高又瘦。他的脸，是一张几乎皮包骨的脸，所以就显得眼睛挺大的。但是他的背，挺得很直，起码我们每次见到他时他是那样子。他被指定住在一处路口的小木板房里，从林区往外运原木的卡车必然经过那个路口，他的工作就是负责登记车牌号、驾驶证号、运出的是何种原木。他一在那小木板房住下，便开始清理周围的垃圾，铲平土堆，围小园子。当时是春季，他在小园子里翻地，培垄，埋种。我们远远地望着，都困惑不已。依我们看来，他肯定活不过夏季的，大人们也都这样认为。那么，他所做的一切，不是毫无意义吗？夏天来临了，他竟没死。而那小园子在他的精心侍弄之下，茄子豆角黄瓜柿子西葫芦什么的，结得喜人。那破败的小木板房的前后，也有各种各样美丽的花开着了。某次我们经过他那园子，他在园子里唤住了我们，手拿着松土的小铲子问我们：'听说你们几个很淘，是吗？'"

"我们相互看看，都不知道该怎么回答他。"

"他又说：'男孩儿不淘气的少。咱们订一条君子协议好不？——请你们不要祸害我这园子里的菜秧。如果你们能做到，而我不到秋天就死了，那么园子里的菜由你们收获，全归你们。如果我活到了那一天，我只留少部分，大部分还是归你们。这个协议，你们现在愿意和我订下来吗？'"

"我们又互相看着，都不由自主地点头。"

"而他，望一眼小木板房，又说：'要是我真的活不到秋季，拜托你们几个，替我把那些花的籽撸下来，用纸包好，交给接我工作的人。就说我希望他，年年种花。那些花多美啊，不论自己看着还是别人看着，心情都愉快嘛，是吧？'"

"我们又不由自主地点头。"

"'那么，你们算是答应我了？'"

"我们除了点头，仍不知该说什么。彼此使使眼色，一转身都脚步快快地走了……"

A君按灭烟，喝了一口茶，问我小时候想到过死没有？

我说我七八岁时的一天，在无任何人暗示的情况下，不知怎么一来，忽然就想到了死，于是害怕得独自流泪，感到很绝望，很无助。

"大部分人小时候都经历过那么一个时期吧？"

"我想是的。"

"我们当时就正经历着那样的时期。别看我们整天疯啊野啊的，似乎天不怕地不怕，其实个个心里有一怕，就是怕死，只不过谁都不愿承认罢了。所以，我们对瘦老头都有几分佩服起来，因为他是一个不怕死的人。一个怕死的人，在活过今天不知明天还活不活得成的情况下，哪儿还有心思管什么菜啦花啦的呀！从那一天以后，我们再经过那小木板房和那小园子时，都一反常态，不吵不闹了。那一年的秋天来得早，立秋不久，发生一次山火；许多人家怕遭殃，离开林场，四处投亲靠友，我和几个小伙伴的家人，也将我们分别转移了。我们的父母并没随我们一起走，他们身负扑火的义务。等我们从四面八方回到林场，已经是一个多月以后的事了。山火早已扑灭，也没有哪一户人家被火烧到。我们都以为瘦老头肯定死了，各自回到家里才知道，他非但没死，还将园子里的菜收了，一篮一篮地送到了我们各自的家里。大人们都说，为了打听清楚我们都是谁家的孩子，他真是费了不少口舌。还说，他夸我们都是守信誉的孩子。从没有谁夸过我们那几个淘小子，明明是他自己一言九鼎，却反过来夸我们守信，使我们都惭愧极了。难道没忍心糟蹋他的园子也能算守信誉吗？那么，做守信誉的人也太容易了呀！于是我们一起去谢他，他园子里的菜秧已经拔起来，堆在一角；小木板房前后的花，也显然被撸过籽了；而他正在吃饭，不过就是喝着碗里的玉米面糊糊，就着小盘里的一点儿什么咸菜条而已。屋里这儿那儿，却不见有什么菜的影子。我们问他为什么不给自己也留些菜呢？他说他不愿吃菜，只愿吃小盘里那种咸菜。我们一时便都失语，由我替大家吭吭哧哧说了两句谢他的话，皆转身想走。他不让我们立刻离去，放下碗筷，从一个纸盒邮包里取出些小塑料袋，一一塞在我们手中，告诉我们那是榨菜。从小在北方林场长大的我们，头一次听说'榨菜'两个字。我们走在回家的路上时，就都撕开小塑料袋尝起来。这一尝不要紧，哪个都管不住自己了。榨菜真好吃呀，嫩嫩的，脆脆的，微酸微咸微辣，与我们北方的任何一种咸菜的滋味都不同，也比我们所吃过的任何一种北方咸菜都爽口。在当年，我们北方人家腌的咸菜，无非就是疙瘩头咸萝卜什么的，我们早都吃烦了。蒜茄子固然好吃，但一般人家是舍不得把茄子也腌了的。纵使舍得腌点，往往也要留着待客，或春节才吃。你可想而知，榨菜对于我们，不啻是种美食。我们一会儿就都把各自的一小袋榨菜吃光了，一个个却还想吃。当然，一进家门，就都喝水。过了几天，我们聚在一起，一商议，一块儿捡了些干枝子给瘦老头送去当柴烧。其实个个都明白，那是借口，还不是希望能得到那么一小袋榨菜嘛！瘦老头见了我们特别高兴，也十分感动于我们的好意。但是，没再给我们榨菜。他问，为什么总不见你们背着书包去上学？还是由我替大家回答他：因为小学校合并到县里了，去上学路太远了。又问，那你们还想不想学文化知识了呢？我们就一时的你看我，我看他，都有心诚实地回答：不想——学了又有什么用呢？就是学得再强，长大了想当正式伐木工人，那还得托关系走后门呢！可谁好意思这么诚实地回答啊，正在应该上学的年龄，自己却说根本不想上学，那话太羞臊了，说不出口。便都违心地说，其实都可想上学呢。瘦老头沉吟片刻，问，如果我教你们学，你们愿意不？这一问，我们又都装聋作哑了。小伙伴中有一个反问，如果我们让你教，对我们有什么好处？瘦老头摸了摸小伙伴的头，问榨菜好吃吗？这下，我们才齐刷刷地回答——好吃！他便接着说，只要同意他每天教我们两个小时，我们将会经常吃到好吃的榨菜。就这样，我们几个才上小学四五年级的孩子，以后竟成了那么一个身患绝症的瘦老头的学生。"

"我们确实以后又吃到了好吃的榨菜，但并不是每人每次一袋。他只给学习有进步的那个，一次照例只一袋，比现在飞机上有时候发的那种小袋大不哪儿去，他说等于是奖励。这么一来，起初只不过由于太馋才到他那里去当他的学生的我们，都被激发起了好强心理。渐渐地，连自己也说不清甘愿当他的学生所为何由了。瘦老头很会教学生，比如他每教我们识一个新字，都会从那个字一千多年以前是怎么写的讲起。他说每个中国字都是长寿佬，都有婴儿时期和童年、少年、青年、中年阶段。每经过一个阶段几乎都要变一次，到再也不变的时候就是固定在最美妙的时候了。我知道你想说什么，当然，今天在我们这样的人听来，那话毫无独到之处。可你别忘了，我们是三十多年前出生在林场的一些孩子，我们连县城还没去过呢！教过我们的小学老师，大抵也只不过具有初中文化程度而已，并且有的还是林场'革委会'头头脑脑的子女。当老师对于他们只不过是混一份工资罢了，他们从没那么教过我们新字。如果他们也像瘦老头讲得那么有趣，兴许我们都是爱学习的好学生了。瘦老头讲算术也讲得特有意思。他说这世界也基本上是数字的世界，比如水是由水分子组成的；而一个水分子，是由两个氢原子一个氧原子组成的，二比一这种数字关系永远包含在不受污染的水中。眼睛看着一碗水，也可以想象是看着万万亿亿的数学比例式。几乎人眼所见的每种东西，将它们用化学的方法化解到最小单位时，便都是些数学式的关系了。那些数学式一变，某一种东西就开始发生质变了。甚至，连世界也开始发生某一方面的变化了。我们虽然小学四五年级就辍学了，可他竟将算术、代数和几何连在一起讲给我们听，而且还每每将物理和化学知识包含在内。没多久，他开始频频表扬我们都是些聪明的孩子；我们自己也都开始觉得，原来我们并不像自己和我们的爸爸妈妈所以为的那样，都是笨头笨脑的孩子，'根本不是读书的料'。当年的课本，你也知道的，语文也罢，算术也罢，都是没意思到了极点的。幸而瘦老头根本不是手拿当年的课本教我们，他要是也那样教，即使榨菜再好吃，那我们当了几天他的学生，还是会逃之夭夭的。总而言之，瘦老头他渐渐将我们迷住了。不管知识有没有用，他将知识变得非常有趣了是一个事实。他讲课时，腰板挺得尤其直，一只手背在后边，另一只拿粉笔的手自然而然地举在胸前，目光几乎一刻也不离开我们的脸，一会儿凝视这个，一会儿凝视那个。有时，他的目光明明在凝视这个，却会将拿粉笔的那只手忽然一伸，叫起另外某个回答问题。另外那个一时回答不上来，他也从不急，一向耐心地说：'想想，再想想，上次我讲过的。'于是将自己的目光望向窗外，耐心地等待。如果他对于回答半满意半不满意，就会很认真地问我们另外几个：'咱们民主一下，你们认为该奖给他榨菜吗？'通常情况下，大家必会异口同声地说：'应该。'因为我们心里有数，奖给了谁，也等于奖给了大家，谁都不会独吞的。我们分吃具有奖励意味的榨菜时，不但口中的感觉好极了，心里的感觉也好极了。对于我们而言，仿佛瘦老头的课也讲出了和好吃的榨菜一样的滋味。每当他的手伸入纸板邮盒往外拿榨菜时，也照例要说一句：'多乎哉，不多也。'我们呢，就都开心地又都有些不好意思地笑。自从我们成了他的学生，他几乎每个月都要去邮局取包裹了。而以前，隔两三个月才会有包裹从南方寄给他。他住的小木板房也因为我们而变了，他将一张破桌子重新摆放，使一面墙壁一览无余；又不知从哪儿搞到半瓶墨，涂黑墙壁，于是成了黑板……你听烦了吧？……"

阳光照在"环保"专家的脸上；他微眯着眼，目光凝注地望着窗外某处，仿佛要看清什么。问我话，居然也不转一下脸。窗外是元大都城墙遗址，覆盖着冬季的第一场雪。北京的冬季是很少下那么大的雪的，这使北京多少有点儿东北冬季的景象了。然而，窗外毕竟没有了记忆中的林场，没有住着一个瘦老头的小木板房……

我说："讲下去。"

他说："在那一年冬季，小木板房成了我们几个孩子的阳光房……其实那小木板房并不朝阳，再加上一面墙涂成了黑色……但是你能明白我的意思吧？……"

我说："明白。"

"我们那时已经不叫他瘦老头了。我们已经开始当面叫他张大爷了，背后却都叫他'咱们老师'……"

"为什么不是反过来，当面叫他老师，背后叫他张大爷？"

"我们中有一个当面叫过他老师的。他正要提问，一下子被叫愣了。愣了几秒钟，走到窗口那儿去了。背着一只手，腰挺得笔直，一动不动地在窗口那儿站了很久，我们全都呆望他背影，不知他是怎么了。终于我们听到他低声说：'今天的课就讲到这儿，我有点儿不舒服，孩子们你们可以走了……'我们一个个悄没声地离开，我走在最后，忍不住轻轻将门推开一道缝，往内偷窥，结果我看到他双手捂在了脸上。对于他的身高，那小木板房的屋顶实在是太低了。如果他脚下垫两三块砖，那么他的头差不多就触到屋顶了。我看得出来，他是在无声地哭，尽管我窥到的只不过是他的背影。我们当然都无法理解那是为什么，却互相告诫，以后都不许当面叫他老师了……大人们说，他活不到开春的。可春天来临了，他仍活着。我们帮他修小园子的篱笆，帮他翻地、培垄，帮他搭菜架和花架……"

"等等。"

A君缓缓地将脸转向了我。他已半天没看我一眼了，似乎只不过在自言自语。

我说："晚期癌症有时是很疼痛的。"

他说："是啊。可我们那样一些孩子，当年也不懂许多事啊，也不知道怎么心疼大人啊。我们是见到他疼痛难耐过的，某天他讲着讲着课，忽然一手捂胃，接着额上渗出汗来；再接着，弯下了他那一向笔直着的腰。那是他第一次在讲课时弯下腰去。很快他又直起腰来，说他去茅房，还不许我们离开屋子。我们只当他是忽然肚子疼了；我们也都忽然肚子疼过啊！着凉、岔气儿、吃了什么不干净的东西，都会肚子疼的呀，谁还没肚子疼过呢？他半天没回来，我们就都有点儿不安了，都出去了，见他蹲在门旁，双手握成拳，一上一下抵压着胃腹。他脸上滴落的汗，湿了鞋尖前的地面儿。我们将他搀进屋，他说他没什么，疼痛一会儿就会过去的。他撕开一袋榨菜，一条接一条全吃光了。之后倒了半碗开水，吹一口喝一口，转眼喝尽。我们当年真傻，虽然都亲眼看到了他疼痛的样子，却没有一个往癌症那方面去联想。也可以说，那时的我们，其实是很排斥他患了不治之症这一个事实的,也特别讨厌大人们判断他活不了多久的话。我们宁愿相信,他能那么干瘦干瘦地活很久,很久,等我们都长成了大人,还活着。我们已经看顺眼了他的瘦,反而都觉得,如果他不那么瘦,就不符合'咱们老师'应该怎样的条件了。"

"两年半以后,他还活着。一天他对我们说,我们不可以再是他的学生了,而应该到县里去读中学。并说,他已经分别和我们的父母谈过了,我们的父母都是同意的。可我们有点儿不情愿,我们对当年的学校还是难以产生好感,长大以后都争取当上伐木工人是我们一致的想法。他却这么问我们:'一个国家的森林是有限的,有限的森林会越伐越少。到那时,国家就不需要很多伐木工了,你们该拿自己怎么办呢?'他的话,使我们都忧虑起来。见我们个个低头不语,他又夸我们全都如何如何聪明,说中国的将来,究竟会产生多少新的行业,需要多少文化高、知识广、能力棒的人才,是他难以想象到的,更是我们这样一些孩子不可能想象到的,所以我们只由着性子在年龄这么好的时候虚度时光,高兴怎样就怎样,不高兴怎样就不怎样,那是不对的。人有时候更应该明白应该怎样不应该怎样的道理。从没有人对我们说过那样的话,我们的家长也没说过。但当时他的话并没说到我们内心里去,我们也不是太理解他的话,却看得出来,他完全是为了我们好。我们心生感动,然而其实并没被说服。他的话对我们父母的影响,比对我们的影响大得多。于是我们的父母都严厉地命令我们,几天后必须跟他们到县里那所中学去。县中学的校长听说我们都没读完小学,指示要对我们进行考试,还要先亲自一个一个地面试我们。如果面试没通过,那连考也不必考了,还是再去读小学吧。我被面试过以后,在操场发现了瘦老头。我问他为什么也来了,他说他忘了让我们每人带上一袋榨菜,所以亲自给我们送来;说如果对着卷子一时发蒙,嚼一条榨菜能使心情稳定下来,还能清脑,使精力集中。他将几袋榨菜交给我,一转身蹒跚而去,为的是赶上一趟林区的小火车。校长面试过我们之后又决定，不对我们进行考试了，当即就将我们分了年级和班级。我们一一被插入初二各班，有一个还直接被插入了初三的某班。校长显得很高兴，当着几位老师的面指着我们说：'像他们这样的孩子，来多少收多少，都不必经过考试！'我们成了县中的学生以后，都得住在学校了。县城距离林场三十多里，到了林场也不等于是到了家门口，到家还得走上十来里，不住校是不行的。我们连星期日也很少回家了，因为要是搭不上便车，就得坐小火车，那年月，我们怎么会舍得花五角钱买一张车票呢？往返要花一元钱呢，根本舍不得。我们一块儿回家，是在放寒假后。到家当天，吃午饭时，我父亲一时想起地告诉我——'你们应该感谢的那个瘦老头，他死了，才几天前的事儿。'大人们虽然知道他姓张，但背后都叫他瘦老头，当面则叫他'哎你'，因为一连他的姓叫，反而不好叫了。他的政治问题使大人们都尽量避免和他接触。何况，都认为他并不真的姓张。我搁下饭碗便往外跑，挨家将小伙伴们叫上，一块儿跑到了小木板房那儿。几场大雪将小木板房的门埋住了半截，门上贴的封条已被风撕得残缺不全。我们想从窗子往里看，窗玻璃结着厚厚的霜。园子里，雪被下刺出参差不齐的搭菜架的木条和树枝。几只绒球似的麻雀在雪上蹦来蹦去……"

"环保"专家又点着一支烟。

我问："他埋在你们林区了？"

他说："不。他被火化之后，骨灰寄给了他南方的什么亲人……估计，就是往常从南方寄给他榨菜的亲人吧。这也只是我们的猜测而已。凭我们几个初中生，当年打听不清关于他的什么真实情况。也根本不知道向谁去打听……"

"那，后来你们几个……"

"'文革'一结束，我们先后都考上了大学。现在，除了我，我们中还出了两位大学教授、一位林业局副局长。还有两个成了外国人，一个在美国，一个在法国。他俩起先也在大学里任教，近年失去了联系。啊对了，现在县中的校长，也是我们中的一个。县中现在是地区的重点中学了。我早已将父母接到北京来住，在林区没亲戚。前年我回去了一次，没什么事儿，就是很想回去看看。一切都今非昔比了，大多数伐木工人都转行了，少部分伐木工人成了护林队员或育林工人。我们那个当县中校长的发小告诉我——据他后来了解，我们的恩师……他算得上是我们的恩师吧？……"

我说："当然。"

"他在五七年大鸣大放中，因为批评滥砍滥伐的现象，成了'右'派，从一所大学被扫地出门，成了一名扫街人。'文革'中，又被搜集整理了几句'反动言论'，判刑入狱。出狱后，被押送到东北进行改造。因为七十来岁了，没地方愿意改造他了，阴错阳差地，被像破麻袋似的甩弃在我们那个林场了。我们当县中校长的发小，也就了解到这么多，还不知确凿不确凿。我们恩师患的是晚期胃癌，这一点倒是可以肯定的。当年给了他一份工资，只有二十几元，仅够他吃饭活着的，哪里能挤出买药的钱呢？当年在林区，又能买到什么药呢！所以胃疼起来，也只能忍着。现在想来，榨菜是唯一能帮他每天喝得下两碗玉米面糊糊的东西。他连自己园子里收的菜都一点儿不留，证明除了榨菜和玉米面糊糊，他的胃已经不接受任何其他食物了。也许，榨菜对于他的胃，还有匪夷所思的止疼药作用吧，你认为呢？……"

我说："这我很难回答你。"

他转动着手中的半截烟，看着，语调缓慢地又说："如果真是那样，当年我们还馋他的榨菜，那可太罪过了。我的大学生活是在哈尔滨度过的，一到哈尔滨，我就到处买榨菜。可当年的哈尔滨，哪儿哪儿都买不到榨菜。直到我大三了，哈尔滨的某些副食店里才出现南方的榨菜。我一买到手，就吃零嘴儿似的吃掉了一袋儿。我们中还有一位，第一次乘飞机时，飞机上发的盒饭中有一小袋榨菜。一小袋对于他是不够的，居然厚着脸皮又向空姐要了一小袋。我们那两个在国外的同学，隔三岔五地就要跑到唐人街去吃碗榨菜面什么的，说否则胃里就像有馋虫在蠕动……你明白我为什么那么喜欢吃榨菜了吧？"

我说："明白了。"

"我们当县中校长那位，专门咨询过医生，问他那么喜欢吃榨菜，算不算一种病？你猜医生怎么回答他？"

"怎么回答？"

"医生说：'我也喜欢吃榨菜啊！只要每餐吃得清淡点儿，一天一小袋儿，多喝开水，对身体不会有什么危害的。'医生还说自己一犯烟瘾时就吃一条榨菜，竟然把烟戒了，但愿我也能那样。一位又瘦又病的高个儿老人改变了我的人生，而榨菜使我每天的日子有种别人咀嚼不出的特殊滋味……"

我的"环保"专家朋友接着又说了些什么，我已不再注意听了。似乎，他说到了贵人、缘分之类的话，还说到了哪一首歌……

但我的目光已经望向我家的一面墙壁；墙上的小相框中，镶着一幅西方肖像派油画，印刷品——米开朗琪罗的《先知耶利米》；那先知沉郁而苍老，低着头，垂着眼皮，右手撑着下巴，实际上是严严地捂住了自己的嘴。他在思想着什么事，表情苦闷而忧伤。我觉得，那先知若瘦一些，大概就有点儿像我朋友记忆中的瘦老头了吧？……

"你在想什么？"

朋友不知何时站到了我身旁。

我说没想什么。

他说："你对良知和责任怎么理解？"

我说："一回事吧？"

"一回事？难道是一回事吗？有良知只不过意味着不做坏事，有责任的人却是要大声疾呼的！在我这一行，我是有责任的人。在你那一行，你只不过还有点儿良知罢了！知道我为什么今天到你家来吗？知道我为什么向你讲那些吗？不是因为我讲述的愿望太强烈了，而是为了你！因为你我已经是朋友了，因为我觉得，你这样的作家只保留住了点儿所谓良知，却一点儿都不承担社会责任了，那是不对的！估计这年头没什么人会跟你说这种话了。你我既有缘成为朋友，那么我认为我应该成为你人生中的瘦老头！尽管我比你小七八岁！……"

　　我惊愕，我呆住，那一时刻我双耳失聪，听不到他接下去所说的话了。

　　我的眼又一次望向《先知耶利米》……

怀念赵大爷

"赵大爷不在了……"妻下班一进家门,戚戚地说。

我不禁一怔:"调走了?还是不干了?"

"去世了……"

我愕然。顿时想到了宿舍区传达室门外贴的那张讣告——赵德喜同志因病医治无效,于四月十四日晚去世,终年六十岁。行文简短得不能再简短……

那天,我看见了讣告。可我怎么也没想到赵德喜是赵大爷,此前我不知他的名字。当时我驻足在讣告前,心想赵德喜是谁呢?我怎么不认识呢?

我许久说不出话,一阵悲伤袭上心头。

以后的几天里,我的心情总是好不起来……

赵大爷是我们儿童电影制片厂的勤杂工,也是长期临时工。一个一辈子没结过婚的单身汉,一个一辈子没有过家的人,只在农村有一个弟弟……

一九八八年年底,我刚调到童影,接到女作家严亭亭的信,信中嘱我一定替她问赵大爷好。她在童影修改过剧本,赵大爷给她留下了非常善良的印象。

童影的人不分男女老少,都称他赵大爷。我自然也一向称他赵大爷。

那时我的父亲还在世。有次我和他打招呼，他挺郑重地对我说："可不兴这么叫了，你老父亲比我大二十来岁，在老人家面前我算晚辈呢！"我说："那我该怎么称你啊？"他说："就叫我老赵吧！"我说："那你以后也不许叫我梁老师了。"他说："那我又该怎么称你啊？"我说："叫我小梁吧。"

过后他仍称我"梁老师"，而我仍称他"赵大爷"。

儿子有次写作文，题目是《我最尊敬的一个人》。

儿子问我："爸，谁值得我尊敬啊？"

我说："怎么能没有值得你尊敬的人呢？你好好想！"儿子想了半天，终于说："赵大爷！"我问："为什么。"儿子说："赵大爷对工作最认真负责了，一年四季，每天早早起来，把咱们周围的环境打扫得干干净净。每年开春，赵大爷总给院里院外的月季花修枝、浇水。每年元旦、春节，人们晚上只管放鞭炮开心，而第二天一清早，赵大爷一个人默默地扫尽遍地的纸屑。赵大爷总在为我们干活儿……"

儿子那篇作文得了优。记得我曾想将儿子的作文拿给赵大爷看，为的是使他获得一份小小的愉悦，使他知道，一位像他那样默默地为大家尽职尽责服务的人，人们心里是会感激他的。起码，一个孩子在父亲的启发下，明白了他便是一个值得尊敬的人。可是后来我没有这么做，不是想法改变了，而是忘了。现在我好后悔，赵大爷是该得到那样一份小小的愉悦的，在他生前。

赵大爷无疑是穷人中的一个。五年多以来，我从未见他穿过一件哪怕稍微新一点儿的衣服。我给过他一些衣服，棉的、单的、毛的，却不曾见他穿。想必是自己舍不得穿，捎回农村去了吧？他不但负责清除宿舍楼七个门洞的垃圾，还要负责清除厂里的垃圾。他干的活儿不少，并且是要天天干的。哪一天不干，宿舍区和厂区的环境都会大不一样。据我所知，他每月只拿一百五十元。在今天，每月只拿一百五十元，干他天天必干的那种脏活儿，而且干得认真负责、任劳任怨的人，恐怕是太难找了！

干完他应该干的活儿，他还经常帮人修自行车。他极愿帮助别人。据我所知，他大概是个完全没有文化的人。然而在我看来，他又是一个极其文明的人，一个极其文明的穷人。我从未见他跟谁吵过架，甚至从未见他和谁大声嚷嚷过。一些所谓有知识有文化的文明人，包括我这样的，心理稍不平衡，则叫骂脱口而出。我却从未听到赵大爷口中吐出一个脏字。我完全相信，在别人高消费的比照下，穷是足以使人心灵晦暗的。然而在我看来，赵大爷的心灵是极其明澈的，似乎从没滋生过什么嫉仇或妒憎。他日复一日默默干他的活，月复一月挣他那一百五十元钱。从不窥测别人的生活，从不议论别人的日子。他从垃圾里捡出瓶子罐头盒、纸箱破鞋之类，积聚多了就卖，所得是他唯一的额外收入……

这使我养成了习惯，旧报废书，替他积聚。就在他去世前一天，我还想，又够卖点儿钱了，该拎给赵大爷了……

每逢年节，我都想着他，送包月饼，一盘饺子，一条鱼，一些水果什么的……

赵大爷，我心里是很尊敬你的啊！你穷，可是你善；你没文化，可是你文明；你虽与任何名利无缘，可是你那么敬业，敬业于扫院子、清除垃圾那一份脏活儿……

你就那么默默地走了，使我只觉得欠下了你许多……

好人赵大爷，穷人赵大爷，文明而善良的穷人赵大爷，干脏活而内心干净的赵大爷，穿破旧的衣服而受我及一家人敬爱的赵大爷，我们一家，和在传达室每日与你相处的老阿姨，将长久长久地缅怀你……

朱师傅一家

赵大爷死后，朱师傅来了。接替赵大爷，成为我们儿童电影制片厂宿舍楼的管理员。职责和赵大爷一样，负责环境卫生及安全。

朱师傅可能比我年龄小七八岁，安徽农民。自然，他住在赵大爷住过的小小门房里。门房约十平方米，隔为两间。外间是收发和传达，朱师傅住里间。小小门房一分为二，里间摆一张单人床和一张窄桌外，也就没什么余地了。

收发和传达另有人负责，地方也特别小，所以朱师傅的起居，客观上就限定在里间了。

别人都叫他朱师傅，或叫他老朱。他年龄明明比我小，我叫他老朱自觉不合适，故也随年轻人们叫他朱师傅。他则随年轻人们叫我"梁老师"。

有次我说："朱师傅，别叫我梁老师，叫我老梁。"

他愣了愣，却说："那哪儿成呢？那么多人都叫你梁老师，我怎么能叫你老梁呢？"

我说："那就叫我晓声。不是也有那么多人叫我晓声吗？"

他说："他们是你朋友啊！"

我说："那你也当我是朋友嘛。"

他说："行，梁老师，以后我就当你是朋友！"

直到现在，他仍叫我"梁老师"——虽然，我这方面觉得，他已经拿我当朋友了。看来"梁老师"他是叫定了，没法儿要求他改了。

和赵大爷一样，朱师傅也是极有责任心的人。我们宿舍楼周围的环境卫生一直挺好，人们都是比较满意的。这受益于朱师傅的责任心和勤劳。

记不得从哪一年起，朱师傅的女儿朱霞来了。朱霞已经是大姑娘了，二十一二岁了，但看去仍像少女。自幼患了小儿麻痹，一只手有些残疾。人们都很喜欢朱霞，我也喜欢她。她是个有礼貌又懂事的姑娘。人们也都很惋惜她的病，都希望她的病能在北京治好。

不久朱师傅的妻子和儿子也一道来了。他妻子是位质朴的农村妇女。她随朱师傅叫我"梁老师"，而我称她"嫂子"，这在辈分上是颠倒的。其实我应叫她"弟妹"。但我不习惯那么叫她。而她呢，既然我称她"嫂子"，她似乎也就只有姑妄听之了。

朱师傅的儿子比朱霞小两岁，叫朱凡。朱凡是个清秀且聪明的农村小青年，比少年大不点儿那类青年。

朱师傅常替人们修自行车。朱凡从旁看了几次，会修了。遇有谁家的自行车坏了，推到门房外，请朱师傅修，倘若朱师傅没时间亲自修，便将"任务"交代给朱凡，往往还要严肃地叮嘱："要认真修啊，不许对付！"

我曾对朱师傅说："朱师傅，别不好意思，要收钱。"

朱师傅笑着说："那哪儿行呢？那成什么事儿了呢？"

我也曾对朱凡说："你爸不好意思收钱，你有什么不好意思的？你要收！"

朱凡也和他父亲那么憨厚地笑，不吱声儿。

"朱霞，你收！"

朱霞也笑。

"嫂子，他们都不好意思，你出面收！在这一点上不必学雷锋，不必搞无偿服务！"

她同样憨厚地笑。

我也曾暗中对某些关系亲密者打招呼——"咱们都不要让人家朱师傅白修车啊！"

人们都说对。

其实街口就有修自行车的。但那修自行车的天一黑就收摊了。住在楼里的大人们或学生们，往往晚上了才想起自行车有毛病，怕影响第二天上班上学，于是只有求助于朱师傅。而朱师傅从来有求必应。即使自己没空儿，也是先应下来，让儿子修。尤其冬季的晚上，不能把自行车搬屋里修，只能将电灯拉到外边，冻手冻脚地修……

这不给几元钱真是让人过意不去。

但据我所知，他们是从来不收钱的。非塞钱给他们，反而会搞得他们非常窘。

我妻子的自行车，我儿子的自行车，他们也不知贪黑给修过多少次了。

我们也只能送些东西，变相地表示感谢。

朱霞曾在北京住院治过病，厂里为此发起了募捐，或多或少，是一份心，总之几乎都捐了，捐的都很情愿。证明人们对朱师傅和他的一家都是很友善的。也证明朱师傅和他的一家，给人们的印象是非常良好的。

原本仅容得下一张床的传达室里间，四口之家是显然地、绝对地没法儿同住的。但这世上在一些人看来是显然的、绝对的事，在另外一些被逼到被推到那事前的人们，往往也就不那么显然、不那么绝对了。正所谓事是死的，人是活的；生存空间是小的，人生活的心气儿却可以大一些。朱师傅捡了一张破木床，修修，将两张木床摞起来了，成了双层的床。又捡了一块板，晚上临睡前将下床接出一条。就这样，显然而又绝对解决不了的困难，似乎也就得到了一定程度的解决。朱霞和母亲每晚睡下床，睡得多么挤是可想而知的。朱凡睡上床。而朱师傅自己，则每晚在厂里到处找地方借宿。好在厂里有些供值班人员睡的床，一般情况下他借宿不会遭到拒绝。

现在，这一家四口的生活，主要靠朱师傅一人的微薄收入维持着。

但我从未见朱师傅愁眉苦脸过。

朱师傅另外还有没有收入呢？

有是有的——四处捡些废品卖。

他清除七个垃圾通道时，常将易拉罐儿、塑料瓶眼细地挑出来攒着。我也常见他推了满满一车废品送往什么地方的废品站。

我曾听有人说："嘿，又发了，也许卖不少钱呢！"

我不相信现而今谁靠捡废品卖会"发"。

倘真能，为什么我们城里人不也"发"一把呢？

一个易拉罐儿几分钱，一斤废报几角钱，这我也是知道的。一车废品卖不了多少钱的，明摆着的事儿。

朱师傅挣的是城里人，尤其是北京人显然地、绝对地不愿挣的钱，也是显然地、绝对地在靠诚实的劳动挣钱。

故我常将能卖钱的废品替朱师傅积攒了，亲自送给他。

有次我问："怎么最近没见朱凡啊？"

他笑了，欣慰地说："去学电脑了！"

这一位中年的、安徽农村来的农民父亲，就用自己卖废品所得的钱，供他的儿子去学最现代的谋职技能。

现在朱凡已经在某邮局谋到了一份临时的工作。尽管收入和他父亲的收入一样很低微，但毕竟，全家多了一份收入啊！

某日，朱师傅见了我，吞吞吐吐地问："你看，如果我想在车棚这一角用些胶板围一处我睡觉的地方，厂里会同意吗？"

我说:"我不是早就建议你这样做了吗?只管照你的想法做吧,厂里我替你说。"

厂里的领导也很体恤他一家。

现在,朱师傅有了自己的栖身之处——就在门房的边上,一米多宽,两米多长,用胶板围的一个箱子似的"房间"。睡在里边,夏天的闷热,冬天的森冷,大约非一般城里人所能忍受。

现在,这一家人已在北京——确切地说,在我们童影的门房生活了七八年了。除了朱霞,朱师傅、"嫂子"和朱凡,都在为生活而挣钱。不管一份工作多么脏、多么累,收入多么低微,在北京人看来是多么不值得干、不屑于干,在他们看来,却都是难得的机遇……

在风天,在雨天,在寒冬里,在赤日下,我常见"嫂子"替朱师傅清理七个垃圾通道,替朱师傅打扫宿舍区和厂区的卫生。也像朱师傅一样,从垃圾里挑拣出可卖点儿钱的东西。她替朱师傅时,朱师傅则也许往废品站送废品去了,也许另有一份儿活,去挣另一份儿钱了。

"嫂子"推垃圾车的步态,腾腾有力,显示出一种"小车不倒只管推"的样子。

这一家的每一个成员,似乎总是那么乐观,似乎总是生活得那么亲情融融。

有时我不免奇怪地想——他们的乐观源于什么呢?

当然,我知道,他们一家人要通过共同的努力,早日积攒下一笔钱,然后回安徽农村去盖房子。

那须是多大数目的一笔钱呢?

三万元?还是五万元?

他们离这个目标还有多远呢?

似乎,为了达到这个目标,他们再豁上七八年的时间也不足惜。而且,一定要达到,一定能达到。

难道，这便是他们乐观的生活态度的因由吗？

哪一个人没有生活的目标呢？

哪一个家庭没有生活的目标呢？

但是，有多少人，有多少个家庭，身在到处声色犬马灯红酒绿的大都市里，不谤世妒人，不自卑自贱，不自暴自弃，一心确定一个不超出实际的寻常得不能再寻常的生活目标，全家人同舟共济，付出了一个七八年，并准备再付出一个七八年去辛辛苦苦地实现呢？

我清楚，这样的人，这样的人家，在北京也是不少的。

这一种生活态度不是很可敬吗？

自尊，自强，自立——于老百姓而言，不是特别重要吗？

十分难得的是，他们还有那么一种仿佛任什么都腐蚀不了的乐观！

这乐观可贵呀！

我常对自己说——朱师傅是我的一面镜子。他这一面镜子，每每照出我这个小说家生活的矫情。

我也常对妻子和儿子说——是我们一家的镜子。

相比于朱师傅和他的一家，我和我的一家，还有什么理由不乐观地生活？我们对生活所常感到的不满足不如意，不是矫情又是什么呢？……

落叶赋

我曾写过些短文，或记某事，或忆某人，大抵并非虚构。好比拾一片叶子夹在书中，目的不在于作书笺，而在于长久保存它。我皆可讲出在什么地方，什么时候，为什么在一片落叶之中偏偏拾起某一片。它们常使我感到，生活原本处处有温馨。哪怕仅仅为了回报生活对我的这一种慷慨赠予，我也应将邪恶剔出灵魂以外。如剔出扎在手指上的刺，或抖落爬到身上的毛虫。

一九七七年我刚大学毕业分配到北影时，体质很弱，又瘦又憔悴。肝脏病、胃溃疡、心动过速和严重的神经衰弱，使我终日无精打采。我心情沮丧至极，仿佛患了忧郁症似的。每每顾影自怜。

友人们劝我必须加强身体锻炼，我自己也这么认为。于是每天清晨跑步。先在厂内跑一圈，后来跑出厂去，跑至"北航"校门前绕回来。祛病心切，结果适得其反。

又有友人建议我学太极拳。

我问跟谁学。

他说："这还用专门拜师吗？咱们北影院墙外的小树林里，不是有许多天天在那儿打太极拳的老人？"

于是我每天清晨再跑步时，开始光顾那一片小树林。那里，柿树的叶子很美的，正值夏末秋初季节，它们的主体依然是绿色的，但分明的，已由翠绿变成墨绿了。那一种墨绿，绿得庄重，绿得深沉。它们的边缘，却已变黄了。黄得鲜艳，黄得烂漫，宛若镀金。墨绿金黄的一枚叶子，简直就像一件小工艺品。如此这般的蔽空一片，令人赏心悦目，胸襟为之大开，为之清爽。

在那林中徐旋缓转，轻舒猿臂，稳移鹤步的，全是老人。几乎没有一个四十岁以下的人，使二十七八岁的我觉得自卑，觉得窘迫，觉得手足无措，怕笨拙生硬的举动，会使自己显得滑稽可笑。

我躲在林子的最边儿，占据了几棵树之间的狭小空地，顾左右而暗效之。我觉得一个瘦小的老头儿最该是我的楷模。他的套数很娴熟，动作姿态极为优美。一举手一投足，好比是在舞蹈，我却很难跟上他的套路。多日后，连"抱球""摸鱼"这样的基本动作，还模仿得不成样子。

一天，那老头儿走向我的"绿地"。瘦小的老头儿一副形销骨立的样子，仿佛衣裤内已没有什么很实在的内容。仿佛一阵旋风，足以将他裹卷上天空，起码刮到新街口去似的。但他两眼炯炯有神，目光矍铄，而且透露出近乎冷峻的镇定。他仿佛功夫片中的老侠士，面临决死的挑战，毫无惧色，执念一搏。

他本已做完了一套，走到离我四五步远处，站定，转身，重做。

前推后抱，左五右六，很慢很慢，慢得似电影的慢镜头。我不失时机跟着学做了一遍。之后他回身笑问："刚开始学？"

我不好意思地说："是的。看别人做得挺容易，自己真学起来却怪难的，都不想学了。"

他说："别不想学了呀，今后就跟我学吧！我天天来这儿。"

"那太好了！"——我喜出望外。

他上下打量我片刻，又问："你有病？"

我已将他视为师傅，如实告诉他我有些什么病。

他说："人往往有病之后，才开始珍惜身体，锻炼身体。年轻的，年老的，大多数人都这样，我自己也是。不过你那几种病，不是什么难治的病。生活要有规律，饮食也要有规律。要遵照医嘱服药，再加上坚持锻炼，我保你半年之后就会健康起来的。你年纪轻轻的，身体这么弱，将来怎么成？一个身体不好的人，会觉得连生活也没意思的。"

他说的这些话，别人也对我说过。我常认为是些廉价的安慰之言。但经由这位"师傅"口中说出，似别有一番说服力，另有一番真诚在内。

我诺诺连声，从内心里对他产生了恭敬。

他说："初学乍练的人，都有些不好意思。尤其你们年轻人，好像一比画起太极拳来，就自己将自己归入老人之列了似的。你跟我学，首先要克服这种心理。太极拳有好几套，不同套路对不同的病有间接的疗效作用。从明天起，我要教你一种适合于你的套路。"

我非常感激这一位素昧平生的老人对我的一份儿真诚和良苦用心。同是体弱人，同病相怜之情油然而生。

我犹豫一阵，还是忍不住问："老人家，那您有什么病呢？"

"我嘛，"他又微笑了，以一种又淡泊又诙谐的口吻说，"我的病，和你的病比起来，就大不一样了！甚至可以被医生，被别人，也被我自己认为根本就没有病了。我之所以还天天来这里，是因为除了你，还有不少人希望跟我学，希望得到我的指导啊。"

他颇得意。那是一种什么怪病？大概也就是神经失调之类的病吧？难怪他对自己的病并不太以为然，挺乐观的了。初识，我未再冒昧问什么。

第二天我醒晚了。睁开眼看表，已七点半多。慵慵懒懒地不起床，心想那老头儿，未必会在小树林里等我。不过几句话的交谈，谁那么认真地当"师傅"？可心里总归有些不安定，万一人家真在等着呢？终于还是起了床，去到了小树林。

小树林里已经只有一个人。那位老人，他居然真的在等我。这老头儿！也未免太认真了！我很羞愧，欲编个理由，解释几句！不待我开口，他便说："跟我学吧！"于是他在前，我在后，做了一套与昨天完全不同的太极拳。之后，我做，他从旁观看，指点，口述套路，不厌其烦地一遍一遍示范，甚至摆布我的腿臂，以达到他所要求的准确性，做得好还不时鼓励几句。好像我将代表中国去参加亚运会或奥运会，而他是我的教练，希望我一举夺魁，获冠军得金牌。

分手时，他说："练太极拳，讲究呼吸吐纳之功，清晨空气清新，有益于净化脏腑。又讲究心静、眼静、神静，到了现在这时候，满街车水马龙的，噪音大，空气污浊了，练也无益，反而对身体有害，对不对？"

他一点儿也没有批评我的意思，只不过认为，向我讲明白这些，乃是他的责任。我羞愧难当，连说："对，对。"

他又说："我这个人哪，有三种事最容易使我伤感：一是我养的花儿死了；二是我养的鱼死了；三是看到年轻人病病恹恹的，却还不注意锻炼，增强体质，也不善于锻炼，不知道如何增强体质。你们年轻人将来是咱们中国的主人啊！这不是空洞的大道理。身体不好，于自己，于家庭，于工作和事业，于民族和国家，都无利。明天见。"

他说完，就头也不回地匆匆走了。以后我特意买了个小闹钟。以后我再也没让他等过我。一个多月后，我已动作很娴熟，姿势很准确了。有些初学者，也开始以羡慕的眼光望着我了。每每这时，我便会发现，身后有些人在跟着我学。而那老人，到树林深处，去带去教另一批"学生"了。那时气功还没"热"，也没像现在这般普及，健身的人们，都热衷于太极拳。

柿树的叶子，那一抹金边儿，黄得更深、更烂漫了。实际上，每一片叶子，其主体基本已是金黄色了。仅剩与叶柄相近的那一部分还是墨绿的。倘形容一个月前的叶子，如碧玉，被精工巧匠镶了色彩对比赏心悦目的金黄，那么此时的叶子，仿佛每一片都是用金钳百砸千锤而成，并且嵌上了一颗颗墨绿的珠宝。这样万千美丽的叶子，无风时刻，在晴朗天空的衬托下，在阳光的照耀下，如一幅足以使人凝住目光的油画，一幅出自大师之手的点彩派油画。有风抚过，万千叶子抖瑟不止，金黄闪耀生辉，涌动成一片奇妙的半空彩波，令人产生诗意遐想。而雨天里，乳雾笼罩之中，则更是另一番幽寂清郁景象了……

不久我感到小树林中缺少了什么，缺少了一身褪色的紫红运动衣，那老人每天穿的正是那样一套运动衣。美好的小树林中缺少了那老人的身姿，于我，似乎缺少了美好的一部分，缺少了对美好的体会。一天，两天，三天，接连许多天，他一直没再来到小树林里。我向别人询问，都说认识他，甚至说太熟悉他了。只是没一个人说得出他的名字，家住哪里。人们对于他又几乎一无所知。我也是。然而我想他必定还会来，也不过只是向人们问问而已。

大约又过了半个月，树叶全黄了，由金黄而橘黄。那一种泛红的橘黄，证明秋之魅力足以与夏媲美。每一个领略到这种美的人，骑车的也罢，步行的也罢，常会边望边走；或不禁驻足观赏，鹄立冥思。年轻人，尤其年轻的情侣们，开始出现在小树林里，摆出各种美的或自以为美的姿态照相了。

树上，泛红的橘黄的叶隙间，隐约可见一个个绿果——虽长得够大了还没经霜的柿子。一场秋雨后，大部分树叶落了。我仍每天到小树林去习太极拳。我的坚持不懈，也是为着希望再见到那老人一面。

又一天，小树林里出现了一位姑娘。她不像是来锻炼的，分明是来寻找人的。我的年龄最轻，她一发现我，就朝我走来。

"请问，您认识一位穿紫红色运动衣，身材瘦小，以前每天来这里打太极拳的老人吗？"待我做完全套动作，收稳脚步，她这么问。

我说："认识呀！我就是跟他学的。他该算我师傅呢。"

"我是他女儿。他嘱咐我，一定要将这个亲手交给你。这是他在床上写的画的，希望你今后也能带别人教别人。"那是一套自己装订的太极拳图。图旁，细小而工整的毛笔字，注了行行说明。那当然并非什么秘籍，不过是供人初学的自编"教材"。

"您父亲他怎么这么多天没来？这儿除了我，还有许多认识他的人。我们常在一起谈到他，都挺想他的。"

"他去世了，前天去世的。他患的是骨癌，检查出来已经是晚期了，扩散了。"

"什么……什么时候？"

"半年前。我父亲让我嘱咐你，千万不要告诉认识他的其他人。他知道有些人也患着同样的病，对那些人来说精神乐观很重要。他希望你转告其他人，就说他病彻底好了，身体很健朗，回老家住去了。"

望着她离去的背影，我一时呆住了。

我照那姑娘的话，照她父亲的嘱咐和希望做了。凡说认识他熟悉他的人，皆从他"康复"的"事实"获得了极大的鼓舞、极大的信念。

如今，在各个地方，练气功的人多了，打太极拳的人少了，每当望见他们，我便想起了那一位瘦小的穿一身褪了色的紫红运动衣的老人。我的记忆中，便又多了一片"叶子"。我写此事时，内心里油然充满了对人对生活的温馨。正是这一点，使我的心灵获得有益滋补，使我的心灵比身体健康得多。

戴橘色套袖的人

是的,他当然属于"环卫工人"中的一员。

但他又肯定没有北京户口,肯定不属于工薪阶层,肯定在北京并没有家。在其他城市想必也没有家。分明,他是一个中年农民。

他从哪儿来呢?他在农村的那个家,生活状况如何呢?显然是很贫穷的。可究竟会贫穷到什么程度呢?他在北京栖身于一处什么样的地方呢?他的工作能使他每月挣多少钱呢?

这些,在他活着的时候,都是我所不知道的。

我是隔着我家北屋的窗子"认识"他的。那窗对着元大都古城垣的墟址。十几米宽的小街,每日上午七点至九点是早市。公休日延至十点半。自从有了早市,古城垣那道风景便受着严重的"白色污染"了。肮脏的塑料袋儿触目皆是。一入冬季,挂满光秃秃的树枝,仿佛挂着一片片肮脏的棉团。而自从有了他,那个戴橘色套袖的人,风景才又是风景了。

我第一次隔窗望见他时,他正一动不动地蜷缩在土岗的凹处。那一天很冷,北风在小街上空呼啸。摆摊儿的小贩不多,逛早市的人也不多。两种人都穿得很厚,他却穿得挺单薄,蜷缩在那儿,怀搂着塞垃圾的麻袋,像搂着一个孩子,袖着双手。

妻说:"外边太冷了。昨晚天气预报今天零下八九摄氏度呢!我不出去买早点了,把米饭热成粥,对付吃点儿算了。"

见我没话,又说:"一早晨你站在窗前发的什么呆呀?"

我将妻招到身旁,指着说:"你看,那人是不是已经冻死了啊?"

忽然又一阵风啸过,几只肮脏的塑料袋儿被旋上了天空。那看上去似乎已经冻死了的人活了,站了起来,仰起头望那几只在空中飘飞的塑料袋儿。风一停,塑料袋儿一落地,他便追逐了过去。他用一根一米多长的,一端尖锐的竹竿,一一插住那些肮脏的塑料袋儿,捋进麻袋里去。有几只塑料袋儿挂在很高的树枝上,他就举着竹竿,蹦起来钩,那样也没能钩下来。但他并不离去,仰望着在树下想主意,仿佛是一头企图吃到嫩叶的瘦羊。后来他登上了土岗,凭借着土岗的高度飞身一跃,凌空之际同时举着手中的竹竿。他钩下了一只塑料袋儿,自己重重地摔在地上。他连摔了几次,挂在树上的塑料袋儿全钩下来了……

我望着,心想,这人太认真了啊!进而又想,也许他只有靠他这股认真劲儿,才能较长久地保住他这份儿"职业"吧?

他很敬业地做完他该做的事儿,就又蜷缩到那凹处去了……

以后,我在驻笔凝思时,常不禁地隔窗望他。有时他蜷缩在那凹处晒太阳,有时不在那儿。不在时,肯定是满公园转着清除污染物去了……

有一天我隔窗见他用一柄小铲子铲那凹处,直至将那凹处铲出椅背和椅座的形状……

有一天我见他捡了个纸板箱,拆开来,垫他的"椅座",挡他的"椅背"。他坐下去试了试,似乎觉得很舒服,很满意……

有一天更冷,我见他在他的"专座"前燃了一小堆火,蹲在那儿取暖。火熄了,又在炭热中拨拨拉拉地烤红薯和鸡蛋。红薯和鸡蛋都是他捡的。小贩们常将烂了一半儿的红薯或破了壳卖不出去的鸡蛋挑出来扔到土岗上。我望见他捡过……

有一天我见几个小伙子在土岗上溜达。他们在他的"专座"那儿站住，议论些什么，接着便一齐往他的"专座"上撒尿。他们嘻嘻哈哈地离去后，他走来了。我见他伫立在他的"专座"前发呆。片刻，他捡起那些纸板，折了几折，塞进了麻袋。

那一天他铲毁他经常晒太阳的"专座"……

第二天我见在那儿的一棵大树的树干上，钉了一块纸板。纸板上歪歪扭扭地写着几个醒目的粉笔字——"比处'今只'大小便！"总共七个字错了三个字，招惹得一些逛早市的人指指点点地笑……

那一天他在我隔窗所望的视域内消失了。

那一天妻下班后，翻出了一些旧衣服，说单位又号召职工捐献了。我让她留下一件我穿过的棉大衣，打算送给那戴橘色套袖的人……

我没能将那件旧棉大衣送给他。因为一个同样是农村来的小伙子顶替了他。

我问小伙子他哪儿去了？

小伙子说他死了。

"怎么……怎么就会死了呢？……"

"他得癌症好多年了。他能活到前几天，全靠心中有个愿望撑着啊！……"

"什么……愿望？……"

"还能是什么愿望？想多带回家点儿钱，盖房子和供他小女儿上中学呗！……"

"他……一个月挣多少钱？"

"每天十元钱。少干一天，少挣一天的钱。我也是。省着吃，每月也只不过能剩一百多。和如今城市里下岗的工人一比，我们这些农村来的人，也就知足了。"

"你们，白天在这儿没有休息的地方？"

"想在哪儿歇会儿，就往哪儿一坐一缩呗！"

"你这套袖,是他戴过的?"

小伙子默默点了点头。

……

我将我那件旧棉大衣给了小伙子。

那一天,《中华读书报》的女编辑杨颖来向我约稿,不知怎的,我们谈到了"精神家园"这个话题。

我说:"现在,中国的文化人们,总在那儿喋喋不休地大谈什么'精神家园',而我,只要一从报刊上看到这四个字,非但不觉得温馨,反而如酷暑之季中寒,感到周身发冷。"

她说:"你为什么会这样呢?那难道不是很时髦的话语吗?"

我说:"是的,很时髦。时髦的话语,总是难免使人听出矫情的意味儿。如果'精神家园'只不过就是文人的大小书斋,'精神追求'只不过就是读经,读史,读哲,读诸子,读圣贤,吟诗自悦,行文自赏,自我尊崇,那么其实没谁进入文人的'精神家园',做奋勇抵抗之状是可笑的。起码没人敢闯入文人的书斋,往文人的椅子上撒尿。如果'精神家园'非指文人的大小书斋,'精神追求'非指对安逸的书斋生活的过分向往和沉迷,'精神支柱'也非是'万般皆下品,唯有读书高'的意思,那么我想,许多根本不读文人爱读的那类书的人,其实也是有他们的'精神家园''精神追求'和'精神支柱'的。否则他们觉得没法儿活下去的苦闷,我想一定是远甚于文人们的。只不过他们天生不像文人们那么喜欢自我标榜地喋喋不休罢了。而还存在着不少这样的人——他们连起码的物质家园也谈不上有。他们明白读书是很好的事,但他们忧愁的是自己的儿女根本上不起学。一个患了癌症的人不得不背井离乡,只为每个月挣很少的一点儿钱寄回家乡盖房子供女儿上学,这不靠一种'精神支柱'撑持着行吗?你能说他们的所求不是追求吗?你能彻底分得清他们那一种追求究竟是精神的还是物质的吗?文人有资格在内心里暗自轻蔑和嘲笑他们的追求不如自己的追求高雅吗？所以，据我想来，文人尽可以恪守自己喜欢的生活方式，但若太过分地自我赞美，则不但矫情，而且有些讨嫌了。归根结底，文人的'家园'，也首先是物质组合的，其次才是精神质量的。这精神质量建筑在文人的'家园'的物质基础之上。这是文人心里比任何非文人的人都更清楚的。所以，我们文人别让非文人的人讨嫌。所以，我从不就文人的'精神家园'四个字写什么，实在是不愿置自己于被讨嫌的境地。"

杨颖困惑地看着我，不知我为何大发不合时宜之议论。

于是我引她至我家北屋窗前，指着元大都城垣的墟址上那曾被铲出椅状的凹处，向她讲那个我再也望不见了的、戴橘色套袖的人，敬"业"敬职地还那道风景以清洁的人……

同时我想——文人和文人的物质的以及精神的家园，若同他人的生活现状，他人的命运，他人的苦闷忧愁，他人对物质的以及精神的家园的向往与追求隔开，其实是多么简单的事啊！

简单得只消一扇单窗就够了。

这不知是文人的幸运，还是文人的不幸……

从前的事

马云龙先生是我朋友，长我几岁。"文革"时期，对"四人帮"祸国殃民的行径深恶痛绝，形成言论，于是罹罪。他曾向我讲过几桩牢狱中的人事，时隔久矣，我几乎全忘了。唯其二者，记忆深刻：农民和土地。

话说当年和马先生同牢的，有一个老农。沉默寡言，性极温良。一没偷过，二没抢过，三没奸过，更不曾杀人放火。什么政治观点，头脑里也是完全没有过的。

此老农之"犯罪"，纯粹因为土地，因为曾经属于过他的三亩几分地。解放前，他是佃农。解放初，他是土改积极分子。后来，自然就分到了三亩几分地。土改工作组的同志较为偏心于他这一个土改积极分子，分到他名下的是好地。

当一份盖有大红印章的土地证交给他了，当写有他名字的木桩砸入地界了，当他确信三亩几分地真的属于他了，这一个祖上几代都不曾拥有过土地的农民，跪在那三亩几分地上，哭了。

那情形如同某些早期革命题材电影中的片段。但他的眼泪，和演员的眼泪不是一样的眼泪。老天似乎要成心捉弄这农民，分到土地后的两年，非涝即旱。土地枉好，劳作枉勤。那两年里，这农民并没能从一块属于自己了的土地上收获到多少庄稼。接着，中国的农村就进入了初级社时期。所谓初级社，就是几户农民以自愿的原则，将他们的土地整合到一起，共同耕种，共同收获，按劳分配。这个农民哪一个互助组也不加入。他想，总算是有了一块属于自己的土地，而且是好地，还没靠自己的双手收割过一茬好庄稼呢，怎么舍得归了组呢？

是的，他是那么舍不得。如同一个小女孩，才获得了属于自己的布娃娃没多久，稀罕劲儿没过去，舍不得把布娃娃入了别人的伙，和别人一起"过家家"。

既然是自愿的，他偏不入，别人也奈何不得他。

以后的两年里，仰仗着年景好，风调雨顺，他靠着他的勤劳，在属于他的土地上喜获过两年丰收。

他得意而且自负了。

不入初级社，我的土地不是也没亏待我吗？那我干吗还要入呢？

而这时，中国的农村进入了高级社时期。

高级社也还是以自愿为原则的。但是不自愿的，在农村干部们看来，自然是没有社会主义觉悟的农民无疑了。结果，连高级社也不入的这一个农民，这一个土改时期的积极分子，成了社会主义时期农村里的思想落后分子。

落后就落后，他颇不在乎。拥有了属于自己的土地的他，已经没什么兴趣再去争取政治觉悟方面的那一份儿积极了。他一心一意只想靠自己的勤劳种好那属于自己的三亩几分地了。

高级社时期只不过是中国农村一个特别短暂的过渡时期。转眼到了一九五八年，"人民公社"时期开始了。

我们中国人都知道的，所谓"人民公社化"，即土地归集体所有，农民于是有了第二个称呼，叫"社员"——"社员都是向阳花"，这歌唱的便是人民公社社员。

人民公社而"化"，那就不再是自愿不自愿的事情了。

土改时期颁发的盖有大红印章的土地拥有证，或曰另一种地契，在有的农村里，重新收缴在一起，烧了，叫"二次革命"。第一次是革地主阶级的命，烧的是地主们的地契。这第二次是农民革自己头脑里的私有思想的命，烧的是土改时期政府颁发给他们的地契。有的农村里倒也没烧地契，但明摆着它已经没有了任何意义，除非本人想要留作纪念。情愿进行第二次革命的也罢，不情愿的也罢，反正都是得那么革的。

我们前边讲到的那一个农民，他却偏不。

他说："政府发给我的土地证，政府没说作废，谁烧了是犯法的。谁要硬把它从我手里缴去，也是犯法的。"

依他想来，只要土地证还在自己手里，那三亩几分地就永远是自己的。村干部们告诉他——政府已经下达了文件精神，土地归公了。他反驳道："我不懂精神。文件又在哪儿？拿给我看看！"村一级的干部拿不出那么高级的文件，他就认为理在他这一边，还说："如果承认老婆归自己好，那就得承认土地还是归农民好！"连人民公社也不加入，已经不是什么思想落后不落后的问题了，而是对抗农村社会主义化的严重问题了。但他毕竟曾是佃农，村里阶级成分最低的一个人，村干部们仍奈何不了他。奈何不了他也不能任由他一个人大行资本主义私有化之道啊！村干部们一商议，研究出了一条治他的高招。他们当众向他宣布："你觉得你手里攥着地契，那三亩几分地就永远随你自己想怎么种就怎么种了？但是村里的条条村路可是集体化了。你偏要在私有道路上一条道跑到黑也可以，那你以后就不要走我们集体化的村路！"

他一听，傻眼了。但是他也同时犯了倔劲儿——不是想让我没法儿走到我的土地那儿去种吗？那我离开这个村就是了！当天晚上他背井离乡流浪到外地去了。像他这么一个农民，流浪到哪儿也不是长久的办法啊！但他有力气，不怕脏，不怕累，不怕受歧视，居然在异地他乡活了好几年，并且积攒下了一笔钱。那钱是怎么攒下的呢？是与人合伙，在城市里掏大粪，晒成粪饼子，一车车卖了得来的钱。当年农村缺化肥，一车粪饼子能卖二三十元。但那实际上也是违法的勾当。因为粪既然值钱，城市里的公厕，就不是什么人随便都可以掏的。干那勾当，也是盗的行径，罪名是"盗粪"。盗粪者们，都是半夜三更偷偷地盗。

幸而他几年中一次也没被逮着过。背井离乡之人大抵是这样的——一旦积攒下了点儿钱，惦记亲人思念家乡的心情就更深切了。

于是某一年的年根儿，他出现在村里，背着半扇猪，虽然衣着非锦，甚至还可以说有点儿褴褛，但他脸上的表情，却分明呈现着衣锦还乡的那么一种意味儿。

毕竟，背着半扇猪呢！

那一年已经是一九六五年，提醒人们千万不要忘记阶级斗争的一年。那一年队里的也就是村里的收成很不好，一半怪天，一半怨人。男女老少都愁眉不展的，不知即将到来的春节究竟该怎么过活，才能多少过出点儿快乐的气氛。

我们那一个农民弟兄的出现，使村人们感到愤慨。瞧他这个坚决走资本主义私有化道路的人！他行进在社会主义集体化道路上的步子是多么意气风发趾高气扬啊！——趾高气扬的什么劲儿呢？

确切地说，村人们的愤慨，主要是由于他所背的那半扇猪引起的。他们认为他是在公然挑衅，即是对他们，也是对农村集体化道路，对社会主义。于是就有人拦住他，谴责他："你既然非要一个人走私有化的道路，为什么还双脚踩在我们社会主义集体化的道路上？"他也恼火了，振振有词："你们想干什么？不过就是一条普普通通的农村土路，在解放前也不至于不许谁走！"听听，这不明明是在攻击社会主义吗？有的村人想，你背回来半扇猪有什么值得显摆的？没有水看你那猪肉怎么个吃法？也不用谁下令，他们就轮流把村里的一口井看守住了——不许他家的人来汲社会主义的井里的水了。

事实是，他不在村里的几年中，不仅他家那三亩几分地早已归了集体，凡是他家能参加集体劳动的人，也早已成了人民公社的社员了。而且，和别的社员们的关系处得还都挺不错。

都是那半扇猪惹的祸，以及他那一种走资本主义私有化道路仿佛走得不屈不挠走得特来劲儿的模样。至于那一口井，他很清楚——它不是社会主义以后才有的。那是一口老古井，一九四九年前好几辈子的时候就有了。不许他家的人汲水，他怒不可遏了，在社会主义的道路上蹦着高骂了起来。

骂些什么呢？无非骂村里的人连点儿乡情都不讲，变得彻底没了人味而已。这一骂就惊动了村干部们。村干部们凑在一起统一思想，皆认为太应该好好教育教育他这个人了。而在当年，对一个人的最行之有效的教育方式无非便是召开批判会。于是，他家里闯入了民兵，将他倒拧着两条胳膊押到小学校去了——全村人集合到那儿对他进行毫不留情的批判。批判会和批斗会，原本界限就不很分明，尤其在当年的农村里更是那样。结果批着批着，渐渐就变成了斗了。他被逼着站到一张桌子上去了。斗的非要使被斗的低头认罪不可，被斗的则你们越斗我越不服。结果，斗人的人都急眼了，被斗的也急眼了。人们一个没留神，他做出了一件冲动过火之事——他背后的墙上，贴着伟大领袖毛主席的像，他猝一转身，将毛主席像扯下来了，随之便撕，边撕还边说："叫你们说话不算话！叫你们说话不算话！早知今天这样，我当年才不那么积极！……"

一阵肃静，鸦雀无声。他自然几分钟后就后悔了，然而后悔也晚了。众目睽睽，都看到他做下了什么事了。那在当年是犯死罪的事。谁敢把那样的事压下呢？没人敢。村干部们连夜向公社汇报了；公社火速向县里汇报了；县里认为案情实属重大，汇报到了省里。第二天从省城开来了警车，将他用亮锃锃的手铐铐走了。那一年他已经五十六七岁。他千里迢迢背回到家里的那半扇猪，还没来得及吃上一口肉。不消说，他也没能在家里过上那一年的春节。专政机关念他出身好，网开一面，从轻发落，判了他个无期。他这一个当年土改时期的积极分子，始料不及地成了"反革命"，而且是现行的。

村人们，包括村干部们，过后细细一想，偏又都忆起了他这个人以前为人处世的许多优点。比如心地善良，比如助人为乐，比如义气、正直什么什么的……

他最主要的缺点就是有时候看问题太死心眼，往往一条道走到黑，不撞南墙不回头，不见棺材不落泪。总而言之，太倔。村人们都因为他的倔而替他喟叹不已，也都有点儿后悔——明知他的倔脾气，又何必那么较真地批斗他？然而他们的后悔，也晚了。事情已经发生，已经结束，谁都再减轻不了像他那么重的罪了。他的家人们明智地宣布和他脱离一切亲情关系。不明智怎么办呢？不明智那就只有等当"现行反革命家属"了。我的朋友马云龙也被关投监时，他已在狱中被关押了十来年了。

外面的世界发生了些什么翻天覆地的大事件，他不太知道。他已经是快七十岁的一个老农民了。然而他一辈子都没能好好种过几年地，尽管他曾是一个种地的好把式。一九四九年前，是因为没有属于自己的土地可种。一九四九年后，是因为明明拥有了属于自己的土地却没有过几年在自己的土地上好好侍弄庄稼的时光。快七十岁的他，已在监狱里被关押得有点儿痴呆了。他经常独向一隅，喃喃自语地嘟哝同一句话："老婆要是归自己好，那土地就归农民好。"至于那份地契，他不知把它藏于何处了，估计连他自己也忘了。一天夜里，他喉间发出一阵古怪的响声之后，双目不瞑地死了。也许，他在生命的最后一瞬，仍想说那句他百说不厌的话？那话，对于他，似乎成了一句经典的台词。想来，他也太是一个悲剧角色了。是否够得上是一个经典的悲剧角色呢？我没什么依据妄作评论。呜呼！除了呜呼，关于他，我不复有话还要说。我替这一个农民的地下之灵感到安慰的是——如今，在中国，土地耕种权又完完全全地属于农民们自己了，而且减免了一切农业方面的税……

清　名

倘非子诚的缘故，我断不会识得徐阿婆的。

子诚是我的学生，然细说嘛，也不过算是罢。有段时期，我在北京语言大学开"写作与欣赏"课，别的大学的学子，也有来听的，子诚便是其中的一个。他爱写散文，偶作诗，每请我看。而我，也每在课上点评之。由是，关系近好。

子诚的家，在西南某山区的茶村，小。他已于去年本科毕业，当了京郊一名"村官"。今年清明后，他有几天假，约我去他的老家玩。我总听他说那里风光旖旎，禁不住动员，成行。

斯时茶村，远近山廓，美轮多姿。树、竹、茶垄，浑然而不失层次，绿如滴翠。

翌日傍晚，我见到了徐阿婆。

那会儿茶农们都背着竹篓或拎着塑料袋子前往茶站交茶。大叶茶装在竹篓，一元一斤；芽茶装在塑料袋里，二十元一斤。一路皆五六十岁男女，络绎不绝。七十岁以上长者约半数，年轻人的身影，委实不多。尽管勤劳地采茶，好手一年是可以挣下五六千元的，但年轻人还是更愿到大城市去打工。

子诚与一老妪驻足交谈。我见那老妪，一米六七八的个子，腰板挺直，满头白发，不矜而庄。

老妪离开后,我问子诚她的岁数。

"八十三了。"

"八十三还采茶?!"我不禁向那老妪背影望去,敬意油然而生。

子诚告诉我——新中国成立前,老人家是出了名的美人儿。及嫁龄,镇上乃至县里的富户争娶,或为儿子,或欲纳妾,皆拒,嫁给了镇上一名小学教师。后来,丈夫因为成分问题,回村务农。然知识化了的男人,比不上普通农民那么能耐得住山村的寂寞生活,每年清明前,换长衫游走于各村"说春"。当年当地,农村人大都是文盲,连皇历也看不懂的。她丈夫有超强记忆,一部皇历倒背如流。"说春"就是按照皇历的记载,预告一些节气与所谓凶吉日的关系而已。但一般告诉,则不能算是"说春"。"说春人"之"说春",基本上是以唱代说,不仅要记忆好,还要嗓子好。她的丈夫嗓子也好。还有另一本事,便是脱口成章。"说"得兴浓,别人随意指点什么,竟能就什么唱出一套套合辙押韵的掌故来,百指而难不倒,像是现今的"R&B 歌手"。于是,使人们开心之余,自己也获得一碗小米。在人们,那是享受了娱乐的回报。在他自己,是一种个人价值体现的满足。所谓与人乐,其乐无穷。不久农村开展"破除迷信"运动,原本皆大开心之事,遂成罪过。丈夫进了学习班,"说春人娘子"一急之下,将他们的家卖到了仅剩自己穿着的一身衣服的地步,买了两袋小米,用竹篓一袋袋背着,挨家挨户一碗碗地还。乡亲们过意不去,都批评她未免太过认真。她却说——我丈夫是"学知人",我是"学知人"的妻子。对我们,清名重要。若失清名,家便也没什么要紧了。理解我的,就请将小米收回了吧!……

工作组组长了解到那一情况,愕然,继而肃然。对其丈夫谆谆教诲了几句,亲自送回家,并对当年的阿婆好言安抚……

我问:"现在她家状况如何?为什么还让八十三岁的老人家采茶卖茶呢?"

子诚说:"阿婆得子晚,六十几岁时,三十几岁的独生儿子病故了。媳妇改嫁,带着孙子远走高飞,早已断了音讯。从那以后,她一直一个人过活。七八年前,将名下分的一亩多茶地也退给村里了……"

"这么大岁数,又是孤独一人,连地都没了,可怎么活呢?"

"县里有政策,要求县镇两级领导班子的干部,每人认养一位农村的鳏寡高龄老人,保障他们的一般生活需求,同时两级政府给予一定补贴……"

我不禁感慨:"多好的举措……"

不料子诚却说:"办法是很好,多数干部也算做得比较负责任。只是,阿婆的命太不好,偏偏承担保障她生活责任的县里的一位副县长,明面是爱民的典范,背地里贪污受贿,酒色财赌黑,五毒俱全,原来不是个东西,三年前被判了重刑……"

我一时失语,良久才问出一句话是:"黑指什么?"

"就是黑恶势力呀。"

我又失语,不想再问什么,只默默听子诚说:"阿婆知道后,如同自己的名誉也受了玷污,一下子病倒了。病好后,她开始替茶地多的人家采茶,一天采了多少斤,按当日茶价五五分成。老人家眼力不济了,手指也没了准头,根本采不了芽茶,只能采大叶茶了,早出晚归,平均下来,一天也就只能挣到五六元钱而已。她一心想要用自己挣的钱,把那副县长助济她的钱给退还清了……"

"可……这……难道就没有人认为应该告诉老人家,她完全不必那样做吗?……"方才仿佛被割掉了舌的我,终于又能说出话来。而且,说得激动。

"许多人都这么劝过的,可老人家她听不进去啊。"子诚的话,却说得异常平静。

不待我再说什么,问什么,子诚的一句话,使我顿时又失语了。

他说:"今年年初,老人家患了癌症。"

我,极愕。

"几乎村里所有人都知道了。她自己也知道了。不过,她装作自己一点儿也不知道的样子,就着自己腌的咸菜,每日喝三四碗糙米粥,仍然早出晚归地采大叶茶。有人说,那是因为她岁数大,脏器都老化了,所以不觉得多么疼了……他们的说法有道理吗?……"

"我……不太清楚……"我的确不太清楚。

我心愀然。进而,怆然。

那天晚上,我要求子诚转告老人家,有人愿意替她"退还"尚未"还"清的一千二三百元钱。

子诚说:"转告也是白转告……"

我恼了,训道:"明天,你必须那么对她说!"

第二天,还是傍晚时,我站在村道旁,望着子诚和老人家说话。才一两分钟后,二人的谈话便结束了。老人背着竹篓,尽量,不,是竭力挺直身板,从我眼前默默走过。

子诚也沮丧地走到了我跟前,嗫嚅道:"我就料到根本没用的嘛……"

"我要听的是她的原话!"

"她说,谢了。还说,人的一生,好比流水,可以干,不可以浊……"

我不禁再次失语,竟至于,羞愧了。以后几日的傍晚,我一再看见徐阿婆往返于卖茶路上,背着编补过的竹篓,竭力挺直单薄的身板。然而其步态,是那么的蹒跚,使我联想到衰老又顽强的朝圣者,去向我所不晓的什么圣地。有一天傍晚下雨,她戴顶破了边沿的草帽,用塑料布罩住竹篓,却任雨淋湿衣服……

那曾经的草根族群中的美女,那八十三岁的,身患癌症的,竭力挺直身板的茶村老妪,又使我联想到古代的,镇定地奔赴生命末端的独行侠……

似乎，我倾听到了那老妪的心声：清名、清名……反反复复，二字而已。

不久前，子诚从他当"村官"的那个村子打来电话，告诉我徐阿婆死了。

"她，那个……我的意思是……明白我在问什么吗？……"我这个一向要求学生对人说话起码表意明白的教师，那一时刻语无伦次。

"听家里人说，她死前几天才还清那笔钱……老人家认真到极点，还央求村支书为她从县里请去了一名公证员……现在，有关方面都因为那一笔钱而尴尬……"

我不复能说出话来，也不知自己什么时候放下电话的。想到我和子诚口中，都分明地说过"还"这个字，顿觉对那看重自己清名的老人家，无疑已构成了人格的侮辱。

清名、清名……

这一旦在乎反而累人自讨苦吃的"东西"呀，难怪今人都避得远远的，唯恐沾上了它！

我之羞惭，因我亦如此……

老妪

那一个老妪是一个卖茶蛋的老妪。

在十二月的一个冷天,在北京龙庆峡附近,儿子须作一篇"游记",我带他到那儿"体验生活"。

卖茶蛋的皆乡村女孩儿和年轻妇女。就那么一个老妪,跻身她们中间,并不起劲儿地招徕。偶发一声叫卖,嗓音是沙哑的。所以她的生意就冷清。茶蛋都是煮的,老妪锅里的蛋未见得比别人锅里的小。我不太能明白男人们为什么买茶蛋还要物色女主人。

老妪似乎自甘冷清,低着头,拨弄煮锅里的蛋。时时抬头,目光睃向眼前行人,仿佛也只不过因为不能总低着头。目光里绝无半点儿乞意。

我出于一时的不平,一时的体恤,一时的怜悯,向她买了几个茶蛋。活在好人边儿上的人,大抵内心会生发这种一时的小善良,并且总克制不了这一种自我表现的冲动。表现了,自信自己仍立足在好人边上,便获得一种自慰。

老妪应找我两毛钱,我则扯着儿子转身便走,佯装没有算清小账。

儿子边走边说:"爸,她少找咱们两毛钱。"

我说:"知道,但是咱们不要了。大冷的天她卖一只茶蛋挣不了几个钱,怪不易的……"

于是我向儿子讲,什么叫同情心,人为什么应有同情心,以及同情心是一种怎样的美德……

两个多小时后,我和儿子从公园出来,被人叫住——竟是那老妪。袖着双手,缩着瘦颈,身子冷得蜷缩着。

"这个人,"她说,"你刚才买我的茶蛋,我还没找你钱,一转眼,你不见了……"

老妪一只手从袖筒里抽出,干枯的一只老手,递向我两毛钱,皱巴巴的两毛钱……

儿子仰脸看我。

我不得不接了钱。我不知自己当时对她说了句什么……

而公园的守门人对我说:"人家老太太,为了你这两毛钱,站我旁边等了那么半天……"

我和儿子又经过买茶蛋的摊时,见一老叟,守着老妪那煮锅。如那老妪一样,低着头,摆弄煮锅里的蛋。偶发一声叫卖,嗓音同样是沙哑的。目光偶向眼前行人一睃,也只不过是任意的一睃,绝无半点儿乞意。比别人,生意依旧冷清……

人心的尊贵,一旦近乎本能的,我们也就只有为之肃然了。我觉得我的类同施舍的行径,对于老妪,实在是很猥琐的……

看自行车的女人

想为那个看自行车的女人写下篇文字的念头，已萌生在我心里很久了。事实上我也一直觉得还会见到她，果而那样，我就不写她了。却再也没见到。北京太大，存自行车的地方太多，她也许又到别处做一个看自行车的女人去了。或者，又受到什么欺辱，憋屈无人可诉，便回家乡去了？总之我没再见到过她……

而我第一次见到她，是在北京一家牙科医院前边的人行道上：一个胖女人企图夺她装钱的书包，书包的带子已从她肩头滑落，搭垂在她手臂上。她双手将书包紧紧搂于胸前，以带着哭腔的声音叫嚷着："你不能这样啊，你不能这样啊，我每天挣点儿钱多不容易啊！……"

那绿色的帆布的书包，看去是新的。我想，她大约是为了她在北京找到的这一份看自行车的工作才买的。从前的年代，小学生们都背着那样的书包上学。现在，城市里的小学生早已不背那样的书包了，偶尔可见摆地摊的街头小贩还卖那样的书包，一种赖在大城市消费链上的便宜货。看自行车的女人四十余岁，身材瘦小，脸色灰黄。她穿着一套旧迷彩服，居然还戴着一顶也是迷彩的单帽，而足下是一双带扣绊儿的旧布鞋，没穿袜子，脚面晒得很黑。那一套迷彩服，连那一顶帽子，当然都非正规军装。地摊上也有卖的，十元钱可以都买下来。总之，她那么一种穿戴，使她的模样看去不伦不类，怪怪的。单帽的帽舌卡得太低，压住了她的双眉。帽舌下，那看自行车的女人的两只眼睛，呈现着莫大而又无助的惊恐。

我从围观者们的议论中听明白了两个女人纠缠不休的原因：那身高马大的胖女人存上自行车离开时，忘了拿放在自行车筐里的手拎袋，匆匆地从医院里跑回来找，却不见了，丢了。她认为看自行车的外地女人应该负责任。并且，怀疑是被看自行车的外地女人藏匿了起来。

"我包里有三百元钱，还有手机，你'丫挺'的敢说你没看见！难道我讹你不成么？！……"

胖女人理直气壮。

看自行车的女人可怜巴巴地说："我确实就没看见嘛！我看的是自行车，你丢了包儿也不能全怪我……你还兴许丢别处了呢……"

"你再这样说我抽你！"——胖女人一用力，终于将看自行车的女人那书包夺了去，紧接着将一只手伸入包里去掏，却只不过掏出了一把零钱。五六十辆一排自行车而已，一辆收费两毛钱，那书包里钱再怎么多，也多不过十几元啊。

"当"的一声，一只小铁碗抛在看自行车的女人脚旁，抢夺者骑上自己的自行车，带着装有十几元零钱的别人的书包，扬长而去。我想，那与其说是经济的补偿，毋宁说更是图一种心理平衡的行为。我居京二十余年，第一次听一个北京的中年妇女口中说出"丫挺"二字。我至今对那二字的意思也不甚了了，但一直觉得，无论男女，无论年龄，口中一出此二字，其形其状，顿近痞邪。

看自行车的女人，追了几步，回头看着一排自行车，情知不能去追，也情知是追不上的，慢慢走到原地，捡起自己的小铁碗，瞧着发愣。忽然，头往身旁的大树上一抵，呜呜哭了。那单帽的帽舌，压折在她的额和树干之间……

我第二次见到她，是在北京的一家书店门外。那家书店前一天在晚报上登了消息，说第二天有一批处理价的书卖。我的手，和一只女人的黑黑瘦瘦的手，不期然地伸向了同一本书——《英汉对照词典》。我一抬头，认出了对方正是那个看自行车的女人，不由得将伸出的手缩了回来。我家小阿姨莲花嘱我替她捎买一本那样的书，不知那看自行车的女人替什么人买。看自行车的女人那天没再穿那套使她的样子不伦不类的迷彩服，也没戴迷彩单帽，而穿了一身洗得干干净净的一蓝布衫裤。我的手刚一缩回，她赶紧将那一本书拿起在手中，急问卖书人多少钱。人家说二十元，她又问十五元行不行？人家说一本新的要卖四十元呢！问她买不买？不买干脆放下，别人还买呢！看自行车的女人就将一种特别无奈的目光望向了我，她的手却仍不放那词典。我默默转身走了。

我听到她在背后央求地说："卖给我吧，卖给我吧，我真的就剩十五元钱了！你看，十五元六角，兜里再一分钱也没有了！我不骗你，你看，我还从你们这儿买了另外几本书哪！……"

又听卖书的人好像不情愿似的："行行行，别啰唆了，十五元六拿去吧！"

后来，那女人又在一家商场门前看自行车了。一次，我去那家商场买蒸锅，没有大小合适的，带着的一百元钱也就没破开。取自行车时，我没想到看自行车的人会是她，歉意地说："忘带存车的零钱了，一百元你能找得开么？"我那么说时表情挺不自然，以为她会朝不好的方面猜度我。因为一个人从商场出来，居然说自己兜里连几角零钱都没有，不大可信的。她望着我愣了愣，似乎要回忆起在哪儿见过我，又似乎仅仅是由于我的话而发愣。也不知她是否回忆起了什么，总之她一笑，很不好意思地说："那就不用给钱了，走吧走吧！"——她当时那笑，给我留下很深的印象。我们许多人，不是已被猜度惯了么？偶尔有一次竟不被明明有理由猜度我们的人所猜度，于我们自己反倒是很稀奇之事了。每每竟至于感激起来。我当时的心情就是那样。应该不好意思的是我，她倒那么不好意思。仅凭此点，以我的经验判断，在牙科医院前的人行道上发生的那件事中，这外地的看自行车的女人，她是毫无疑问地被欺负了……这世界上有多少事的真相，是在众目睽睽的情况之下被掩盖甚至被颠倒了啊！这么一想，我不禁替她不平……

我第二次去那家商场买到了我要买的那种大小的蒸锅，付存车费时我说："上次欠你两毛钱，这次付给你。"我之所以如此主动，并非想要证明自己是一个多么多么诚信的人。我当时丝毫也没有这样的意识。倒是相反，认为她肯定记着我欠她两毛钱存车费的事，若由她提醒我，我会尴尬的。不料她又像上次那样愣了一愣。分明，她既不记得我曾欠她两毛钱存车费的事了，也不记得我和她曾要买下同一本词典的事了。可也是，每天这地方有一二百人存自行车取自行车，她怎么会偏偏记得我呢？对于那个外地的看自行车的女人，这显然是一份比牙科医院门前收入多的工作。我看出她脸上有种心满意足的表情。那套迷彩服和那顶迷彩单帽，仿佛是她看自行车时的工作装，照例穿戴着。依然赤脚穿着那双旧布鞋，依然用一只绿色的帆布小书包装存车费。

"不用啊不用啊"，她又不好意思起来，硬塞还给了我两毛钱。我觉得，她特别希望给在这里存自行车的人一种良好的印象。我将装蒸锅的纸箱夹在车后座上，忍不住问了她一句："你哪儿人？"

"河南。"她的脸，竟微微红了一下。

我于是想到了那是为什么，便说："我家小阿姨也是河南人。"

她默默地，有些不知说什么好地笑着。

"来北京多久了？"

"还不到半年。"

"家乡的日子怎么样呢？"

"不容易过啊……再加上我儿子又上了大学……"她将大学两个字说出特别强调的意味，顿时一脸自豪。

"唔？在一所什么大学？"

她说出了一座我陌生的河南城市的名字。我知近年某些省份的地区级城市的师范类专科学院，也有改挂大学校牌的，就没再问什么。

我推自行车下人行道时，觉得后轮很轻。回头一看，见她的一只手替我提起着后轮呢。骑上自行车刚蹬了几下，纸箱掉了。那看自行车的女人跑了过来，从书包里掏出一截塑料绳……

北京下第一场雪后的一天晚上，北影一位退了休的老同志给我打电话，让我替他写一封表扬信寄给报社。他要表扬的，就是那个河南的看自行车的女人。他说他到那家商场去取照片，遇到熟人聊了一会儿，竟没骑自行车走回了家，拎兜也忘在自行车筐里了……

"拎兜里有几百元钱，钱倒不是我太在乎的。我一共洗了三百多张老照片啊！干了一辈子摄影，那些老照片可都是我的宝呀！吃完晚饭天黑了我才想起来，急急忙忙打的去存车那地方，你猜怎么着？就剩我那一辆自行车了！人家看自行车那女人，冷得受不了，站在商店门里，隔着门玻璃，还在看着我那辆旧自行车哪！而且，替我将我的拎兜保管在她的书包里。人心不可以没有了感动呀是不是？人对人也不可以不知感激是不是？……"

北影退了休的摄影师在电话里恳言切切。我满口应承照办照办。然而过后事一多，所诺之事竟彻底忘了。

不久前我又去那家商场买东西，见看自行车的人已经换了，是一个外地的男人了。我问原先那个看自行车的女人呢？他说走了。我问为什么她走了呢？他说，还能为什么呢？那就是她不称职呗！我们外地人在北京挣这一份工作，那也是要凭竞争能力的！我心黯然，替那看自行车的女人，并且，也有几分替她那在一所默默无闻的大学里读书的儿子……

我想问她到哪里去了？张张嘴，却什么也没有再问。

我不知她从农村来到城市,除了看自行车,还能干什么?如果她仍在北京的别处,或别的城市里做一个看自行车的人,我祈祝她永远也不会再碰到什么欺负她的人,比如那个抢夺了她书包的胖女人。

　　阳光底下,农村人,城市人,应该是平等的。弱者有时对这平等反倒显得诚惶诚恐似的,不是他们不配,而是这起码的平等往往太少,太少……

玉顺嫂的股

九月出头，北方已有些凉。

我在村外的河边散步时，晨雾从对岸铺过来。庄稼地里，割倒的苞谷秸不见了，一节卡车的挂斗车厢也被隐去了轮，像江面上的一条船。

这边的河岸蕤生着狗尾草，草穗的长绒毛吸着显而易见的露珠，刚浇过水似的。四五只红色或黄色的蜻蜓落在上边，翅子低垂，有一只的翅膀几乎是在搂抱着草穗。它们肯定昨晚就那么落着了，一夜的霜露弄湿了翅膀，分明也冻得够呛。不等到太阳出来晒干双翅，大约是飞不起来的。我竟信手捏住了一只的翅膀，指尖感觉到了微微的水湿。可怜的小东西们接近着麻木了，由麻木而极其麻痹。那一只在我手中听天由命地缓缓地转动着玻璃球似的头，我看着这种世界上眼睛最大的昆虫因为秋寒到来而丧失了起码的警觉，一时心生出忧伤来。"穿花蛱蝶深深见，点水蜻蜓款款飞"的季节过去了，它们的好日子已然不多，这是确定无疑。它们不变得那样还能怎样呢？我轻轻将那只蜻蜓放在草穗上，而小东西随即又垂拢翅膀搂抱着草穗了。河边土地肥沃且水分充足，狗尾草占尽生长优势，草穗粗长，草籽饱满，看去更像狗尾巴了。

"梁先生……"

我一转身，见是个少年。雾已漫过河来，他如在云中，我也是。我在村中见到过他。

我问:"有事?"

他说:"我干妈派我,请您到她家去一次。"

我又问:"你干妈是谁?"

他腼腆了,讷讷地说:"就是……就是……村里的大人都叫她玉顺嫂那个……我干妈说您认识她……"

我立刻就知道他干妈是谁了。

这是个极寻常的小村,才三十几户人家,不起眼。除了村外这条河算是特点,此外再没什么吸引人的方面。我来到这里,是由于盛情难却。我的一位朋友在此出生,他的老父母还生活在村里。村里有一位民间医生善推拿,朋友说治颈椎病是他的"绝招"。我每次回哈尔滨,那朋友是必定得见的。而每次见后,他总是极其热情地陪我回来治疗颈椎病。效果姑且不谈,其盛情却是只有服从的。算这一次,我已来过三次,已认识不少村人了。玉顺嫂是我第二次来时认识的——那是冬季,也在河边。我要过河那边去,她要过河这边来,我俩相遇在桥中间。

"是梁先生吧?"——她背一大捆苞谷秸,望着我站住,一脸的虔敬。

我说是。她说要向我请教问题。我说那您放下苞谷秸吧。她说背着没事儿,不太沉,就几句话。

"你们北京人知道的情况多,据你看来,咱们国家的股市,前景到底会怎么样呢?"

我不由得一愣,如同鲁迅在听祥林嫂问他:人死后究竟是有灵魂的吗?

她问得我心里咯噔一下。

我是从不炒股的。然每天不想听也会听到几耳朵,所以也算了解点儿情况。

我说:"不怎么乐观。"

"是吗?"——她的双眉顿时紧皱起来了。同时,她的身子似乎顿时矮了，仿佛背着的苞谷秸一下子沉了几十斤。那不是弯腰所致，事实上她仍尽量在我面前挺直着腰。给我的感觉不是她的腰弯了，而是她的骨架转瞬间缩巴了。

她又说："是吗？"——目光牢牢地锁定我，竟有些发直，我一时后悔。

"您……也炒股？"

"是啊，可……你说不怎么乐观是什么意思呢？不怎么好？还是很糟糕？就算暂时不好，以后必定又会好的吧？村里人都说会的。他们说专家们一致是看好的。你的话，使我不知该信谁了……只要沉住气，最终还是会好的吧？"

她一连串的发问，使我根本无言以对，也根本料想不到，在这么一个仅三十几户人家的小村里，会一不小心遇到一名股民，还是农妇！

我明智地又说："当然，别人的看法肯定是对的……至于专家们，他们比我有眼光。我对股市行情太缺乏研究，完全是外行，您千万别把我的话当回事儿……否极泰来，否极泰来……"

"我不明白……"

"就是……总而言之，要镇定，保持乐观的心态是正确的……"

我敷衍了几句，匆匆走过桥去，接近着逃掉。

在朋友家，他听我讲了经过，颇为不安地说："肯定是玉顺嫂，你说了不该那么说的话……"

朋友的老父母也不安了，都说那可咋办？那可咋办？

朋友告诉我，村里人家多是王姓，如果从爷爷辈论，皆五服内的亲戚关系，也皆闯关东的山东人后代，祖父辈的人将五服内的亲戚关系带到了东北。排论起来，他得叫玉顺嫂姑。只不过，如今不那么细论了，概以近便的乡亲关系相处。三年前，玉顺嫂的丈夫王玉顺在自家地里起土豆时，一头栽倒死去了。那一年他们的儿子在上技校，他们夫妻已攒下了八万多元钱，是预备翻盖房子的钱。村里大部分人家的房子都翻盖过了，只她家和另外三四家住的还是从前的土坯房。丈夫一死，玉顺嫂没了翻盖房子的心思。偏偏那时，村里人家几乎都炒起股来。村里的炒股热，是由一个叫王仪的人煽乎起来的。那王仪曾是某大村里的中学的老师，教数学，且教得一向极有水平，培养出了不少尖子生，他们屡屡在全县甚至全省的数学竞赛中取得名次及获奖。他退休后，几名考上了大学的学生为谢师恩，凑钱买了一台挺高级的笔记本电脑送给他。不知从何日起，他便靠那台电脑在家炒起股来，逢人每喜滋滋地说：赚了一笔又赚了一笔。村人们被他的话拨弄得眼红心动，于是有人就将存款委托给他代炒。他则一一爽诺，表示肯定会使乡亲们都富起来。委托之人渐多，玉顺嫂最终也把持不住欲望，将自家的八万多元钱悉数交付给他全权代理了。起初人们还是相信他经常报告的好消息的。但消息再闭塞的一个小村，还是会有些外界的情况说法挤入的。于是有人起疑了，天天晚上也看起电视里的财经频道来。以前，人们是从不看那类频道的，每晚只选电视剧看。开始看那类频道了，疑心难免增大，有天晚上大家便相约了到王仪家郑重"咨询"。王仪倒也态度老实，坦率承认他代每一户人家买的股票全都损失惨重。还承认，其实他自己也将他们两口子多年辛苦挣下的十几万全赔进去了。他煽乎大家参与炒股，是想运用大家的钱将自家损失的钱捞回来……

他这么替自己辩护：我真的赚过！一次没赚过我也不会有那种想法。我利用了大家的钱确实不对，但从理论上讲，我和大家双赢的可能也不是一点儿没有！

愤怒了的大家哪里还愿多听他"从理论上"讲什么呢？就在他家里，当着他老婆孩子的面，委托给他的钱数大或较大的人，对他采取了暴烈的行动，把他揍得也挺惨。即使对于农民，当今也非仓里有粮、心中不慌的时代，而同样是钱钞为王的时代了。他们是中国挣钱最不容易的人。

明知钱钞天天在贬值已够忧心忡忡的,一听说各家的血汗钱几乎等于打了水漂儿,又怎么可能不急眼呢?兹事体大,什么"五服"内"五服"外的关系,当时对于拳脚丝毫不是障碍了。第二天王仪离家出走了,以后就再没在村里出现过。他的家人说,连他们也不知他的下落了。各家惶惶地将所剩无几的股渣清了仓。

从此,这小村的农民们闻股变色,如同真实存在的股市是真真实实的蟒蛇精,转化形成性感异常的美女,生吞活咽幻想"共享富裕"的人。但人们转而一想,也就只有认命。可不嘛,些个农民炒的什么股呢?说到底自己被忽悠了也得怨自己,好比自己割肉喂猛兽了,而且是猛兽并没扑向自己,自己主动割上赶着喂的,疼得要哭叫起来也只能背着人哭、到旷野上去叫呀!

有的人,一见到或一想到玉顺嫂,心里还会备受道义的拷问与折磨——大家是都认命清仓了,却唯独玉顺嫂仍蒙在鼓里!仍在做着股票升值的美梦!仍整天沉浸于她当初那八万多元已经涨到了二十多万的幸福感之中。告诉她八万多元已损失到一万多了也赶紧清仓吧,于心不忍,怕死了丈夫不久的她承受不住真话的沉重打击;不告诉呢,又都觉得自己简直不是人了!我的朋友及他的老父母尤其受此折磨,因为他们家与玉顺嫂的关系真的在"五服"之内,是更亲近的。

朋友正讲着,玉顺嫂来了。朋友一反常态,当着玉顺嫂的面一句接一句地数落我,极尽讽刺挖苦之能事,无非说我这个人一向不懂装懂,自以为是,由于长期被严重的颈椎病所纠缠,看什么事都变成了不可救药的悲观主义者云云。朋友的老父母也参与演戏,说我也曾炒过股,亏了几次,所以一谈到股市心里就没好气,自然念衰败经。我呢,只有嘿嘿讪笑,尽量表现出承认自己正是那样的。

玉顺嫂是很容易骗的女人。她高兴了,劝我多住几天。说大冬天的,按摩加上每晚睡热乎乎的火炕,颈椎病会有减轻。

我说是的是的，我感觉痛苦症状减轻多了，这个村简直是我的吉祥地……

玉顺嫂走后，我和朋友互相看看，良久无话。我想苦笑，却连一个苦的笑都没笑成。朋友的老父母则都喃喃自语。一个说："这算干什么？这算干什么……"另一个说："往后还咋办？还咋办……"

我跟那礼貌的少年来到玉顺嫂家，见她躺在炕上。她一边坐起来一边说："还真把你给请来了，我病着，不下炕了，你别见怪啊……"那少年将桌前的一把椅子摆正，我看出那是让我坐的地方，笑笑，坐了下去。我说不知道她病了，如果知道，会主动来探望她的。她叹口气，说她得了风湿性心脏病，一检查出来已很严重，地里的活儿是根本干不了啦，只能慢慢腾腾地自己给自己弄口饭吃了。我心一沉，问她儿子目前在哪儿。她说儿子已从技校毕业，在南方打工。知道家里把钱买成了股票后，跟她吵了一架，赌气又一走，连电话也很少打给她了。我心不但一沉，竟还疼了一下。她望着少年又说，多亏有他这个干儿子，经常来帮她做点儿事。

接着问少年："是叫的梁先生吗？"我替少年回答是的，夸了他一句。玉顺嫂也夸了他几句，话题一转，说她是请我来写遗嘱的。我一愕，急安慰她不要悲观，不要思虑太多，没必要嘛。玉顺嫂又叹口气，坚决地说："有必要啊！你别安慰我了，安慰我的话我听多了，没一句能对我起作用的。何况你梁先生是一个悲观的人，悲观的人劝别人不要悲观，那更不起作用了！你来都来了，便耽误你点儿时间，这会儿就替我把遗嘱写完吧……"

那少年从抽屉里取出纸、笔以及印泥盒，一一摆在桌上。在玉顺嫂那种充满信赖的目光的注视之下，我犹犹豫豫地拿起了笔。按照她的遗嘱，子虚乌有的二十二万多元钱，二十万留给她的儿子，一万元捐给村里的小学，一万元办她的丧事，包括修修她丈夫的坟，余下三千多元，归她的干儿子……

我接着替她给儿子写了封遗书，她嘱咐儿子务必用那二十万元给自己修一处农村的家园，说在农村没有了家园的农民的儿子，人生总归是堪忧的。并嘱咐儿子千万不要也炒股，那份儿提心吊胆的滋味实在不好……

我回到朋友家里，将写遗嘱之事一说，朋友长叹道："我的任务总算完成了。希望由你这位作家替她写遗嘱，成了她最大的心愿……"我张张嘴，一个字也没说出来。序、家信、情书、起诉状、辩护书，我都替人写过不少。连悼词也曾写过几次的。遗嘱却是第一次写，然而是多么不靠谱的一份遗嘱啊！值得欣慰的是，同时代人写了一封语重心长的遗书，一位母亲留给儿子的遗书，一封对得住作家的文字水平的遗书……

这么一想，我心情稍好了点儿。第二天下起了雨。第三天也是雨天。第四天上午，天终于放晴，朋友正欲陪我回哈尔滨，几个村人匆匆来了，他们说玉顺嫂死在炕上。朋友说："我不能陪你走了……"他眼睛红了。我说："那我也留下来送玉顺嫂入土吧，我毕竟是替她写过遗嘱的人。"

村人们凑钱将玉顺嫂埋在了她自家的地头她丈夫的坟旁，也凑钱替她丈夫修了坟。她儿子没赶回来，唯一能与之联系的手机号码被告诉停机了。

没人敢做主取出玉顺嫂的股钱来用，怕被她那脾气不好的儿子回来时问责，惹出麻烦。那是一场极简单的丧事，却还是有人哭了。丧事结束，我见那少年悄悄问我的朋友："叔，干妈留给我的那份儿钱，我该跟谁要呢？"朋友默默看着少年，仿佛聋了，哑了。他求助地将目光望向我。我胸中一大团纠结，郁闷得有些透不过气来，同样不知说什么好。路边草丛之下，遍地死蜻蜓。一场秋雨一场寒……

小垃圾女

我第一次见到她，是在元月下旬的一个日子，刮着五六级风。家居对面，元大都遗址上的高树矮树，皆低俯着它们光秃秃的树冠，表示对冬季之厉色的臣服。偏偏十点左右，商场来电话，通知安装抽油烟机的师傅往我家出发了……

前一天我就将旧的抽油烟机卸下来丢弃在楼口外了。它已为我家厨房服役十余年，油污得不成样子。我早就对它腻歪透了。一除去它，上下左右的油污彻底暴露，我得赶在安装师傅到来之前刮擦干净。洗涤灵去污粉之类难起作用，我想到了用湿抹布滚粘了沙子去污的办法。我在外边寻找到些沙子用小盆往回端时，见个十一二岁的女孩儿，站在铁栅栏旁。我丢弃的那台脏兮兮的抽油烟机，已被她弄到那儿。并且，一半已从栅栏底下弄到栅栏外；另一半，被突出的部分卡住。

女孩儿正使劲跺踏着。她穿得很单薄，衣服裤子旧而且小。脚上是一双夏天穿的扣绊布鞋，破袜子露脚面。两条齐肩小辫，用不同颜色的头绳扎着。她一看见我，立刻停止跺踏，双手攥一根栅栏，双脚蹬在栅栏的横条上，悠荡着身子，仿佛在那儿玩的样子。那儿少了一根铁栅，传达室的朱师傅用粗铁丝拦了几道。对于那女孩儿来说，钻进钻出仍是很容易的。分明，只要我使她感到害怕，她便会一下子钻出去逃之夭夭。而我为了不使她感到害怕，主动说："孩子，你是没法弄走它呀！"——倘她由于害怕我仓皇钻出时刮破了衣服，甚或刮伤了哪儿，我内心里肯定会觉得不安的。

她却说："是一个叔叔给我的。"——又开始用她的一只小脚踩踏。

果而有什么"叔叔"给她的话，那么只能是我。我当然没有。

我说："是吗？"

她说："真的。"

我说："你可小心……"

我的话还没说完，她已弯下腰去，一手捂着脚腕了。破裂了的塑料是很锋利的。

我说："唉，扎着了吧？你倒是要这么脏兮兮的东西干什么呢？"

她说："卖钱。"其声细小。说罢抬头望我，泪汪汪的。显然疼的。接着低头看自己捂过脚腕的小手，手掌心上染血了。

我端着半盆沙子，一时因我的明知故问和她小手上的血而呆在那儿。

她又说："我是穷人的女儿。"——其声更细小了。

她的话使我那么的始料不及，我张张嘴，竟不知再说什么好。而商场派来的师傅到了，我只有引领他们回家。他们安装时，我翻出一片创可贴，去给那女孩儿，却见她蹲在那儿哭，脏兮兮的抽油烟机不见了。

我问哪儿去了？

她说被两个蹬手板车收破烂儿的大男人抢去了。说他们中一个跳过栅栏，一接一递，没费什么事儿就成他们的了……

我问能卖多少钱？

她说十元都不止呢，哭得更伤心了。

我替她用创可贴护上了脚腕的伤口，又问："谁教你对人说你是穷人的女儿？"

她说："没人教，我本来就是。"

我不相信没人教她，但也不再问什么。我将她带到家门口，给了她几件不久前清理的旧衣物。

她说："穷人的女儿谢谢您了叔叔。"

我又始料不及，觉得脸上发烧。我兜里有些零钱，本打算掏出全给了她的。但一只手虽已插入兜里，却没往外掏。那女孩儿的眼，希冀地盯着我那只手和那衣兜。

我说："不用谢，去吧。"

她单肩背起小布包下楼时，我又说："过几天再来，我还有些书刊给你。"

听着她的脚步声消失在外边我才抽出手，不知不觉中竟出了一手的汗。我当时真不明白我是怎么了……

事实上，我早已察觉到了那女孩儿对我的生活空间的"入侵"。那是一种诡秘的行径。但仅仅诡秘而已，绝不具有任何冒犯的意味，更不具有什么危险的性质。无非是些打算送给朱师傅去卖，暂且放在门外过道的旧物，每每再一出门就不翼而飞了。左邻右舍都曾说撞见过一个小小年纪的"女贼"在偷东西。我想，便是那"穷人的女儿"无疑了……

四五天后的一个早晨我去散步，刚出楼口又一眼看见了她。仍在第一次见到她的地方，她仍然悠荡着身子在玩儿似的。她也同时看见了我，语调亲昵地叫了声叔叔。而我，若未见她，已将她这一个穷人的女儿忘了。

我驻足问："你怎么又来了？"

她说："我在等您呀叔叔。"——语调中掺入了怯怯的，自感卑贱似的成分。

我说："等我？等我干什么？"

她说："您不是答应再给我些您家不要的东西吗？"

我这才想起对她的许诺，搪塞地说："挺多呢，你也拎不动啊！"

"喏"——她朝一旁翘了翘下巴，一个小车就在她脚旁。说那是

"车",很牵强,只不过是一块带轮子的车底板。显然也是别人家扔的,被她捡了。我问她脚好了吗?她说还贴着创可贴呢,但已经不怎么疼了。之后,一双大眼瞪着我又强调地说:"我都等了您几个早晨了。"

我说:"女孩儿,你得知道,我家要处理的东西,一向都是给传达室朱师傅的,已经给了几年了。"——我的言下之意是,不能由于你改变了啊!

她那双大眼睛微微一眯,凝视我片刻说:"他家里有个十八九岁的残疾女儿,你喜欢她是不是?"

我不禁笑着点了一下头。"那,一次给她家,一次给我,行不?"——她专执一念地对我进行说服。

我又笑了。我说:"前几天刚给过你一次,再有不是该给她家了吗?"

她眨眨眼说:"那,你已经给她家几年了,也多轮我几次吧!"

我又想笑,却怎么也笑不起来了,心里一时很觉酸楚,替眼前花蕾之龄的女孩儿,也替她那张能说会道的小嘴儿。

我终不忍令她太过失望,二次使她满足……

我第三次见到那女孩儿,日子已快临近春节了。

我开口便道:"这次可没什么东西打发你了。"

女孩儿说:"我不是来要东西的。"——她说从我给她的旧书刊中发现了一个信封,怕我找不到着急,所以接连两三天带在身上,要当面交给我。

那信封封着口,无字。我撕开一看,是稿费单及税单而已。

她问:"很重要吧?"

我说:"是的,很重要,谢谢你。"

她笑了:"咱俩之间还谢什么。"

她那窃喜的模样,如同受到了庄严的表彰。而我却看出了破绽——封口处,留下了两个小小的脏手印儿。夹在书刊里寄给我的单据,从来是不封信封口的。

好一个狡黠的"穷人的女儿"啊！她对我动的小心眼令我心疼她。

"看"——她将一只脚伸过栅栏，我发现她脚上已穿着双新的棉鞋了，摊儿上卖的那一种。并且，她一偏她的头，故意让我瞧见她的两只小辫已扎着红绫了。

我说："你今天真漂亮。"

她悠荡着身子说："我妈妈决定，今年春节我们不回老家了。"

"爸爸是干什么的？"

她略一愣，遂低下了头。

我正后悔自己不该问，她抬起头说："叔叔，初一早晨我会给您拜年。"

我说不必。她说一定。

我说我也许会睡懒觉。她说那她就等，说您不会初一整天不出家门的呀，说她连拜年的话都想好了："叔叔马年吉祥，恭喜发财！"

"叔叔我一定来给你拜年！"说完，猛转身一蹦一跳地跑了。两只小辫上扎的红绫，像两只蝴蝶在她左右肩翻飞……

初一我起得很早，倒并不是因为和那"穷人的女儿"有个比较郑重的约会，而是由于三十几夜晚看一本书看得失眠了。我是个越失眠反而越早起的人，却也不能说与那个比较郑重的约会毫无关系。其实我挺希望初一一大早走出家门，一眼看见一个一身簇新，手儿脸儿洗得干干净净，两条齐肩小辫扎得精精神神的小姑娘快活地大声给我拜年："叔叔马年吉祥，恭喜发财！"——尽管我不相信那真能给我带来什么财运……

一上午，我多次伫立窗口朝下望，却始终不见那"穷人的女儿"的小身影。下午也是。

到今天为止，我再没见过她，却时而想到她。每一想到，便不由得在内心默默祈祷：

小姑娘，马年吉祥，恭喜发财！……

小芝麻粒儿

"小芝麻粒儿"是一个女孩儿。两年前,好友A君带她到我家来,预先在电话里说她要采访我。当我开门让进他们后,朝外又张望了一眼,奇怪地问:"人呢?"A君回答:"没谁了,就我俩。"我又问:"记者呢?"A君说:"是她。"我不由得扭头打量——那天她穿的是运动鞋,个子看去不高,也就一米六五吧;女式半袖T恤,运动短裤;但是身材很匀称,腰特别细,而且……薄。所以用窈窕二字形容她也还恰如其分。总而言之穿着黄色T恤和短裤的她,当时给我的印象像是一只金小蜂,又叫细腰蜂的那一种。

主客坐定,我望着她有把握地问:"高二了吧?"

我以为她是高二刚分在文科班的女生,一年后打算报考新闻专业,采访我纯粹是为了实习实习。女孩儿大眼睛,薄嘴唇,脸颊瘦削,看去很精神的,蛮清秀。

她回答:"没有高二了呀。"——表情端庄,语调柔婉。一个拖出轻声的"呀"字,使她的话听来如小女儿言。A君替她补充道:"都大学毕业四年了,在一家外企工作。"我心中暗暗一算,那么她起码该二十六七岁了,人家是个大姑娘了嘛!不禁讶然于她的小模小样。我又问她,为什么已在外企工作了,还要来对我进行采访。她那双看人时有点儿定定的大眼睛求助地瞟向A君。于是A君替她解释:"她同学在报社当编辑,给了她这么一个采访任务。再说她自己工作之余也喜欢写写。"我问她都写过什么。

她说："诗啊、散文啊还有童话啊，都写过，发表了几篇。"

那天她对我进行了一个多小时的采访。于我，是一次态度郑重的敷衍。于她，我想她一定是有所感觉的。

果然，晚上她给我来了一次电话，开口便说："梁大作家，没想到你是那样的！"

我说："我配合你完成了采访任务，你怎么还像对我有意见似的？"

她说："可你明明是在应付我！"——接着也不给我开口的机会，又说她进行过调查了解，十之七八的当代青年并不知道我的名字并没读过我的书；而读过的，都不喜欢我写的那些作品，竟还说"姑且算作品吧"。

她话说得很快，忽然压低声音道："对不起，不是不给你平等的说话权利，我们只有十五分钟喝茶的时间，我该回写字间去了。"

放下电话，我愣了片刻，便给A君打过去电话，抱怨地说："你带到我家来一个什么女孩儿呀！耽误了我的时间，刚刚竟还挖苦了我一通！"

自从我过了五十岁生日，即使二十六七岁的小女子们，在我眼里亦皆是女孩儿了。

A君开导我："你是长者，一切多担待。何况你也多了种机会了解当代的某些女孩子……"

我打断道："某些？专指她'那样式'的？"

A君耐心可嘉地说："你别年轻人挖苦了你几句就经不起似的！有点儿风度行不行？我向你保证，她是个可爱的女孩儿。再说和我不一般关系，不看僧面看佛面……"

后来，她又采访了我一次，是关于"时尚"话题的。这一次我较为认真地接受了她的采访。然我一向对于"时尚"二字反感透顶。觉得那个在中国传媒中出现得越来越频繁的词，已"粘人"到了令我嫌恶的程度。我记得我在回答时说了"时尚不过就是摩登"一句话，还形容"时尚"是谙人间惑术的"巴狗"。

她目光定定地仿佛还有点儿愕异地盯着我听我说。终于轮到她开口时，她平心静气地道出自己的一番看法来："其实我觉得时尚并不就是摩登。摩登是时髦，是对时尚的一种不相宜的夸张和炫耀。而时尚是一种虽然往往与时髦并行，但是永远不会被改变为时髦的事物。时髦是一种企图追求到某种品质却几乎永远也追求不到的现象，而时尚却好比一枚一生出来就有品质的蛋……"

这时我极想很不雅地问一句："从哪儿生出来的？"——但考虑到面前坐的毕竟是一个女孩儿，话到喉间吞回去了。

她仿佛猜到了我想说什么而没有说，脸微微红了，低下头沉默几秒钟，自言自语般地嘟哝："时尚其实是尚时的意思，就是还没开始流行的状态，所以不同于时髦……"

我觉她的话亦有道理，并且将那道理用语言表达得挺好，于是刮目相看。那一次采访，因为有了点儿争论的意味儿，她反而显得满足，大概以为那才叫认真对待。她临走前我问她："是不是与我的好友A君是近邻啊？"她说："比邻居关系更近。"我又问："亲戚？"她说："比亲戚还亲。"我一时困惑得说不出话来。她咯咯笑了："他是我爸爸呀！"……

晚上我给好友打电话，责问为什么不告诉我她是他女儿。A君说："唉，不许我告诉嘛！你看，她自己倒忍不住彻底交代了，但我希望你还是应该对她保持一种威严。"我问为什么。他说："我说她不服之时，你可以帮我呀！"然而自从知道了她是A君的女儿，我对她也就威严不起来了。A君长我十余岁，不仅有一女，还有一子。儿子已成家，是兄长。

女儿与他们老两口共同生活着，是妹妹。再后来，我与A君之间，关于他的女儿，话题渐多。有次在他家他内疚地对我说："我这女儿呀，从小被我管束得太严，管坏了。都二十六七岁了，在别人眼里是白领了，在家里还是个孩子似的，好像越大越傻。"我说："她不傻呀，挺聪慧的。"

A君说："工作方面是不傻。可二十六七岁了还不知道谈恋爱，找朋友，自己也不急。转眼成大龄女了，也是我一件愁事啊！"A君的老伴插言道："设身处地替孩子想一想，孩子她都没时间谈恋爱找朋友啊！"我问："工作有那么忙？""可不嘛！要是冬天，天刚亮就出门上班去了。起得稍微晚一点儿，就得打的。打的那花的是自己的辛苦钱啊！这孩子要强，在外企工作三年多了，一次没迟到过。下班也晚，九十点钟才回到家里是常事。星期六、星期日两天休息，往往用一整天补觉，睡呀睡呀，叫吃饭都叫不醒。还剩一天呢，就一心只想玩了。"——当母亲的说着，叹了口气。

正那会儿，他们的女儿以手掩口，打着哈欠从自己的小屋走了出来。我问她："听到你爸妈的话了么？"她点点头，去喝水。我说："一个星期一天，谈恋爱也差不多够了。玩是可以两个人一起的事儿，何不同时进行？"

她说："同时进行当然好了。可要找到那个爱我、我也爱他的人，要用比谈恋爱本身多得多的时间呀！这么着吧叔叔，您先替我找着。替我找到之前，我抓紧时间一个人玩儿挺好。再不抓紧时间玩儿都老了，结果落得个既没爱过，也没好好玩儿过的下场。两耽误，人生岂不是更可悲？"——说完，打着哈欠回到她的小屋去了，八成继续补觉。

A君苦笑道："听听，说的是什么话？"他老伴儿望着我请求地说："真的，你也替我们当父母的操操心行不？"我说："行。"不料小屋里传出他们女儿的话："叔叔，我刚才只不过随口一说，千万别听我爸妈的。爱人我以为那还是自己去发现的好。"

有一个星期六的晚上，我接到她的电话，说希望我第二天陪她逛动物园。我说没时间，她说她老爸要给我照相，也去。那是我早就答应了A君的事。我略一犹豫，她就在电话那端说："叔叔算你答应了啊！"可是第二天，我在动物园门口只见着了她。她狡黠地一笑，说她老爸临时有事，来不了啦。而我意识到，我上当了。一上午她显得特别高兴，主动说了许多话。她说从初中到高中，为了能考上一所使父母也使自己光彩的大学，舍不得时间玩。大学毕业后一参加工作，没时间玩了。并且扳着指头遗憾地说，从十六七岁到二十六七岁，总共才开开心心地玩了有限的几次。她看每一种动物的目光，那纯粹是小女孩第一次看到它们的惊奇的目光。我觉得我像是带着一个八九岁的女童在逛动物园。

我问她在外企具体做什么工作，她说给一位部门长当助理。我说那也算较高一级的白领了。她说其实她觉得自己是"小芝麻粒儿"，镀银的一粒小芝麻粒儿。我说："起码你的工资是令人羡慕的，比我这大学教授的工资还高一倍多呢！"她说："叔叔不骗你，有时我加班到晚上十点多，觉得自己口中有血腥气。而那时，整幢写字楼就剩我和一名等着关大门的保安了……"我倏然间明白了她为什么那么爱玩和贪睡。我问她的顶头上司对她如何。她说挺好。我问是不是真的。她说如果她的上司再能多体恤她一点儿，就是一位好上司了。我说可见她的上司有不够体恤她的时候。她想了想，说她其实不该抱怨给自己发工资的人。我说又不是当面，抱怨了一两句又有什么？她说养成习惯就不好了。所以即使在背后，也还是一句都不应该抱怨。冲着那份儿不菲的工资，她得具有任劳任怨的敬业精神。我问："据我所知，在外企工作的中国人，如果摊上一位同胞是自己的上司，反而可能是一种不幸，实际情况是不是那样。"

她想了想，委婉地回答："中国人替外国人要求自己的同胞，总是会比他代表中方企业的情况下对同胞的要求更严，也总是会比外企老板要求得更严。外企老板有时还不至于对中方雇员有多么不近情理的要求，而恰恰是同胞的上司会。不过也可以理解，他们只有那样表现，升得才快……"

我问："你的上司是中国人还是外国人？"她忽然觉得失言了，岔开话题道:"叔叔,咱们看大象表演节目去吧!……"

"非典"时期,她公司里的欧洲人都回国去了,而中方雇员照常上班。有天晚上十点多,电话响了。我抓起一听,是她打来的。我问:"小芝麻粒儿,你在哪儿?"她说:"叔叔,我在加班……"我又问:"你是不是在哭啊?"她说:"叔叔,整幢写字楼又只剩我和一名等着关大门的保安了。我已经连续一个星期每天都加班到这时候了,我觉得嘴里又有血腥味儿了……"我生气地说:"这是什么日子里啊!你这样辛苦,免疫力下降,上下班路上那是极容易……"她说:"叔叔我会注意的……我不过就是想和一个人说几句话……有些话又不能对爸爸妈妈说……"

前天下午,A君打来电话,说她女儿还要来采访我。我说:"你的女儿嘛,可以。"他在电话那端沉默片刻,又说:"我女儿失业了……"我不禁"噢"了一声。"她公司新来了一名女大学生,负责社会福利保险的一位部门长,把公司应该替大家缴的保险金额压得很低很低,低于公司的内部规定一半多。她觉得不公,替人家那大学生据理力争,结果一时冲动,和那位部门长吵了起来……"

我问:"对方是咱们中国人吧?"

A君说:"可不嘛。"

我说:"他是咱们中国人中的混蛋。"

A君说:"他还对我女儿说——你不想干了就走人!我女儿一气之下辞职了。但人家那名女大学生自己反倒想开了,留下了……"

我不知再说什么话好。"小芝麻粒儿"来时,脸上少了往常的开朗神情,一副心事重重的模样。而我心里,却对那女孩儿陡升起了几分敬意。

这一次不是我应付她,而是她自己采访得有点儿心不在焉。结束后,我说:"小芝麻粒儿,叔叔想过几天去爬香山,你陪我如何?"她顿时高兴起来,一双大眼睛亮晶晶的,说:"好呀!好呀!……"

少女敲响我家门

商品时代的旋转式运行,在中国,必将以葬送下一代农民对土地的寄托意识为代价。并且,对于这一代价,在下半个世纪,中国是要付出高利贷的。下一代农民将不会再依恋土地,而愈来愈憎恶它。所谓种粮大户,可能在心理上也并不依恋土地。他们的选择也许正是为了他们的子孙最终离弃土地。好比精心饲养一口猪,最终是为了卖掉它或宰了它。下半个世纪,中国的根本问题,将更是农民问题,不是怎样种地的问题,而是谁还种地的问题。由农业国发展为工业国——这是理想。中国有八亿多农民——这是现实。理想在现实面前,显得多么苍白啊!上半个世纪中国的农民甘于务农,下半个世纪中国的农民很可能将不甘于务农。

如果城市里没有你们的生存根据,那你们就当农民吧!——假设上帝曾这么说过,那么下半个世纪的中国农民将如此回答——如果城里的人需要吃饭,就让城里的人自己去种地吧!

下半个世纪,中国还能再造出一位哪怕仅仅使农民迷信的"上帝"吗?

经常发生这样的事——深更半夜有人敲门,敲门声怯怯的,毫无信心,如同非语言形式的断断续续地诉说。开了门,门外畏畏缩缩的,凄凄惨惨戚戚的,倚墙靠着一个头发蓬乱,面容不洁,服装不整的来自农村的青年或姑娘。有的还处在少男少女的花龄。他们的行囊之简令人怜悯。他们寻找到我的家门已证明他们到了身无分文、走投无路的境地。

一天清早——推门，推不开。又狭又小又黑两户共用的二层小过廊里，抵门乏蹲，困着一人。

"你没有任何技术，你文化这么低，你年龄这么小……"

"俺十七了……"

讷讷的。然而是极自尊的。

不认为自己年龄小。我仿佛看到被作践过、被摧残过的未成熟的志气的尸骸，狼藉在早已破碎的自尊的下面。我真不知该怎样看待十七岁这个年龄和面前这一位落魄的农村少女。

"嗐，你这孩子呀，出门远行前，究竟怎么想的啊？"

"俺知道你是作家，报上说你心眼挺好……北京只有一个北京电影制片厂，俺寻思，没路可走了，俺得找你……俺就是这么想的……"急急切切的，她从她的小布包中翻出一份旧报。"俺读过你的一篇小说……"

"进屋来，坐下，慢慢说——我能给你什么帮助呢？"

"叔叔，求你千万帮俺找个工作吧！"

"可是，我没有能力帮你找工作啊！再说，你这么弱的身体，能干什么呢？"

"俺什么活都能干！俺什么活都能干！在家里，俺顶一个壮劳力啊！"大概在她想来，写小说的人找工作，比大汉帮人推一辆小车上坡容易得多……

"我的确没有门路哇……"我必须重申这一点。我不能使她对此抱有任何幻想。我心有余而力不足。

茫然的、绝望的眼睛，她的眼睛，定定地盯了我半分钟。既哀且怨的眼神儿，渐渐地、渐渐地就在那双眼睛里弥漫——落魄的农村少女身子一软，似会瘫倒。我赶紧扶她，却不承想，分明的，她是要给我跪下……

仿佛一个溺水者向你伸出一只手，而你说："请原谅……"那一瞬间，我真希望我是个有权的人，哪怕仅仅有安排一个农村少女在某处不起眼的地方工作的权力。哪怕让她擦桌子，扫地，干杂活……

"不过我可以给你买火车票，给你路上花的钱……"

"俺绝不回去……"

"你从哪儿来，只能回哪儿去！……"

"回去，没个奔头——还不如死了好……"

茫然的、绝望的眼睛，她的眼睛，已不再盯着我。既哀且怨的眼神儿，已彻底笼罩了她那双眼睛。她盯着的是作为装饰品悬挂墙上的一柄蒙古刀。分明的，她的话，也更是对她自己说的。我无法判断，在她的内心里，她的自尊是不是已经被城市扫荡尽净——而我是最后的持帚者……她的话，使我联想到了哈姆雷特流传了一百多年的那句台词——生，还是死？

十七岁的，看上去因落魄而变得懵里懵懂的农村少女，逃亡的不是迫害，不是逼婚事件，不是一九四九年前那一种咄咄的贫穷。她逃亡温饱。她逃亡温饱以后的寂寞。她逃亡为了温饱而不得不从事的终年流汗于田间的劳作。她逃亡农村对她的命运的羁绊。她逃亡土地对她的奴役般的占有。她逃亡她的上辈人规定于她的现实。从本质上讲，她并未面临着生与死的抉择。她抉择的是怎样一种活法……

在命运比她良好十倍、百倍的人们因为同样的抉择纷扰绞尽脑汁不惜代价漂洋过海的今天，谁有资格对这十七岁的懵里懵懂的少女说她太荒唐？

她们和他们在城市中如迷途羔羊——没有一片茵绿的草地是上帝专赐给迷途羔羊的。城市正大面积地蒸发人类精神中宝贵的养分，形成空前涌动和沸腾的物质欲望的气浪。像无色无味的粉，飘荡在城市的上空，被一切男人和女人天天吸入肺里。那乃是生活的一部分因子，从生活的本体挥发了出来，改变着城市的空气的结构成分，改变着一切男人和女人的肺活量，使他们和她们在被改变的状态下，脸上都有着那么一种扑朔迷离的神情。在他们和她们那种神情中，包含着种种活泼的贪婪，种种生动至极的贪婪……

我在《雪城》的下部，对城市作过这样的比喻：

"它是一个庞然大物。它是巨鳄，它是复苏的远古恐龙。人们都闻到了它的潮腥气味儿，人们都感到了它强而猛健的呼吸。它可以任富有的人们骑到它的背上。它甚至愿为他们表演杂耍。在它爬行过的路上，它将贫穷的人践踏在脚爪之下。他们将在它巨大的身躯下变为泥土。令人震撼的是，他们亦获得不到同情，同情如高利贷，将仅仅成为持有'信誉卡'的人的通货。而普通的人们不仅事实上并没有变得怎样富有，大概连怎样才能富起来也根本不知道。所以他们只能装出富有的样子。以迎合它嫌贫爱富的习性，并幻想着也能够爬到它的背上去。它笨拙地一往无前地就爬过来了，它用它那巨大的爪子拨拉着人——对它诚惶诚恐的遍地皆是的生灵。当它爬过之后，将他们分为穷的，较穷的，富的，较富的和最富的。就像农妇挑豆子似的，大概其地拨拉着。它用它的爪子对社会重新进行排列组合，它将冷漠地吞吃一切阻碍它爬行的事物，包括人。它唯独不吞吃贫穷，它将贫穷留待各个人自己去对付……"

我对我不难理解的现象妥协了。我不是牧师，我不能胜任教化的"神职"。尽管我对这一现象感到忧患——但那充其量不过是小说家的忧患，和一个城里人的忧患。设想，如若一个城里人对农民提出这样的问题——你们都来到城里来了，那么谁为我们种地？也太傲慢了吧？我做我认为仁义的事。于是我向朋友极力推荐一位能当小"阿姨"的农村少女。几位很好的朋友对我大摇其头。他们不同意我的思维逻辑，也不接受我的推荐，并且毫不客气地批评指出——这一种"小善良"没有什么特殊的意义。我亦不同意他们的看法。我认为人不能只做"有特殊意义的事"。何况在绝大多数的情况下绝大多数的时候，绝大多数的人想做

"有特殊意义"的事也是做不了的。倘每人都能不失时机地给予别人某些小的帮助，小的支持，小的安慰，小的方便，小的满足，小的成全，用朋友们调侃我的话，一言以蔽之曰"小善良"，则现实就不会太不宽松、太紧张、太无安全感了！就不会互相的利用太多、互相的出卖太多、互相的倾轧太多、互相的心理压迫太多、互相的暗算太多了。而另一种现象我称之为"遛狗现象"。在《雪城》下部对这一现象我是这样写的。

……他一向以为，自己的命运是开始攥在自己手里了。其实不然，仍攥在别人手里。归根结底是别人手里。那些人平时好像并不存在。当他的命运影响到他们的命运时，不，哪怕仅仅影响到他们的心理时，他们的嘴脸才显出来。好比蒙上了一层灰尘的镜子。灰尘一擦，什么都照见了。他们平时不过是攥着他的命运，笑呵呵地攥着。一张张面孔都是亲近的、友好的、诚挚的、和善的。无论他怎样努力，怎样变得成熟起来，也只能操纵着自己的一小半命运。他的命运不过像他们养的一只狗。狗脖子上套着许多圈，每个脖圈都连着一结实的绳子，而自己手中只扯着一根，其余的平时看不见，不知都扯在哪些人手中。他的路越平坦，那许多根看不见的绳子便渐渐绷紧。当他行走得较顺利时，那些扯着另外许多根绳子的手，就必然要使暗劲儿朝四面八方拽了。那些人只能容忍他的命运像盲人的引路犬一样，导他往坑坑洼洼肮脏污水遍地乱石成堆处，跟头把式踉踉跄跄三步一跤五步一倒地走……许多人其实并非败于或死于自己的命运，而是被活活勒毙的。难道所谓社会应该是你手中拽着我的"狗"，我手中拽着他的"狗"，他手中拽着你的"狗"，人人手中都拽着别人的"狗"、人人的"狗"都被别人拽的"遛狗图"吗？……

我实践我的信条既不动摇也不后悔。

朋友们又向我讲"小阿姨"席卷雇主家的财物溜之大吉的事例。我听起来总觉得多少有些演义的成分。我曾给《人民文学》的编辑王勇军推荐过一个"小阿姨"——我的儿子幼时所雇的安徽"小阿姨"的堂姐——据她讲——在勇军夫妇独子小命垂危的时候。据勇军讲，有的"小阿姨"见了那小家伙直摇头，不敢受雇。而我推荐去的"小阿姨"则表现出一种"见义勇为"的气概，当天便留在了他家。如今勇军的宝贝疙瘩相当之健康。他见了我每每夸奖："那姑娘真好！和我们处得像一家人一样，救了我们儿子一命。我得感激你啊！……"

勇军夫妇和她至今仍有书信往来。她专程来北京探望过他们。他们还借给她钱回农村去开书店。我想，倘她并未在一位《人民文学》的编辑家中当过"小阿姨"，可能未必会产生出回农村去开书店这样的念头吧？这不是很好的一件事吗？……

终于有朋友被我说服，答应试用一个月。

然而不足半月，朋友便来告诉我："她走了！"

我问："怎么走了？"

"因为我说了她一句——你笨得出奇！"

"噢……"

"就因为这么一句话！"

"拐走什么东西了吗？"

"没有。那倒没有。"

"不辞而别？"

"嗯。不过也不算不辞而别。台历上留下一句话——'城里人刚到乡下，在我们眼里也常常笨得出奇！'"

"走了就走了吧。也不值得你专程来告诉我。"

"我是觉得，怪对不住你一番好意的嘛！我没想到……"

"没想到什么？"

"她的字倒写得蛮不错的……"

"毕竟读到了中学啊，还写过诗呢！"

"写过诗？我不信！"为了使朋友信，我拉开抽屉，翻找出那农村少女请我指点的诗。

它以工整的循规蹈矩的笔迹抄在一页田字方格纸上：

> 轻风抚轻草，
> 黄蜂觅黄花，
> 春水一塘静，
> 田蛙几声呱。

那一页田字方格纸，也许是从她弟弟的作业本上扯下的吧？而五言绝句的格律练习，却是由于怎样的一种启迪又是怎样开始的呢？那一份闲适的恬淡是真实可信的吗？如果可信，又为什么逃亡呢？

朋友说："这没什么。顺口溜而已。拆开了，倒是两条小对子。南方的乡下，尤其两湖，多有目不识丁却能口出对联的老农。识几个字的，自然就更有了那么点儿意思。"

朋友说完，匆匆地就走了。面对那一张折了一两折的田字方格纸，我又陷入了对于人生非常之宿命的沉思……

安定是以安定本身为基础的，社会的安定以民众的安定为基础。

民众的安定以民众的心理安定和情绪安定为基础。

这类乎废话。

不算废话的话倒可能是下面的一句——废话是因为说多了而无效才成废话。

一个陌生女孩的来信

笔耕不辍,久栖文坛,很是收到过一些陌生人写来的信。当弃则弃,应留则留,竟渐渐地由欣然而淡然而漠然。有时,那一种无动于衷,连自己都深觉太愧对认认真真给自己写信的人们了。但是近日收到一个陌生女孩儿的来信,却使我不由得细读数遍,心生出几许说不清楚道不明白的感动。那是一封几经周转的信。信封上的字迹和信纸上的字迹不同,一看就知非是一人所写,然都是很稚拙的笔触。下面便是那一封信的内容。

尊敬的作家先生:

我是一个女孩子,普通得不能再普通、平凡得不能再平凡的女孩子。除了年龄的资本,我再没有任何先天的或者后天的资本。既(当为"即",她写的是白字,我将一一替她改正)使我的花季,那也不过是很不显眼的花季。

好比我的家乡的山上和乡路两旁一年四季常开常谢的小野花,开着没人赏,谢时没人惜的。现在,我是深圳的一个打工妹。深圳满街都是我这种年龄的小打工妹。我们外省的打工妹特别感激深圳。这一座和我们年龄差不多的城市,对我们很包容。它给我们打工妹的机会,似乎也比别的城市多一些。这是我们的认为。它不允许比我们强的人歧视我们。这是我们最感激它的方面。我们小小年龄，背井离乡，哪一座城市不歧视我们，我们自然就觉得它比别的城市好。

对不起，我扯得太远了。我给您写信，不是要谈深圳的，我也不是要在这一封信中谈我自己的。关于我自己我前边已经写得很明白了，实在没什么好谈的。而且呢，我也不是你们作家亲（青）睐的什么文学女青年。我向您老老实实地承认，我没读过您的任何一本书，连一篇小说或者一篇文章也没读过。有一个星期六我和我的三个表姐一个表哥又在我们的小六姨家相聚，一边嗑瓜子一边闲聊。瓜子下边铺着一张旧报纸，那上边有篇介绍您的报道，还有您的照片。我们的表哥看了一会儿，指着您的照片说："哎，咱们就给他写信怎么样？"我们早就想给一位作家写信了。我把那篇报道大声读了一遍，我的二表姐和三表姐就都说："行！"只有我的大表姐表态表得不那么痛快。她嫌您太老了，而且呢，也看不出一点儿好风度。您真的是照片上那样子吗？还是为您照相的记者成心把您照得那么难看？依我的大表姐，她希望能有一位风度的作家读到我们的信，还得是男作家。我们就都为您争取她同意。我二表姐说："已经是男的了，将就点就是他吧！"我三表姐说："有人不上相，也许本人没那么怪模怪样的。"我的表哥说："我主张将就。"结果，就由我给您写这一封信了。相对来说，我比表姐表哥们多读了一二年书，字也比他们写得强点儿。我是学酒店服务的中专毕业生。

梁作家，如果您正在看这一封信，那么现在您应该了解了，这是一封代表五个人写给您的信。我们的关系是表姐妹、兄妹、姐弟的关系。我们的母亲们那当然就是亲姐妹了。她们有一个妹妹，就是我们的小六姨。我们正是为我们的小六姨给您写这一封信的。她已经三十六岁了，还没结婚。不过您千万别误会，我们可不是在替我们的小六姨向您征婚。我们的小六姨是个美人儿，除了肤色不怎么白，哪儿哪儿都够美人儿的标准。请您注意，是不怎么白，不是黑，那可是有大区别的。再者，在外国，美人儿不怎么白才更美。这一点您肯定知道的吧？强调一遍，您千万千万别误会，您和我们的小六姨，哪一点儿都不合适。直说了吧，不般配。您对于事实可别生气啊！何况那篇报道中说您已经有老婆了。

但您还是没明白我们为什么给您写这一封信是吧？作家不是整天不是写就是看吗？如果您已经在看着了，那就有点儿耐心，接着往下看吧。越看，自然就越明白。连我写的人都不怕白白浪费了时间，您看的人，还不得沉住气？对了，还没说我们的姥爷和姥姥呢。不说说，您是难以明白的。

我们的姥爷和姥姥，一个七十八了，一个七十五了。七十八的姥爷身体仍很棒。七十五的姥姥，这几年开始常闹病了。他们是农民，我们的家乡在四川山区。姥爷和姥姥看来在计划生育方面是反面典型了。他们居然生了六个女儿。是不是太能生了？我大表姐的妈妈，也就是我的大姨妈，今年都四十七了。我们的爸爸妈妈，至今也都是农民。从我们开始，姥爷和姥姥的后代，才是有初等文化的人了。这要感激我们的小六姨。我们都能上得起学，完全是她一个人供的。

我们的小六姨，她生下来不久就被送给别人家了。自己家孩子太多了，又都是闺女，干不了重活，姥爷姥姥感到是负担了。也幸亏小六姨被送给别人家了，那使她初中毕业以后，以全县第一的成绩考上了省卫校。从省卫校毕业后，她被分配在省城一所大医院当护士。没几年又当上了一个病区的护士长，是最年轻的一个护士长。那一年她回老家探家，她的养父母就告诉了她一般都尽量隐瞒着的真相。冲这一点，她的养父母也该算是很好的人，是吧？她就去到我们那个村子，探望了我们的姥爷和姥姥，也就是她的亲生父母。接着，又一一去探望她的五个姐姐。我们的小六姨，她进一次家门哭一次。我们的姥爷姥姥和我们的母亲，心里就都特别内疚，净说些女儿、妹妹对不起的话。小六姨却哭着说："爸爸、妈妈、姐姐们啊，我不是怨你们呀！我是怎么也没想到你们的日子会过得这么苦这么难！这可叫我怎么办呢？……"我们的小六姨，她离开家乡时，一脸的愁云……

不久，我们的母亲听说小六姨不在那一家省城的大医院当护士长了。她在卫校是学按摩的，她自己开了一家按摩诊所。对于她的做法，姥爷姥姥和我们的母亲们都不敢写信去询问什么。

那一年的春节前，姥爷姥姥和我们各家，全都收到了小六姨汇来的钱。每家不多，五百元。但是对于农村人家，那可是不少的钱啊！

第二年，她的养母病了，被她接去了省城。半年内姥爷姥姥和我们各家，没再收到钱，连信也很少收到。第三年上半年，她的养父又病了，也被她接到省城去了。姥爷姥姥和我们的母亲，全都替她着急上火，可又全都帮不上忙。那一年下半年，小六姨又回到老家了，瘦极了，衣袖上戴着黑纱。姥爷姥姥和我们的母亲们，一见她那么瘦，全都哭了。她却安慰他们："爸爸妈妈、姐姐们，别哭。养父母对我的恩情，我已经报答了。现在，我的责任减轻了啊！"她说，按摩诊所那一种行业，虽然挺赚钱的，但几乎每天都要面对一两个心术不正的男人。她不干了。她说她要到深圳去闯闯。那一天，姥爷姥姥和我们的母亲们，都是从她口中才第一次听说中国有座城市叫深圳，都舍不得让她去，也都不放心她去。可小六姨的决心已经下定了。她还没等自己长胖点儿，就又告别了家乡。姥爷姥姥和我们的母亲们，一个个都流着泪，一直把她送到乡路的尽头。那一年，我的大表姐十岁；二表姐、三表姐和表哥，一个比一个小一岁；我呢，还在妈妈肚子里。小六姨双手轮流摸着表姐表哥们的脸蛋，嘱咐我的姨妈们："姐们呀，要让孩子们读书。节可以不过，年可以不过，孩子们绝对不可以不上学！以后，有我呢！"

尊敬的梁作家，为了节省您的宝贵时间，我接下来只能写得特别简单了。总而言之，没有我们的小六姨，我们都是念不起高中和中专的。现在，也绝不会都集中在深圳这一座城市里，也就是在小六姨所在的城市里打工。我们表姐妹、姐弟、兄妹五个，平均受到了十年以上的文化教育，平均年龄二十岁多一点点，平均工资一千元出头。每个星期六、星期日，我们可以全都无拘无束地聚集在我们的小六姨家里，一个个有说有笑的。而她，却总是默默地坐在一旁，默默地瞧着我们，脸上很有成就感的样子，像一位美丽的小母亲。只有她那么欣赏正在花季的我们！该吃饭了，她就默默地起身去做饭炒菜，有时让我们中的一个打下手，有时不用，自己忙。而我们就看录像、甩扑克，或者轮番上网。那时，我们都觉得幸福极了……

十三四年里，我们的小六姨先后当过深圳市一个区的区委办公室的办事员、接待科副科长；一家区科委所属的公司的秘书、经理助理。后来因为深圳有大学以上文凭的青年越来越多了，小六姨有自知之明，觉得自己有些工作做得难以比别人好了，就主动辞职，"下海"了。小六姨开过花店、书店、时装店。知道我们的小六姨目前在做什么吗？她已经有了一家属于自己的小小的公司。她在经营各类首饰，在深圳一家大商场里有专柜，在另外两座大城市的大商场里也有专柜，效益都挺不错的。在我们心目中，我们的小六姨已经是成功人士了。

说到小六姨的家，六十几平方米，不过才一厅一室，装修得有格有调的。公摊面积大，小六姨的家其实是一个小小的家。最多时，那家里住过十个人！姥爷姥姥睡她的床，两个姨妈一个睡沙发，一个和她和我们五个孩子睡地上，横七竖八躺一地！

十三四年里，小六姨挣的钱，一大半花在我们身上了，寄给姥爷姥姥和我们各自的家了。因为我们有个小六姨，姥爷姥姥生病才住得起医院了，才坐过飞机了，到过深圳这么美丽的城市了；因为我们有个小六姨，我们各家的日子才渐渐好过了，我们的父母才不终日愁眉不展的了……

但是我们的小六姨却三十六岁了，还没爱过，还没被爱过。为了我们这一代，为了我们各自的家，也是为了姥爷姥姥们，也许，还为了她心里边当年默默许下的一个承诺，她无怨无悔地将自己最好的恋爱季节耽误了。她依然美丽着，却始终孤单着……

她经常教育我们，打工妹，第一要自尊，第二要自立，第三要自爱。她说没有自尊，就难以自立。一时自立了，也还是会由于没有自尊而难以长久。她说有些人自立了之后，反而不自爱了，那是坏榜样。她说好榜样应该是，自立了，就更有前提自爱了，也更会懂得自爱是对的了。我们的小六姨，她至今一直生活得朴朴素素，节节俭俭，从不买一件太贵的衣服，从不买什么高级的化妆品，自己从没乱花过一分钱，能乘公共汽车去的地方，宁肯早早出门，也舍不得钱"打的"。她还时常一个一个地询问我们闹恋爱了没有？起初我们都不好意思跟她讲实话。她却对我们这么说："如果有朋友了，应该带给我认识认识。只要你们感情好，小六姨不干涉，更不反对。我想告诉你们的是，万一两个人之间发生了那种冲动的事儿，尽量别使自己怀孕，一旦怀孕了，也别你怨我，我怨你的。对于恋爱着的一对年轻人，那根本就不是可耻的。但是得及时让小六姨知道，因为小六姨有责任亲自陪你们去医院……"

小六姨所说的那种"冲动的事儿"，我的大表姐已经悄悄向我们主动承认她经历多次了。说时可得意了，她一次也没怀过孕。她的经历目前对小六姨还是秘密。

小六姨自己前几天却怀孕了！当她声音小小地打电话向医院咨询时，我无意间偷听到了，还偷听到了她第二天要去哪一家医院做"人流"。第二天我请了假，跟踪她。医院挺近，小六姨走着去的。我隐蔽在马路对面，望着小六姨一个人孤零零地走入医院，又一个人孤零零地走出医院，脚步缓慢地往家走，我心里恨死了那一个使她怀孕的男人！但是转而一想，终于有一个人爱我们的三十六岁的小六姨了，我应该替她高兴才对。我气的只不过是——当时他在哪儿？！我也很怕我们的小六姨会爱上一个有妇之夫。女人一旦那样，不是常常都会爱得很苦吗？不过我至今没将小六姨的秘密透露给表哥和表姐们，更没告诉给我们的母亲和姥爷姥姥。我经常在内心里为小六姨的爱祈祷，祈祷它有一个好结局。我做得对吗？

那一天又是星期六。吃晚饭时，小六姨开了一瓶葡萄酒，给我们每一个人的杯里都倒了一点点。她说:"小六姨将咱们的家的贷款终于还清了。从下个月起,它完全属于我们自己了!"

我们一时全都高兴极了,纷纷和小六姨碰杯。各自咽下了一小口酒之后,又都想哭。因为小六姨话中那四个字——"咱们的家"。

小六姨却接着平静地说:"想想吧,中国有九亿多农民,哪怕仅仅将三亿农村人口变成城市人口,那也需要建立三百个一百万人口的城市。这太不容易了。你们以后究竟都能不能成为三亿中的几个,我也难估计。但小六姨一定尽力帮你们。你们自己也得要强,不能每天一下了班就贪玩,要自学新的知识和技能……"

陌生女孩儿的来信还有两千多字,她,不,四个女孩儿一个男孩儿,希望我能将他们的小六姨当成原型,创作一部小说或电视剧——这才是她给我写信的真正目的……我给陌生的女孩儿回复了一封信。与她的信相比,我的信实在太短……而她那一封信又显然不是一次写完的。

陌生的女孩儿:

感谢你对我的信任。在我看来,你的信有一种诗性,但是我现在的颈椎病实在太严重了,写作等于自我虐待。故我也不能如你所愿,某时去深圳认识你们的小六姨并采访她。那样,只怕我会爱上她。你不是替你们的小六姨担心那样的事情发生吗?我也替自己担心的。对于美丽而又具有牺牲精神的女人,通常我意志很薄弱。依我想来,你们的小六姨,如同上帝差遣给你们的一位天使。上帝并不经常这么好心眼儿。所以被天使爱着的人,也要反过来关爱天使。小姐们,起码,你们再到小六姨家去时，要学会做饭炒菜。以后吃现成的，应该轮到你们的小六姨了！至于她的那个秘密，只要她自己不说，你须永远守口如瓶。天使也有自己的秘密的。而且天使是最善于爱的。一切爱的麻烦和爱的分寸，天使都会以天使的方式去面对，去把握。所以你尽管继续为她的爱祈祷，却一点儿也不必为她忧虑什么……

最后我征求她的意见——我们的信可不可以同时发表？我希望她同意，并告诉了她我家的电话。那陌生的女孩儿，她用电话通知我——她同意……

在小城

今年五月，我与 A 导演在某地修改电影剧本。A 导演是位六十多岁的老导演，拍过几部优秀电影。这个剧本改定之后，将可能是他执导的最后一部影片。所以他对剧本要求极高。为了排除干扰，来到这个离北京很远的小城，住进条件极一般的招待所，隐姓埋名，只图个清静，每天与我认认真真地讨论、争论。我自以为得意的情节，几乎全被他推翻了。

小城很寂寞，只有十几万人口。大概除了看电影，市民们别无其他文化或娱乐内容。离我们住的地方不远，就有一个电影院。新影片开始公映的头几天，天天晚上电影院门前都很热闹。

招待所的服务员姑娘们，个个二十多岁，个个是影迷，个个崇拜男影星或女影星，个个梦想着能当电影演员。在某些寂寞的小城市，电影演员的名字尤其光辉夺目。"明星梦"成了这样的一些小城市里的姑娘们最容易传染上的流行病。

我们是来自堂堂的北京电影制片厂的编剧和导演，这一点当然很快便被招待所的全体服务员姑娘们知道了。她们当然也对我们恭而敬之了。

其中一个，时时在我们面前流露出想当一个电影演员的愿望。每次打扫完房间，并不立刻离去，寻找各种话题与我们主动攀谈。具备什么条件才能当一个电影演员啦？电影学院今年招不招生啦？北影厂的青年女演员有多少啦？她们怎样成为演员啦？……离不开这类话题。

一次，A导不在，她又用这类话题干扰我的构思。

我只得放下笔，问："你真那么想当演员？"

"我做梦都想当演员，真的！听说当演员也得走后门，起码得认识电影厂的人，像你们这样的人，编剧、导演什么的，是不是？要是有人能推荐我一次就好了！演过一次角色，影片全国一放，其他电影厂的导演们就会注意到我了，是不是？唉，可惜没人推荐我！……"她哇啦哇啦地发了这么一通感慨和议论。

我打量着她，见她一米六不到的身材，还挺胖；脸呢是很寻常的一张脸，擦了粉，抹了红嘴唇，描了眉；舌头有点长，吐字不清。

我说："某些人成为电影演员，一开始是需要被发现和被推荐的。机遇是走上成功道路的重要条件之一嘛！"

她立刻说："对，对！太对啦！你看我能成为演员吗？你为我创造一次这样的机会吧！我要是成功了，一辈子忘不了你！"

我问："我怎么为你创造机会啊？"

她哀求地说："兴许你的这个剧本里就有一个角色可以让我演呢！你跟你们这位导演推荐推荐我呗！你们关系那么好，你又是编剧，他会同意的！"

我不愿扫她的兴，更不愿继续和她聊下去，一心只希望她别侵占我太多时间，就随口答道："好吧。不过你得有耐心，如果导演同意了，我们回厂后，会来信通知你的！"

她说了一大堆感激不尽的话，欢欣鼓舞地离去了。

第二天，她的发式变得很时髦了，服装也换得很时髦了。对我和A导更加恭而敬之，一举一动都非常拘谨。连扫地的姿态也有几分做作的优雅了，仿佛唯恐我和A导从她身上看出什么不顺眼的地方。

从此以后，我和A导成了格外受她照顾的特殊住客。别的服务员姑娘如果与我们交谈几句什么，她似乎还不无妒意。每天三次，她殷勤地提前五分钟通知我们该去吃饭了。有时见我们顾不上及时吃饭，就把饭打好给我们送来，非常乐意地替我们到外面去买烟、买茶、寄信，还从家里用饭盒装了腌制得很有风味的各类咸菜给我们。

A导不免觉得奇怪，问我："这姑娘怎么了？"

我反问："你看她有什么不正常吗？"

A导说："我觉得她对我们过分特殊了啊！"

我说："可以理解，出于对我们的崇拜嘛！"

同时心里暗想：这可完全是她乐意的。倒也不错，一句谎言，获得了一个仆人。

半月后，在我们就要离开那座小城市的前一天晚上，我正一边轻松地吸着烟，一边观看电视里转播的一场球赛，A导将电视关了。

我问："你对足球赛不感兴趣？"

他说："不是。我要和你很认真地谈一谈。剧本定稿了，这主要是你的功劳。不过还有一件比剧本更重要的事，我希望在我们离开这里之前，你能做得很好。"

我有些疑惑，又问："什么事？"

他说："你先听我讲一讲我经历过的一件事。"

于是，他点着了一支烟，对我讲道："我第一次单独导演影片时，和你现在的年龄差不多。在南方某乡村拍外景，房东家一个十七八岁的姑娘，天天跟着我们看。我见她的形象挺有特点的，就让她当一次群众演员，只有一个镜头，没有台词。她那种高兴的样子，我是没法形容的。我问她想当演员吗，她说她要是能当电影演员，就是世界上最最幸福的人了。我说这个不难，我导第二部影片时，一定选她演一个角色。我其实是随口一说，不过像哄小孩一样，为了使她高兴。她却当真了，问我什么时候导第二部影片。我说，也许两年后，也许三年后。她说她一定等着我的消息，还说，就是等到出嫁的年龄，她也不出嫁，也要等。我回答她一言为定。不久我们便离开那个地方了，她一直把我们摄制组送到村外，送出好几里地。回到厂里之后，剪辑，混录，我很快就把这姑娘忘得一干二净。一年后我执导了第二部影片。两年后我执导了第三部影片。第三年的夏天，在我开始准备执导第四部影片的时候，一天，传达室通知我厂门口有人找我。我走到厂门口，见是一个女人和一个姑娘。

"那姑娘一见我，就笑了，说：'导演，我找你当演员来了！'

"我说：'你是哪个单位的啊？我不认识你啊！'

"那女人说：'你忘了，三年前，您拍电影在我家住过。'把我扯到一边，又低声对我说，'自从你们离开后，我这女儿天天盼着您的信，说您答应她，将来让她演电影。我哪能信呢！可我这女儿就天天盼呀，盼呀，后来就天天站在村口望。就这么整整盼了一年。第二年又闹着到北京来找您。我就打她。打她，她也不死心。我就思忖着嫁她。当了媳妇，兴许她就不会整天胡思乱想了。可是她说她死也不嫁。还说她和您'一言为定'的……您看，她如今就疯癫了……我想，兴许我带她来见您一面，您假装让她拍一次电影，她的病就会好了。导演，真对不起您了啊，不是为了女儿，我也舍不得花路费进一次北京，给您添麻烦啊！'

"听女人说完，我才想起了三年前的事。

"我望那姑娘，她嘿嘿地对我痴笑，嘴里不停地嘟哝：'我要当演员，我要当演员，我要……'

"我呆住了，一种罪过感充满了心间。

"我按照那女人的请求做了。那女人对我千恩万谢，却不知道，毁了她女儿的，正是我三年前极不负责任的许诺。从此以后，我看精神病学书籍，关心最新的治疗精神病的药品。打听偏方。我花了不少钱，买了不少药，从未间断地给那女人寄去。但是，她女儿的精神病好不了啦，我心灵上的罪过感，也一天比一天沉重。这是我到死那一天也会感到内疚的……不负责任的许诺，其实就是欺骗，而欺骗，有时是可以毁掉一个人的……"

　　A 导不再说下去了，烟灰很长很长也不弹。

　　他陷入了沉思。

　　我明白他要我做的是怎样一件事了。我心中暗暗感激他，同时为自己很可能会像他一样并无恶意地毁掉了一个人而出了两手冷汗……

达丽之死

　　达丽是友人的女儿，是友人唯一的女儿。达丽是初中二年级的学生，是个秀气的少女，也是个文静的少女。友人原是一家大报的编辑，年长我七八岁，那么今年该是五十二三的人了。十年前我们认识的，后来渐渐断了来往。一日我乘坐出租汽车，路遇一个招手截车的男人。那是冬季的一日，风很大，天气很冷。司机跟我商量："问问他去哪儿。如果顺路，就把他捎上，行不？"我说："这么大的风，行啊！"于是司机停了车，摇下车窗问他去哪儿？他回答说去亚运村那边儿。而我回家，正好同路。不待他央求，我就开了车门……他上了车，坐我旁边了。看了我一眼，在我膝上猛拍一掌，友好惊诧地叫出我的名字。于是我不禁扭头注视他，却想不起在哪儿见过他。"唉，唉，当年，你可是以'老师'称我的啊！现在却对面不相识了……"他以批评的口吻说，显出挺感伤的样子。可我还是回忆不起来。他说出了他的姓名。我虚伪地说："是你呀？真巧！……"其实还是没想起他是谁。他将一张名片塞我手里，爽爽快快地对司机说："快开车吧，我付两份儿车钱就是了！"司机说："你们各付各的。你上车，是他同意的。你们原先认识，也不能算同路。不图多挣一张，我车上已经载客了，还停下问你去哪儿干什么……"我下车时，他不许我付车钱，说由他付了。回到家里，我细看那张名片，见他的身份是，某某文化广告公司副经理。

不知为什么,我要求自己必须回忆起这位巧逢的"老师"。我一册册地翻阅名片夹,终于又发现了一张印有他姓名的名片。那上面他的身份是报社文艺部副主任,业务级别是副编审……

晚上我给他打了一次电话——因在出租车上没能立刻认出他,尤其是在他已认出了我并说出了他自己的姓名后,居然一时还回忆不起他来,几分不好意思掺杂着几分虚伪地说了些请多原谅之类的话……

他在电话那一端哈哈笑了。仿佛在通过那一种朗朗的笑声,向我证明着他目前对自己的自信,和对自己新职业新身份的良好感觉,以及目前对自己的活法和生活现状的满足……

我问他哪一年离开报社的?

他说九〇年。

我问是辞职还是兼职。

他说当然是辞职。说像他这样的人,一旦想通了,决心下定了,那就破釜沉舟,开弓没有回头箭了。他明白了我的意思。他说这不安上电话了嘛!说房子住得也宽敞多了。公司为他在亚运村买了三室一厅……我受之无愧!——他说——因为我为公司创收三百余万,这点儿奖励是公司完全应该给的!他特别向我强调——他已经是一个有小车坐的人了,只不过那一天他吩咐司机送客人去了,所以才"打的"……"我已经两年多没有挤公共汽车和骑自行车的体验了,也两年多没'打的'了……今天真狼狈,沾了你的光……"听他的口气,似乎还挺留恋当年那种挤公共汽车和骑自行车横穿大半个北京的体验。我忙说哪里哪里,说其实是我沾了他的光。我将我家里的电话号码告诉了他……以后他就常来电话,和我进行一般性的感情联络。如果说也有什么目的性,那也无非是怂恿我去听歌星们的什么什么演唱会……

渐渐地,他使我重新认识了他——看来他已经是国内专门组织歌星演唱会的"大腕"了。据他自己说,好几场火爆的演唱会、票价高得令人咂舌的演唱会,都是他策划的。

"现在策划人太多了。阿猫阿狗,往往也摇身一变成了策划人。可有名望的策划人是不多的。真的,中国应该产生超级策划人!……"

有一次他在电话里这么对我说。听得出,他以五十多岁的年龄而踌躇满志,仿佛为自己确定了后半生努力奋斗的目标——成为超级歌星演唱会策划人,仿佛他已经接近着那样的目标了。起码给我的印象是那样……

终于有一天他光临我家,还领来了宝贝女儿达丽。我也就是在那一天,第一次见到了那秀气的、沉静而又举止斯文的初二女学生。"叫叔叔!"——少女就略显拘谨地叫了我一声叔叔,并且腼腆地羞红了脸。而后依偎地坐在她父亲身旁,低着头翻阅一册画报。"你看我女儿怎么样?"我一时没领会他的话是什么意思,怔愣地瞧着他,不知如何回答才好。"你看我女儿形象如何?"生平第一次,有一位父亲,当着自己初中二年级的女儿的面,那么问我。我很是愕异,觉得他问得实在唐突。我看了那少女一眼,对她的父亲说:"小达丽形象很清纯嘛!将来也许能当演员呢!"

"是吗?你真的这样认为吗?……"我的话使他顿时高兴起来。他将女儿往自己身旁搂了搂,使她更亲昵地倚向自己,望着我坦率地说:"其实我来,是有求于你。"

我说:"你讲,只要我能办到,绝不推诿。"他说:"我是为女儿来求你的。要不我也不带她来了。"我又看那少女一眼,沉默着,期待着。而达丽则停止了翻阅那一册画报,分明是在低着头猜测地想象我的表情反应。"我这个宝贝女儿,是我唯一的安慰。她妈七年前去世了,我当年一门心思在工作方面,生怕评不上副编审。副编审倒是评上了,可孩子自小的学业给耽误了。当年没入上一所好小学,我对她的学习关心得又不够,现在也就只能在一所很差的中学里混着读。我不打算培养她考大学了。她自己也没这份儿心劲了。好在我这女儿形象不错，嗓子也挺好……达丽，站起来给叔叔唱支歌儿……"

于是那少女迟疑了一阵，站起来，低着头问父亲："唱什么呀，爸？"他说："随便。觉得自己哪首唱得好，就唱哪一首。"那些日子电视里正播放电视连续剧《新白娘子传奇》，那少女便轻声唱起了《千年等一回》……

她唱完，瞧着她父亲，似乎在问——爸，我唱得还好吗？还要再唱一首吗？而她的父亲则望着我——似乎在同样地问我……

我说："达丽，你坐下吧！"她这才款款重新落座。我望着她父亲说："唱得真是怪不错的！"其实我并不觉得唱得多么好，也听许多女孩子能唱到那种水平，虚与委蛇地应酬着罢了……

她父亲说："达丽，听到了吧？你在学习方面没了信心，也就算了。一个女孩子家，读到初中，不搞学问，不教书，文化够了……"

他说着，吸着了一支烟。

近些年来，我虽然听到过许多抱怨文化和知识贬值的悲观言论，但还是头一次听到一位曾当过大报社编辑部副主任的父亲，当着自己女儿的面，并当着外人的面说这样的话。我暗想，副编审，在中国，也可以算是一位高级知识分子了。享受副高级知识分子待遇嘛！尽管那待遇可能不过是空头支票，尽管他已经改行当副经理了……

他又轻轻推着女儿，怂恿道："既然叔叔给了你公正的评价，那你就再给叔叔唱一首！"那少女刚欲站起，我忙制止："不必了不必了，你就直说你到底求我什么事吧！"

他说："我想朝影、视、歌这三方面培养我的宝贝女儿。歌这方面嘛，我自己的能力绰绰有余了。影视圈里，我还不太熟。想劳你今后替达丽，当然也是替我多关注关注，操操心，如果有什么合适的角色，给推荐推荐……"

我吞吞吐吐地说："这个……看机会吧！如果正好有合适的角色，又赶上孩子放假……""放假不放假的不必太考虑！"他打断了我的话，"只要机会难得，还上的什么学啊！"达丽这时就站了起来。她说："爸，我先到叔叔家对面那个花园里去玩会儿行吗？"毕竟是初二的女学生。即使在父亲眼里仍是个孩子，她那自尊心肯定早已变得极其敏感了。我很是体恤她处在我和她父亲之间的窘迫。不待她父亲开口，我抢先对她实行了"放逐"。我说："去吧去吧，那花园很美……"她迅速地瞥了我一眼，转身离去了。在那少女的一瞥之中，我破译了许多感激。那是回报给理解的感激……

房门一关上，我瞪着她的父亲，非常郑重地以批评的口吻说："你不该当孩子的面说那些话啊！她才初二嘛！我看她不是一个笨孩子。你完全可以替孩子请位家庭教师补补课嘛！离考大学还有四年哪，来得及嘛！……"

他掐灭烟蒂，又吸上了一支。吸两口，慢条斯理地说："非要读大学的话，当然还来得及。我这女儿又不弱智。"

我说："那为什么……"

他说："为什么不给她请位家庭教师？目前现状明摆着嘛！"

"请不起？"

"那才几个钱，看看我吸的什么烟？'中华'！除了'中华'，别的烟我不吸。一个月少吸两条'中华'，请位赋闲的教授也有人愿意！"

"那究竟还有些什么别的原因呢？"

"什么别的原因也没有。她偏文科。所以将来考也只能考文科。大学文科毕业生，又是个女孩子，会有什么出息？硕士又怎样？博士又怎样？博士后又怎样？当了教授又怎样？每个月最多还不是八九百一千来元吗？那得学多少年，还得学八年。八年后才大学毕业啊！读得满腹经纶，学富五车，一直读到博士，那就至少得再读十二年！十二年啊！

十二年后中国什么样都不知道啦！可换一种思维，替孩子选择另一种人生，兴许三年后，十五六岁，我就把她培养成一名小歌星了。哪怕三流歌星，一场演出费，就顶大学教授一年的工资了。我这个副编审，没当经理前，不才一百五十多元的基本工资嘛！八年时间，一名三流歌星，玩似的也挣下七八十万了！如果唱红了呢？做一次广告够高级知识分子一辈子享受不完的啦！我为什么那么傻？非鼓励孩子走刻苦读书这一条老路？孩子累，我也累，图的什么？你倒说说究竟图的什么？我还能干几年？再干三五年，别人仍抬举，让干也干不动了。那时如果女儿正读大学，我这几年辛辛苦苦积攒下的钱，全得为她交了学费。等到她毕业，一名一无所有的大学生，或者硕士生博士生，供养一位同样一无所有了的老爸，那将会是一种多么绝望的生活？达丽她若能早出息成一名歌星，我晚年不是也跟着享享福吗？我又当爸又当妈的，还不就指望晚年享享女儿的福吗？……"

我也吸着了一支烟。我不知再说什么好。觉得他的话，自有一番道理……

"我要从现在起，努力将我宝贝女儿培养成一个影、视、歌三栖明星！将来这三个行当，竞争肯定激烈，淘汰也快。所以必须朝三方面的全才去培养。又唱歌，又演电影，又演电视剧。这行受挫了，兴许在另外两行还红着……"

他说完凝视着我。

我问："你怎么给孩子起名叫达丽？"

我是无话找话，总得说句什么。而且暗想"达丽"这个名，太像有些人给喜爱的小狗起的名字了。

"我和她妈，不都是看《钢铁是怎样炼成的》成长起来的一代人嘛！她妈怀她时，我们讨论过，如果是男孩，就叫保尔。如果是女孩，就叫保尔妻子的名。后来时代变了，我们对自己的理想主义情结，也就越来越轻蔑了。先是被别人轻蔑,后是觉得被时代轻蔑,最后是自己轻蔑自己,自己嘲弄自己。所以,女儿上小学时,我和她妈讨论,就将女儿的名字由'丽达'改成'达丽'了,表示一点儿对理想主义情结的背叛情绪吧!知识分子,也就这点儿能耐,就小小不言地表达点儿背叛情绪……"

我说:"原来是这样……"

他说:"终于理解我这位父亲的良苦用心了?"

我说:"理解了……"

他说:"那,肯帮忙了?……"我说:"放心,我一定像为自己的女儿操心一样,一定尽力而为……"直至我送他出家门,达丽还没回来……

几个月后,我收到他提前寄来的一张票。夹在信纸内。信很短,只有几行字——说他女儿在那一次演出中,和一个什么什么少女合唱团一起,将荣幸地登台为某"天王巨星"级的香港歌星伴唱,请我无论如何要抽时间去听听。

那天晚上我已有安排,没去。我心里挺不安,觉得太辜负人家的一片诚意。对他求我的事,更加铭记不忘了。又几个月后,我替达丽抓住了一个机会,是一部三集电视剧,是一个有几十句台词的串场群众角色。可是达丽没接那角色。据说嫌戏太短,戏份也太少。我很怀疑是达丽本人不愿接,还是她父亲……

他就再没来过电话……

渐渐地,联络又中断了。我也就渐渐地又把他们父女俩从记忆中排挤出去了……

今年春节期间,似乎是初五的晚上,我接到了一个电话。"喂,晓声吗?听得出来我是谁吗?"声音很低,无精打采的。我没听出来。"我是……达丽她父亲啊……"我赶紧说:"听出来了听出来了!故意说没听出来，跟您开玩笑呢……"他告诉我达丽住院了，是破伤风，很希望有人看望看望她。他想来想去，只有请求我成全他女儿的这一种小心愿。我一向是个最好说话的人。何况对那少女，我内心里其实挺喜爱的，于是满口答应。于是第二天带了礼物到医院去看她……

那是我第二次见到她。她脸色极苍白，虚弱得说不出话。一双大眼睛，也丝毫没了光彩，没了生动。她得的根本不是什么破伤风，而是败血症。这么说也不对。应该说，是由破伤风引起了严重的败血症。

我看过她以后，在病房外问她的父亲——怎么会这样？

他起初不肯说。我一再逼问，才说了——达丽的班上，以达丽为核心，由十几个初二女学生，组成了一个什么"少女追星大家庭"。她是她们那个"大家庭"的"家长"。她的一个女同学，也是她们那个"大家庭"的成员之一，在一块手帕上，绣了大大小小十几颗心，寄给了香港某男歌星。结果她得到了一张他的照片。四寸的，背面有他的亲笔签名。其实究竟是不是亲笔签名，她是无从知道的。她以为是，当然便是了。于是这一张照片，成了她们"大家庭"中的无价之宝似的，引起了另外一些少女极大的嫉妒。其中最嫉妒的是达丽。她想，她一定要从他那儿得到一件比一张照片更宝贵的东西。其实她究竟要得到什么，连她自己也不十分清楚。这痴情的少女，竟割破自己的手，滴了半小碗血，就蘸着自己的血，给自己的崇拜偶像写了一封血书——三四千字的一封血写情书，每一句，每一个标点，都是用他唱过的歌的歌词串联写成的。然而信寄出后，仿佛泥牛入海，空谷无音……

她的手却渐渐感染了……

"这孩子，她为什么就不对我讲呢？不就是一张歌星的照片吗？十张我也能替她要来呀？为什么要这么傻呢？……"

他哭了。眼泪顺着脸腮往下淌，哭得一塌糊涂……

"破伤风引起败血症的，百分之一还不到，怎么偏偏让我的女儿摊上了呢？……"

我意识到情况严重，去找医生问，医生果然说——她到医院来得太晚了，因为不只血液，心肌也受到了严重的病毒感染……

她的父亲策划了一场又一场大型港台歌星演唱会，使他们一个个席卷巨款乐滋滋喜洋洋地离开内地，为公司累计创收五六百万元，也同时制造了一阵又一阵的"追星热"，直接培养了一批又一批大陆少男少女的"追星族"。

她无疑是她父亲培养得最成功的一个……

却也成了最失败的一个……

破伤风危及生命的百分之一还不到的比例，在这一种成功和这一种失败之间那么荒唐地画了一个等号……

我心中涌起极大的悲哀。为达丽这少女，也为她的父亲。我没话可安慰他……

我第三次见到达丽，已是在火葬场了。那是一个人少得不能再少的哀悼仪式。五六个成年男人，哀悼一个十四岁的少女……

她一只手放在胸前，持着某香港歌星的一张照片——是我从一册画报上剪下来的，是我以模仿的笔体在背面签上了那香港歌星的姓名。我原以为，能在她活着的时候，给她一点儿心理安慰——谁知却成了她死后的陪葬品……

五六个成年男人中，除了她父亲，除了我，再就是他公司里的人了……

哀悼仪式还没完，他们就悄悄谈论起策划下一场演唱会的事儿来……

我听一个人很有把握地说——获利一百多万元似乎不成问题……

孩儿面

那天晚上,我在友人家做客。友人乃中年书法家,举办了国内、国外个人书法展后,声名鹊起,墨迹就很值钱起来。

正聊着,忽闻敲门声。友人妻子开了门,让进一位二十多岁的青年。看其衣着气质,不但是外地人,而且定是山里人无疑。

他在门外声称找"汪铭老先生",归还一样东西。

汪铭老先生,友人之父,数年前已故去。生前也是一位名字极有分量的书法家。

友人问青年,从何处来?

答曰,从大兴安岭林区来。

问,归还什么?

青年犹豫不语。

于是友人将青年引入另一房间,指墙上其父遗像说:"我是你要找的人的儿子。而且他只我这么一个儿子。"

青年沉吟半晌,默默从肩上取下布袋,放于桌上。又默默从袋中取出布包,一层、两层、三层,展开三层包裹,现出一块砚来……

此砚不寻常!

开扇般大小,一寸许厚,呈双龙护月形。中间圆如满月的砚面,石质坚韧,光润莹洁,纹理缜细。双龙雕刻,刀法隽秀有力,精湛浑朴。

友人不禁"呀"了一声，急问："此砚是怎么落在你手中的？"

青年说："为了归还，十几年间我专程到北京四五次，寻找它的主人寻找得好苦！今天总算寻找到了，我也从此了却一桩心事……不过我现在好渴……"

友人立即吩咐其妻："快沏茶来！"并将青年从椅上让座于沙发，恭而敬之，待为嘉宾。

青年饮了几口，讲出下面一段事：

二十二年前，大兴安岭某农场的一个伐木队里，增加了一个人。一个神色沉郁，五十多岁的劳改分子。

当天，伐木队长向自己手下的三十多伐木工人打招呼："我看此人，衣物很少，书却挺多，准是个学问人。他一有空闲，就坐下看书，到了这般田地，仍不失学问人的习惯，可见身未触法，心内无愧。他不卑不亢，满脸正气，这年月，蒙受不白之冤的好人不少。咱们谁也不许为难他。别给自己，给下辈人做阴损缺德的事！"

亏得有伐木队长暗中庇护，谁也不曾刁难过他。

那个当年的伐木队长，便是寻上门来归还古砚的青年的父亲。

后来发生的一件事，证明伐木队长的判断不错。那人果然外儒内勇，显示出了令人钦佩的品格……

一头熊，闯入伐木人家属住的房子。炕上正睡着一个未满周岁的孩子。那孩子不是别人，正是归还古砚的青年。熊，就卧在孩子身旁，像狗一样，将嘴巴伏在两只掌上打盹……

伐木工们，他们的家属，围聚在房子外面都乱了手脚，不知如何是好。而当时伐木队长又不在，谁也不敢瞎作主张。怕一旦失策，毁了孩子性命，落个被终生怨恨的下场。

所幸孩子一直熟睡着。但那熊，也仿佛要厮守着孩子，一直打盹到明天似的……

几个小伙子，再也按捺不住性子，一人攥一把利斧，要闯入屋里……

他们被那接受改造的人拦住了。

有人取来一杆猎枪，从窗口偷偷伸进去……

也被那接受改造的人拦住了。

他说："如果一枪打不死它呢？我遇到过类似的情况。熊在这时候，一般不伤人。最稳妥的办法，是有人进屋里去，将孩子抱出来……为了以防万一，枪瞄着熊也是必要的。但不到万不得已，不可开枪……"

"进屋里去？"人家反问，"谁？""我。"

他以他所主张的方式救出了那个孩子……

大森林里，即使在当时那个年代，也有着跟外界不尽相同的判断人的方式和标准。他在伐木工们的心目中成了带有传奇色彩的人物。伐木队长公然和他交上了朋友，毫无避讳地和他称兄道弟，还经常请他到家里去喝酒……

一天，他伐木时，碰上了"吊死鬼"。这是有经验的伐木工也要小心对付的情况——一棵已经伐断的树，被另一棵树半空"扯"住。这同开山炸石的人碰上了"哑炮"一样。

他碰上了两棵断树被同一棵树半空"扯"住的险情。伐木工人把这种险情叫作"二常联手"，意思是黑白无常串通一气，企图取人性命。

他判断对了第三棵树的倒势，开动了电锯。

森林里突然刮起了一股风。那风起得好疾，好猛。他刚听一声大喊："闪开！"——抬头看时，两棵断树被刮得脱了倚恃，凌空向他压顶砸下来。他还没来得及做出迅速的反应，就被人推出一丈多远，跌倒在雪窝里……

参天大树响着枝杈折断的呼啸之声轰然倒下……

树干之下，压着的是伐木队长……

半月后，他离开了大森林。谁也不晓得他将被弄到哪里去，他的命运如何，等待他的是凶是吉。

他自己也难预测。

他没有忘记向伐木队长的妻子告别。

他对她说："你们母子以后的生活肯定会很难。我处于这般田地，又身无分文，无法报答你丈夫对我的救命之恩，也无力周济你们母子。只有这块古砚，是传家之宝，值钱的文物。你们母子就把它收下吧。有机会变卖掉，可维持三年五载的衣食。"

他双手捧砚，挚诚相赠。

伐木队长的妻子虽然感激涕零，却坚拒不受。

最后，他叹息一声，说："就算我将它寄托你们吧。若是哪一天，我的处境略有转变，就让孩子带这块砚去找我。我会把他当成自己的亲生儿子一样！……"

友人及其妻听至这里，不禁四目涕视，我看得出，他们内心里都活动着些微妙的想法。

友人嗫嚅地说："可是，可是我父亲……我刚才告诉过你的，他已经去世了……"

大兴安岭林区来的青年说："我母亲也去世了。我母亲去世前，再三叮嘱我——将来一定要寻找到这块砚的主人。既然当年讲好是寄托于我们的，我们就一定要守信用，一定要想办法使它物归原主。所以，我千里迢迢又一次来到北京,不是希望能在北京寻找到一位有理由倚靠的监护人,只是为了归还这块砚。除此没有别的目的。"

友人夫妇,顿时肃然。

青年又说:"允许我再看一眼老先生吗?"

友人愧曰:"当然当然。"

于是第二次将青年引至其父遗像前。

青年对遗像三鞠躬后,拱手作别。

友人问:"你可知此砚现在值多少钱?"

青年回答:"三年前曾有人出两万元高价求买。虽家境贫寒,但毕竟是信托之物,不敢换钱。"

友人感慨地说:"这是一块安徽歙县出品的古砚。从民间传至过宫廷,又从宫廷流失于民间。归于我家祖上,至今已相传七八代之久。抚之如柔肤,叩之似金声,素享'孩儿面'之美誉。苏东坡曾赞'孩儿面'——'涩不留笔,滑不拒墨'。可不是区区两万元就能买卖之物啊!"

遂向其妻暗使眼色。其妻领悟,转身入另室。片刻而出,执一信封,赠向青年,言内有五千元,聊谢归还诚意……

青年亦如其母当年,坚拒不受。

友人妻无奈。

友人说:"请稍候。我为你写一条幅,可愿收下?"

青年微笑,说这是很高兴收下的。

于是友人铺展纸幅,使用那"孩儿面"细细研墨。研罢,悬笔在手,似一时不知该写什么,侧目求援视我……

我沉吟有顷,想出四句话:

  世人皆图币,
  君予古心来,

孩儿面依旧，

朴拙放异彩！

友人随声落笔，果然龙飞蛇舞，硬撇柔捺，苍折虬钩，墨迹不凡，一流书法！

我望着那青年，心中暗思——好一段古砚情！好一块"孩儿面"！好一位品性古朴未染的青年！……

让心灵为铜锈所蚀的我辈大惭啊！

鸳鸯劫

冯先生是我的一位画家朋友，擅画鸳鸯，在工笔画家中颇有名气。近三五年，他的画作与拍卖市场结合得很好，于是他十分阔绰地在京郊置了一幢大别墅，还建造了一座庭院。

那庭院里蓄了一塘水，塘中养着野鸭、鸳鸯什么的，还有一对天鹅。

冯先生搬到别墅后不久，有次亲自驾车将我接去，让我分享他的快乐。

我俩坐在庭院里的葡萄架下，吸着烟，品着茶，一边观赏着塘中水鸟们优哉游哉地游动，一边东一句西一句地闲聊。

我问："它们不会飞走吗？"

冯先生说："不会的。是托人从动物园买来的，买来之前已被养熟了。没有人迹的地方，它们反而不愿去了。"

我又问："天鹅与鸳鸯，你更喜欢哪一种？"

答曰："都喜欢。天鹅有贵族气；鸳鸯，则似小家碧玉，各有其美。"

又说："我也不能一辈子总画鸳鸯啊！我卖画的渠道挺多，不仅在拍卖行里卖，也有人亲自登门购画。倘属成功人士，多要求为他们画天鹅。但也有普通人前来购画，对他们来说，能购到一幅鸳鸯戏荷图，就心满意足了。画鸳鸯是我最擅长的，技熟于心，画起来快，所以价格也就相对便宜些。普通人的目光大抵习惯于被色彩吸引，你看那雄鸳鸯的羽毛多么鲜丽，那正是他们所喜好的嘛！我卖画给他们，也不仅仅是为了钱。他们是揣着钱到这儿来寻求对爱情的祝福的。我满足了他们的心理需求，自己也高兴。"

我虚心求教："听别人讲，鸳鸯鸳鸯，雄者为鸳，雌者为鸯，鸳不离鸯，鸯不离鸳，一时分离，岂叫鸳鸯。不知道其中有没有什么典故？"

冯先生却说，他也不太清楚，他只对线条、色彩，以及构图技巧感兴趣，至于什么典故不典故，他倒从不关注。

三个月后，已是炎夏。

某日，我正睡午觉，突然被电话铃惊醒，抓起一听，是冯先生。

他说："惊心动魄！惊心动魄呀！哎，我刚刚目睹了一个惊心动魄的事件！这会儿我的心还怦怦乱跳呢，不说出来，我受的那种刺激肯定无法平息！"

我问："光天化日，难道你那保卫森严的高档别墅区里发生了溅血凶案不成？"

他说："那倒不是，那倒不是。但我的庭院里，刚刚发生了一场事关生死存亡的大搏斗！"

我说："你别制造悬念了，快讲，讲完了放电话，我困着呢！"

于是，冯先生语气激动地讲述起来。

冯先生中午也是要休息一个多钟头的，但他有一个习惯，睡前总是要坐在他那大别墅二层的落地窗前，俯视庭院里的花花草草，静静地吸一锅烟。那天，他磕尽烟灰正要站起身来的时候，忽见一道暗影自天而降，斜坠向庭院里的水塘。他定睛细看，"哎呀"一声，竟是一只苍鹰，企图从水塘里捕捉一只水鸟。水鸟们受此惊吓，四散而逃。两只天鹅猝临险况，反应迅疾，扇着翅膀跃到了岸上。苍鹰一袭未成，不肯善罢甘休，旋身飞上天空，第二次俯冲下来，盯准的目标是那只雌鸳鸯。而水塘里，除了几株荷，再没什么可供水鸟们藏身的地方。偏那些水鸟，因久不飞翔，飞的本能已经大大退化。

冯先生隔窗看呆了。

正在那雌鸳鸯命悬一线之际，雄鸳鸯不逃窜了。它一下子游到了雌鸳鸯前面，张开双翅，勇敢地扇打俯冲下来的苍鹰。结果苍鹰的第二次袭击也没成功。那苍鹰似乎饿急了，它飞上空中，又开始第三次进攻。而雄鸳鸯也又一次飞离水面，用显然弱小的双翅扇打苍鹰的利爪，拼死保卫它的雌鸳鸯。力量悬殊的战斗，就这样展开了。

令冯先生更加吃惊的是，塘岸上的一对天鹅，一齐展开双翅，扑入塘中，加入了保卫战。在它们的带动之下，那些野鸭呀、鹭鸶呀都不再恐惧，先后参战。水塘里一时间情况大乱……

待冯先生不再发呆，冲出别墅时，战斗已经结束。苍鹰一无所获，不知去向。水面上，羽毛零落，有鹰的，也有那些水鸟的……

我听得也有几分发呆，困意全消。待冯先生讲完，我忍不住关心地问："那只雄鸳鸯怎么样了？"

他说："惨！惨！几乎是遍体鳞伤，两只眼睛也瞎了。"

他说他请了一位宠物医院的医生，为那只雄鸳鸯处理伤口。医生认为，如果幸运的话，它还能活下去。于是他就将一对鸳鸯暂时养在别墅里了。

到了秋季，我带着几位朋友到冯先生那里去玩儿，发现他的水塘里增添了一道"风景"——雌鸳鸯将它的一只翅膀，轻轻地搭在雄鸳鸯的身上，在塘中缓缓地游来游去，不禁使人联想到一对挽臂散步的恋人。

而那只雄鸳鸯已不再有往日的美丽，它的背上、翅膀，有几处地方呈现出裸着褐色疮疤的皮。那几处地方，是永远也不会再长出美丽的羽毛了……更令人动容的是，塘中的其他水鸟，包括两只雪白的、气质高贵的天鹅，只要和那对鸳鸯相遇，都会自觉地给它们让路，仿佛那是不言而喻之事，仿佛已成塘中的文明准则。尤其那一对天鹅，当它们让路时,每每曲颈,将它们的头低低地俯下,一副崇敬的姿态。

我心中自然清楚那是为什么,我悄悄对冯先生说:"在我看来,它们每一只都是高贵的。"

冯先生默默地点了一下头,表示完全同意我的看法。

不知内情的人,纷纷向冯先生发问,冯先生略述前事,众人皆肃默。

是日,大家被冯先生留住,在庭院中聚餐。酒至三巡,众人逼我为一对鸳鸯作诗。我搪塞不过,趁几分醉意,胡乱诌成五绝一首:

> 为爱岂固死,
> 有情才相依。
> 劫前劫后鸟,
> 直教人惭极。

有专业歌者,借他人熟曲,击碗而歌。众人皆击碗和之。罢,意犹未尽。冯先生率先擎杯至塘边,泼酒以祝。众人皆效仿。

然塘中鸳鸯,隐荷叶一侧,不睬岸上之人,依然相偎小憩。两头依靠,呈耳鬓厮磨状。那雌鸳鸯的一只翅膀,竟仍搭在雄鸳鸯的背上。

不久前某日,忽又接到冯先生电话。他寒暄一句,随即便道:"它们死了!"

我愕然,轻问:"谁们?"

答:"我那对鸳鸯……"

电话那端,于是传来呜咽。

于是想到,已与冯先生中断往来两年之久了。他先是婚变,后妻是一"京漂",芳龄二十一,比冯先生小三十五岁。正新婚宴尔,祸事却猝不及防——他某次驾车回别墅区时,撞在水泥电线杆上,严重脑震荡,久医病轻,然落下手臂挛颤之症,无法再作画矣。后妻便闹离婚,他不堪其恶语之扰，遂同意。后妻离开时，暗中将其画作全部转移。此时的冯先生，除了他那大别墅和早年间积攒的一笔存款，也就再没剩什么了。坐吃山空，前景堪忧。

我不知该对他说什么好。

冯先生呜呜咽咽地告诉我，塘中的其他水鸟，因为无人喂养，都飞光了。

我又一愣，半天才问出一句话："不是都养熟了吗？"

又是一阵呜咽。

冯先生没有回答我的疑问，就把电话挂了。

我呆呆地陷入了沉思，猛地想到了一句话是"万物互为师学，天道也"，却怎么也回忆不起来，究竟是哪一位古人说的了……

此爱如钰

麦兴志和王茜是一对年轻的夫妻——几天来,他们的名字一直深深地感动着我。

我与这对四川青年素昧平生,是凤凰卫视的鲁豫使我牢牢记住了他们的名字。确切地说,是鲁豫所主持的节目。我两次从视频中看到了麦兴志和王茜。第一次,这对年轻的夫妻之间的爱情使我心震颤;重播时,我又看到了,还是震颤不已。所以,我没法不将我的感动写出来。

小麦和小王的家,或者在成都,或者在四川的另一座城市,我竟不甚清楚。因为有关他们的爱情的那一期《鲁豫有约》,我虽然看到了两次,却都是偶然看到的。而且,又都是从中间看的。

小麦和小王是高中时的同学。也许,中学时也是,我不敢断定。总而言之,高中时他们恋爱了。后来他们双双考上了警官学校。再后来他们成了交警系统的同事。饱满的爱情期待着一个幸福的形式,人世间即将有一扇门成为他们的新房之门……

但就在那一年小王被诊断出患上了红斑狼疮,世界上患这种病的比例是十万分之一。小王的家人和小麦都对她隐瞒着她的病情。小王接下来不能上班了,小麦决定提前和小王结婚。

小王的病首先反映在脸上。以后,几乎将注定了要渐渐地,进而彻底地损坏她那张年轻又秀丽的脸。世界上并没有被红斑狼疮损坏过容颜的脸，似乎至今还没有过记载。而小王的病情一经确诊便来势凶猛，短短几天全身便出现了溃疡现象。

而小麦对小王说："我们现在就结婚吧。结婚了我照顾起你来才能更周到。"于是一个当代小伙子对一个他爱的女孩儿承担起了爱的责任和义务——在她最需要关怀和呵护的时候。

我想小麦他不可能不明白——自己所爱的可爱的女孩儿，在成为他的妻子以后，原先的可爱很快就会变成另一种样子。但是他认为他义不容辞，义无反顾。

义——这一个汉字中笔画少而又含意多因而歧义也多的字，向来是一个争论不休的字。我至今固执己见：当它与"仁"字组合为"仁义"一词时，理解力正常者，谁能否认该词对我们人性品质是显然地提升呢？

从此小麦对他所爱的人儿，不但义得无怨无悔，而且仁得心甘情愿。诚所谓仁至义尽。于是一个当代小伙子对一个当代女孩儿的爱，一个当代中国丈夫对一个当代中国妻子的爱，发乎于情而止乎其行，使我联想到了那两句耳熟成诵的诗："曾经沧海难为水，除却巫山不是云。"

命运仿佛不但要加倍考验小王承受突如其来的攻击的意志，也要加倍考验小麦的一往情深，分明，还要加倍考验他们的爱的韧度。

不久小王又被诊断出患了皮肌炎，那是一种概率百万分之一的恶疾。于是，十万分之一和百万分之一两种概率的病魔，如同两只无形的手，一齐扼住了已成为小麦妻子的王茜的颈，非要夺去她的生命不可。像是黑白无常，日日夜夜瞪着小王，不达目的，誓不罢休。它们蛰伏在小麦的背后，单等他的爱心稍显悔怠，便一跃而起扑向小王……

然而小麦对小王的爱还是那么温柔而又细微。

想想吧，那么娇小的一个小女子的身体，最病弱时减重五六十斤，而且呈现一百几十处的溃疡！每天要用棉签蘸着酒精擦尽几遍，除了一个深爱自己的人，谁还能对小王护理得更好？而且是怀着柔情似水的爱心进行的？金钱固然也能雇用到那一种"工作"者，但是爱心呢？即使连爱心也能保证，谁又能定出那爱心何价？非是彼此深爱之人，金钱又怎能从别人心里唤出和小麦同等的爱心来？

此后一家又一家医院对小王先后发出了九次病危通知书，真乃九死而后九生也！那么年轻的一对小夫妻，那么普通的两个百姓人家的儿女，他们齐心协力九次战胜死神的"武器"，说到底，也无非就是彼此之间的那一份爱。

在与死神进行第九次搏斗时，连小王自己都认为，自己怕是熬不过当天的夜里了。

用她自己的话说："我觉得我被鲜花埋住了。"

到病房去探视她的同事们，都已经不忍看她一眼了。他们都是一言不发，放下鲜花，转身就含着悲泪赶快走了，都怕当着她的面哭出声来。

用她自己的话说："我一闭上眼睛，满眼都是金子。"

那样的高烧是很容易将人的双眼烧瞎的。

用她自己的话说："但是我心里想我不能死，我丈夫为我付出了那么多，我这么轻易地就死了对他太不公平。"

对于小麦和小王，他们的爱，那时简直可以说已然具有宗教般的意味。他们所坚持的仿佛是一场爱的圣战。他们实际上已成为一对年轻的圣斗士。面对的是毫无恻隐之心的死神，共同的武器是相互之间的爱，唯一属于他们自己的武器，一份唇亡齿寒的爱。正所谓，不愿齿寒，唇不忍亡。正所谓，虽不曾以生死相许，然以爱许以生也。故生在也，爱在也；故为爱在，生岂肯成死也？……

临床医生以为小王已经失去了意识。然而她一息尚存，便顽强地保持着意识。她甚至听到了医生对围在自己病床旁的实习生们说："这个人已经无法救治了……"

然而小王第九次活了过来……

在与病魔进行了整整六年的生死战后，小王坐在了《鲁豫有约》的演播室里；她的身旁，是她质朴憨厚的丈夫小麦。我掐指一算，他们的年龄，至今大约都还没有超过三十岁吧？

六年里，一切听说过的民间偏方，小麦都为小王弄到过了，小王也都吃过了。她最多时一天服过九十几粒药。用她自己的话说："刚服下西药又喝汤药，胃里都没地方装一点儿饭了。"

六年里，小麦背着小王上下楼的次数，大约已近万次。而小麦在楼梯上累了的时候，会把住扶手侧转头柔情似水地说："亲爱的，给我一点儿力量吧！"这像诗句呀！小王就在他脸颊上轻轻吻一下……

小王也真的写下过一首长诗《你的背》，诗的第一句乃是："你的背平坦又安稳。"

真的，比起那些一生只渴望一个男人在自己疲惫时让自己靠一靠肩头的女人，小王太幸运了，也太幸福了。尽管她曾患过的两种病都是那么可怕。

当鲁豫问小王："如果有来生，你和小麦之间还会有一个人被病魔纠缠，那么你愿意反过来由自己来照顾小麦呢？还是仍愿意生病的是自己，再让小麦来照顾你？"

小王想了想，郑重地回答："还是让他来照顾我感觉好一些……"之后，她微微笑了一下。

"感觉好一些"，淡淡的一种口吻，绝对信赖的一种口吻，还有着一种温柔的弦外之音——我怎么舍得让我的丈夫，也经受一次我所经受过的苦楚？

"感觉好一些"，天下女子之多情语，莫过于此也！

人们从电视里看到的王茜，脸儿是那么白皙、洁净，比婚前的她，比照片上的她，看上去更秀丽了。爱情在她身上创造了奇迹。

我想，对于小王，她的丈夫小麦，当是她在这世上的"最爱"无疑了。作为一个女人，一个妻子，她的心，肯定最能理解什么才是真爱，以及真爱的无价。

然而我之感动，还不仅仅因了他们的爱，也还因了他们的年轻。他们所共同经历的六年，依我想来，真可与某些令我肃然起敬的患难夫妻的几十年风雨同舟的经历相提并论。并且，使那些在我们的电视中正热播着的所谓"情爱版"的国产剧或韩剧黯然失色。

相对于他们的年轻，相对于当代的爱的质地的脆薄，相对于我们中国最年轻一代人普遍的人生承受力的乏弱，他们所共同经历的六年，简直可以说是一种难能可贵的压缩了的质与量！

感谢鲁豫，使我的眼从我们的年轻一代身上，看到了另一种了不起！虽然谈不上伟大，也难以用崇高来形容，但是，于年轻的人性考验中，体现出了足可骄于像我这样不再年轻了的人的人生韧性和超乎寻常的镇定，所以了不起。

小麦，我所敬之年轻人也；小王，亦我所敬也。我敬前者无怨无悔的六年如一日的责任感；我敬小王的坚毅，依我想来，冥冥之中倘有神明，或也肃然起敬了吧？否则，何以在这世上，终于有了两种恶疾用了九次攻击也不能击倒的一个小女子？

我将鲁豫所主持的那一期节目，加上我的感动和感想，写成这一篇仓促而成的文字，继续传播小麦和小王的"故事"，于我，实在也是一种自愿，并觉是一份光荣。

爱在斯，仁义在斯；仁义在斯，其爱如诗。

不速之客

在我们寻常的或不寻常的世俗生活之中,有些事情听来似乎太戏剧化,使人怀疑其意义究竟何在。

然而细细一想,你的心灵不能不为之感动,你会不禁地潸然泪下……

几天前,我家来了一位不速之客,是我一九八五年在新疆认识的一位青年石油工人。算来如今他该是三十多岁的人了。岁月飞逝,大戈壁的风沙在他脸上过早地刻下了皱纹。与大都市的同龄人相比,他看上去要老上十岁。

吃过饭,他吞吞吐吐地请求:"梁老师,如果,如果可以的话,我想……我想住在你家……只住一宿。明天的火车票我都买好了,一早就走……"

斯时已是晚上九点半了。

我爽快地说:"当然可以,好不容易见上一面,你住下,我们也可以从容地多聊聊嘛。"

他笑了。

我又说:"明天退了票,在北京玩儿几天吧!"

他连连摇头:"那可不行,只有半个月假。在沧州住三五天之后,探亲假就只剩下十天不到了。我老母亲可想我哪……"

我奇怪地问:"那么你到沧州去,并不是……"

他又摇了摇头:"您忘了?我家在大庆嘛!到沧州农村去,是探望我奶奶。我父亲在天津站上车找我,我们一起去沧州……"

我不但奇怪,而且糊涂了。在我记忆中,他奶奶早已去世了……

他见我困惑,于是娓娓道来——

您是知道的,我们石油人中,有不少"父子兵"。比如我和我父亲,就都是石油人。说是"父子兵",别人准以为,可以天天在一起似的,其实不尽然。有时调令一下,一方就得打起行李,跟随所在的大队或小队走。一走,可能就是几千里。父子可能一别就是三四年,甚至七八年,十来年……

他问我:"您还记得我们队上的小侯吗?"

我说:"记得。怎么不记得呢?一下了班就抱着吉他弹起来没完,外号叫'观赏猴'的那个小伙子,对不对?"

他说:"对,就是他。人们都说我俩长得像双胞胎。当年我心里挺烦他的。当年海洋石油公司不是刚组建吗?他认为海洋石油公司是石油战线的'皇家海军',总想调到海洋石油去。领导没批,他就三番五次闹情绪。我是团支部书记,领导让我帮助他,我就一次次找他谈心。可他不跟我谈,还当众讽刺过我……去年十一月份,他死了……"

我不禁一怔,停止了吸烟。

"因为病?"

他摇头。

"事故?"

他摇头。

"自……杀?"

他仍摇头。

我不知小侯的死,和他要到沧州去探望一位"奶奶"之间有什么关系。我心中疑团百种。

他也吸起烟来。吸了两口,接着说——

小侯是因公牺牲的。他给地质队去当向导,结果遇到了大风暴。他让别人回大本营,自己留下看守器材。人们找到他的时候,十几万美元进口的器材上盖着他的外衣,保护得好好的,他自己却被沙暴埋住了。人们是从一米多深的沙丘下把他扒出来的。队友们从他的遗物中发现了一封信,是他父亲写给他的。他父亲是一位老石油工人,胜利油田的。再干几年就该退休了。他和他父亲已经九年没见面了。他父亲在信上说,因公要路过兰州。我们油田在兰州有个联络处。他父亲希望他跟领导请求,也给他个因公到兰州出差的机会,那么他们父子俩就可以在兰州站见上一面。火车在兰州停二十分钟。也许,二十分钟对九年没见过一面的小侯父子,是很可以叙叙父子情吧。总之队友们一一传看了那封信后,都哭了。大家都觉得,还是暂不告诉他父亲真相好。可是如果隐瞒,就必须有一个"小侯",按日按时赶到兰州,在火车站和他父亲见上一面,自然而然,大家将目光集中到了我身上。我也明白了大家的意思。于是我就去找队里的领导,请求批准我冒充小侯一次。领导当即就批准了,还方方面面地嘱咐了我一通,怕我和小侯的父亲见面之后露出破绽……

小侯的遗物中还有他父亲的一张照片,可那是他父亲早年的一张照片。之间又隔了九年,凭那张照片,我哪里会认出他父亲啊!

我只好请车站的广播员替我广播广播。广播员是位姑娘,听我讲明来龙去脉,保证地说:放心吧同志,我一定替你清清楚楚地广播三遍。我望着列车进站后,听着一遍一遍的广播,当时内心里真是百感交集,也有些忐忑不安,生怕自己到时候不能把角色扮演好。

第三遍还没广播完,我见有一个人匆匆向我走来,我也迎了上去。我俩在相距两步远的地方同时站住了。他望着我,我望着他。

是他先开口说话的。他问我:"儿子,是你吗?"

我说:"爸,是我啊!"

我和那人就拥抱在一起。我忍不住哭了，仿佛他真是我亲爱的父亲，仿佛我真是他日夜想念的儿子，仿佛我们真的整整九年没见过面了。

　　我父亲，也就是小侯的父亲，也落泪了。

　　后来我们就找了个僻静的地方，蹲下，互相望着，都不停地吸着烟，你一言我一语地聊起来……

　　聊了一会儿之后，"父亲"似乎起了疑心，从兜里摸出"我"的照片，也就是小侯的照片，低头看片刻照片，抬头看片刻"我"，犹犹豫豫好一阵，终于下了决心，单刀直入地问："小伙子，别演戏了。说吧，你为什么冒充我儿子？"

　　我无奈，只有老实交代。

　　听完我的话，他将一只手拍在我肩上，大动感情地说："儿子，不，对不起，我现在已经不该叫你儿子了。既然你老实交代了，那么我也老实交代吧。我也不是小侯的父亲。小侯的父亲也死在工作岗位上了。和你一样，我也是被大家推选出来，经领导批准，专为了完成这一项任务的……"

　　我们彼此再也不知道说什么好，互相望着，都默默流泪不止。

　　第一遍开车铃响过，我们不得不都站起。

　　"父亲"，不，那个人说："你，可要经常给你妈写信呀！她非常想你呀！"

　　我也说："你，可要经常给我奶奶写信呀！奶奶非常想你呀！"

　　小侯有一个双目失明的奶奶，和他的伯父婶子们住在沧州乡下。后来，那个"冒充"小侯父亲的人，给我写过一封信。信上说，他们队上的一些队友决定，每月凑二百元钱，由他寄给小侯的奶奶。我将信给我们队的队友们传看了。大家也决定，每月凑二百元钱，由我寄给小侯的妈妈……

　　从一九八五年至今，我们两个油田，两个大队，两个钻井小队的人，除了我和那个人，其余都不曾见过面。但都一直给小侯的奶奶和妈妈寄着钱。小侯的妈妈早已知道了真相。她早已成了我的另一位妈妈。去年我还代表队友们去探望过她一次。一个多月前，我收到了老孟，也就是当年"冒充"小侯父亲的那个人写给我的信。信上说，小侯八十三岁的双目失明的老奶奶，既想儿子，又想孙子，想得整天磨磨叨叨的。人们不是总讲八十四七十三吗？这两个岁数都是老年人的"坎"啊！老孟在信中跟我商量，无论怎样，也应该了却老人家的心愿，使她在归天之前，和儿子、孙子团圆上几天。说他们队的领导，很理解，为此提前批准了他的探亲假。我将信拿给我们队的领导看。我们的领导说，这还用请求？也批准你提前探家。我想，这一路上，能节省几元钱就节省几元钱吧！节省了，不是可以多给老人家留下些吗？农村不比城市，就目前来说，几元钱也是钱啊！何况在北京，少于二十元，人生地不熟的，是很难找到地方住的……

我想寻找到最能表达我当时心情的话，可我当时竟变得口拙舌笨起来。不经意间，我脸上已淌下了泪……

这些石油人啊，他们是些感情色彩多么奇特的人啊！

我默默从冰箱里取出了朋友送给我的几盒蜂王浆，递给他，诚挚地说："把我这点儿心意，也给老人家带去吧！"

一个加班青年的明天

我因为要写一份关于中国《劳动法》在现实生活中被遵守情况的调研报告，结识了某些在公司上班的青年——有国企公司的，有民营公司的，有大公司的，有小公司的。

张宏是一家较大民营公司的员工，项目开发部小组长。男，二十七岁，还没对象，外省人，毕业于北京某大学，专业是三维设计。毕业后留京，加入了"三无"大军——无户口、无亲戚、无稳定住处。已"跳槽"三次，在目前的公司一年多了，工资涨到了一万三。

他在北京郊区与另外两名"三无"青年合租一套小三居室，每人一间住屋，共用十余平方米的客厅，各交一千元月租。他每天七点必须准时离开住处，骑十几分钟共享单车至地铁站，在地铁内倒一次车，进城后再骑二十几分钟共享单车。如果顺利，九点前能赶到公司，刷上卡。公司明文规定，迟到一分钟也算迟到。迟到就要扣奖金，打卡机六亲不认。他说自从到这家公司后，从没迟到过，能当上小组长，除了专业能力强，与从不迟到不无关系。公司为了扩大业务范围和知名度，经常搞文化公益讲座——他联络和协调能力也较强，一搞活动，就被借到活动组了。也因此，我认识了他。他也就经常成为我调研的采访对象，回答我的问题。

我曾问他对现在的工作满意不满意。他说挺知足。

问他每月能攒下多少钱？

他如实告诉我——父母身体不好，都没到外地打工，在家中务农，土地少，辛苦一年挣不下几多钱。父母还经常生病，如果他不每月往家寄钱，父母就会因钱犯愁。说妹妹在读高中，明年该考大学了，他得为妹妹准备一笔学费。说一万三的工资，去掉房租，扣除"双险"，税后剩七千多了。自己省着花，每月的生活费也要一千多。按月往家里寄两千元，想存点钱，那也不多了。

我很困惑，问他是否打算在北京买房子。他苦笑，说怎么敢有那种想法。

问他希望找到什么样的对象。他又苦笑，说像我这样的，哪个姑娘肯嫁给我呢？

我说你形象不错，收入挺高，愿意嫁给你的姑娘肯定不少啊。他说，您别安慰我了，一无所有，每月才能攒下三四千元，想在北京找到对象是很难的。他发了会儿呆，又说，如果回到本省估计找对象会容易些。

我说，那就考虑回到本省嘛，何必非漂在北京呢？终身大事早点定下来，父母不就早点省心了吗？

他长叹一声，说不是没考虑过。但若回到本省，不管找到的是什么样的工作，工资肯定少一多半。而目前的情况是，他的工资是全家四口的主要收入。父母供他上完大学不容易，他有责任回报家庭。说为了父母和妹妹，个人问题只能先放一边。

沉默片刻，又主动说，看出您刚才的不解了，别以为我花钱大手大脚的，不是那样。我们的工资分两部分，有一部分是绩效工资，年终才发。发多发少，要看加班表现。他说为了获得全额绩效工资，他每年都加班二百多天，往往双休日也自觉加班。一加班，家在北京市区的同事回到家会早点，像他这样住在郊区的，晚上十一点能回到家就算早了。

说全公司还是外地同事多，都希望能在年终拿到全额的绩效工资，无形中就比着加班了，而这正是公司头头们乐见的。他是小组长，更得带头加班。加不加班不只是个人之事，也是全组、全部门的事。哪个组、哪个部门加班的人少、时间短，全组、全部门同事的绩效工资都受影响。拖了大家后腿的人，必定受到集体抱怨。对谁的抱怨强烈了，谁不是就没法在公司干下去了吗？

我又困惑了，说加班之事，应以自愿为原则呀。情况特殊，赶任务，偶尔加班不该计较。经常加班，不成了变相延长工时吗？违反《劳动法》啊！

他再次苦笑，说也不能以违反《劳动法》而论，谁都与公司签了合同的。在合同中，绩效工资的文字体现是"年终奖金"。你平时不积极加班，为什么年终非发给你奖金呢？

见我仍不解，他继续说，有些事，不能太较真的。国企也罢，私企也罢，不加班的公司太少了。那样的公司，也不是一般人进得去的呀！

交谈是在我家进行的——他代表公司请我到某大学做两场讲座，而那向来是我甚不情愿的。六十五岁以后的我，越来越喜欢独处。不论讲什么，总之是要做准备的，颇费心思。

见我犹豫不决，他赶紧改口说："讲一次也行。关于文学的，或关于文化的，随便您讲什么，题目您定。"

我也立刻表态："那就只讲一次。"

我之所以违心地答应，完全是因为实在不忍心当面拒绝他。我明白，如果我偏不承诺，他很难向公司交差。

后来我俩开始短信沟通，确定具体时间、讲座内容、接送方式等。也正是在短信中，我开始称他"宏"，而非"小张"。

我最后给他发的短信是：不必接送，我家离那所大学近，自己打的去回即可。

他回的短信是：绝对不行，明天晚上我准时在您家楼下等。

我拨通他的手机，坚决而大声地说："根本没必要！此事我做主，必须听我的。如果明天你出现在我面前了，我会生气的。"

他那头小声说："老师别急，我听您的，听您的。"

"你在哪儿呢？"

"在公司，加班。"那时晚上九点多了。

我也小声说："明天不是晚上八点做讲座吗？那么你七点下班，就说接我到大学去，但要直接回家，听明白了？"

"明白，谢谢老师关怀。"

结束通话，我陷入了良久的郁闷，一个问号在心头总是挥之不去——广大的年轻人如果不这么上班，梦想难道就实现不了啦？

第二天晚上七点，宏还是出现在我面前了。

坐进他车里后，因为他不听我的话，我很不开心，一言不发。

他说："您不是告诉过我，您是个落伍的人吗？今天晚上多冷啊，万一您在马路边站了很久也拦不到车呢？我不来接您，不是照例得加班吗？"

他的话不是没道理，我不给他脸色看了。

我说："送我到学校后，你回家。难得能早下班一次。干吗不？"

他说："行。"

我说："向我保证。"

他说："我保证。"

我按规定结束了一个半小时的讲座，之后是半小时互动。互动超时了，十点二十才作罢。有些学子要签书，我离开会场时超过十点四十了。

宏没回家。他已约到了一辆车，在会场台阶上等我。

在车里，他说："这地方很难打到车的，如果您是我，您能不等吗？"我说："我没生气。"沉默会儿，又说，"我很感动。"

车到我家楼前时，十一点多了。

我很想说:"宏,今晚住我家吧。"却没那么说。肯定,说了也白说。

我躺在床上后,忽然想起明天上午有人要来取走调研报告,可有几个问题我还不太清楚,纸上空着行呢,忍不住拿起手机,打算与宏通话。刚拿起,又放下了。估计他还没到家,不忍心向他发问。

第二天上午九点左右,没忍住,拨通了宏的手机。不料宏已在火车上。

"你怎么会在火车上?"我大为诧异。

他说昨天回住处的路上,部门的一位头头儿通知他,必须在今天早上七点赶到火车站,陪头头儿到东北某市去洽谈业务。因为要现场买票,所以得早去。

我说:"你没跟头头儿讲,你昨天半夜才到家吗?"

他小声说:"老师,不能那么讲的。是公司的临时决定,让我陪着,也是对我的倚重啊。"

他问我有什么"指示"。我说没什么事,只不过昨天见他一脸疲惫,担心他累病了。

他说不会的。自己年轻,再累,只要能好好睡一觉,精力就会恢复的。

又一个明天,晚上十点来钟,他很抱歉地与我通话——请求我,千万不要以他为例,将他告诉我的一些情况写入我的调研报告。

"如果别人猜到了您举的例子是我,非但在这家公司没法工作下去了,以后肯定连找工作都难了……老师,我从没挣到过一万三千多元,虽然包含绩效工资和'双险',虽然是税前,但我的工资对全家也万分重要啊!"

我说:"理解,调研报告还在我手里。"

我问他在哪儿,干什么呢。他说在宾馆房间,得整理出一份关于白天洽谈情况的材料,明天一早发回公司。

这一天的明天,又是晚上十点来钟,接到了他的一条短信——

梁老师，学校根据您的讲座录音打出了一份文稿，传给了我，请将您的邮箱发给我，我初步顺一顺再传给您。他们的校网站要用，希望您同意。

我没邮箱，将儿子的邮箱发给了他，并附了一句话——你别管了，直接传给我吧。
第二天上午十点多钟，再次收到宏的短信——

梁老师，我一到东北就感冒了，昨天夜里发高烧。您的讲座文稿我没顺完，传给公司的一名同事了。她会代我顺完，送您家去，请您过目。您在短信中叫我"宏"，我很开心。您对我的短信称呼，使我觉得自己的名字特有诗意，因而也觉得生活多了种诗意，宏谢谢您了。

我除了回复短信嘱他多多保重，再就词穷了。
几天后，我家来了一位姑娘，是宏的同事，送来我的讲座文稿。因为校方催得急，我在改，她在等。
我见她一脸倦容，随口问："没睡好？"
她窘笑道："昨晚加班，到家快十二点了。"
我心里一阵酸楚，又问："宏怎么样了？"
她反问："宏是谁？"
我说："小张，张宏。"
她同情地说，张宏由于发高烧患上急性肺炎了，偏偏他父亲又病重住院，所以他请长假回农村老家去了……
送走那姑娘不久，宏发来了一条短信——

梁老师，我的情况，估计我同事已告诉您了。我不知自己会在家里住多久，很需要您的帮助，希望您能给我们公司的领导写封信，请他们千万保留我的工作岗位。那一份工作，宏实在是丢不起的。

我默默吸完一支烟，默默坐到了写字桌前……

我与浪漫青年

明明数次从南昌打来电话，嘱我为《七彩帆》写篇什么，拖延至今，时日渐久，心内常常不安。奈何近一年中，旧病新疾，轮番侵体，间或执笔，皆因"一诺千金"而已。更况颈椎骨质增生，伏案片刻，头晕目眩。

值此春节假日期间，自我感觉稍转良好，复您一信，权当"交卷"，以了心债之累。

思来想去，一时竟不知作篇什么"文章"为好。倒是忆起我与明明十余年的友情，个中体会种种，于我自己，于明明，以及许许多多当代青年，似不无益处，可供浅显的参考……

大约十年前，明明出现在我家里。那时的他，许是刚刚二十出头。不谙世故，严格地说，乃一单纯少年。

他是到北京来报考中央民族音乐学院的。他是前一年的高考落榜生。正如流行歌曲里唱的，那挫折仿佛是他"心口永远的痛"。尽管他不曾多谈这一点，然而我看得出来，也十分理解。

当年流行歌曲还没像如今这么流行。但是据我想来，他是立志要在北京成长为一名通俗歌手的。他是个热爱音乐，更具体地说，是个热爱声乐的少年。他有自信心，然而也很明智。

在我的办公室里，他对我说："今后的时代，通俗歌曲在中国必有大的发展趋势。我有一副适于演唱通俗歌曲的嗓子……"还说,"我知道,仅靠先天素质是不行的。所以我希望获得专业学习和训练的机会……"

他最喜欢,也可以说最崇拜的当年的歌手是关贵敏。虽然关贵敏不是通俗歌手,而是当年很优秀的民歌手。

但是他又说——他认为,通俗歌曲和民族歌曲之间,有着类乎血肪的"亲缘关系"。其演唱技法,也互有可借鉴之处。

最终——他道出了他的愿望——如能拜关贵敏为师,于他不啻是三生有幸的事。

这也是他对我的请求——据他想来,梁晓声哈尔滨人也。关贵敏哈尔滨人也。一文一艺,想必我们是认识的……

而我却不认识关贵敏。尽管当年我也十分喜欢关贵敏唱的歌。按今天的说法,当年我何尝不是"二关"的"发烧友"呢——无论是关贵敏还是关牧村,无论走在路上抑或已在伏案创作,一听到"二关"的歌唱,正走在路上我也会不由自主地驻足,正在创作我也会立刻放下手中的笔……

面对明明这样一位少年,除了答应他的请求,当年我又能说些别的什么呢?答应别人的请求或拒绝别人的请求,有时对我都是一件难事。有时对我,后一种难比前一种难更难……

于是明明在我家里住下,和我的老父亲一起,住在我的办公室里……

于是有一天,在我的记忆里,是初春或秋末的一个雨天,我去了中央民族音乐学院。问清了关贵敏的住处,又从中央民族音乐学院去了他家里……

当年关贵敏还未结婚。

关贵敏是一个好人,是一个性格内向的好人。这是那一天他给我留下的印象。这一印象极为深刻,至今我仍能忆起他当时那种不苟言笑、不善言谈的样子。

听我讲明来意,他说:"那么好吧,就让那个徐明明来找我吧。只要他在声乐方面真有培养前途,我一定以最负责任的态度指导他,若能帮助一个青年实现他的理想,对我来说,是和你一样乐于做的事。"

这件事我们几分钟内就谈完了。

接下来,我们还详细谈了明明的食宿问题。因为明明来京前并未了解清楚——那一年中央民族音乐学院因院舍修建,学生宿舍人满成患,决定当年不招新生……

我说明明仍可以和我的老父亲住在我的办公室……

他说他可以对校方讲明明是他的亲戚——这样明明便可以在民族音乐学院的食堂用餐……

几天后明明带了我的信去见关贵敏……

然而一个星期后明明还是离开了北京。原因有两方面:其一是,他自觉长久住在我处,会给我添太多麻烦,他于心不忍。其二是,我非常婉转地,将关贵敏对他"考试"后的坦诚的评价告知他——经过专业训练,他的演唱水平当然会大大提高,但要成为一名出色的歌手,显然有"先天不足"之憾……

于今,明明一直感念我对他在北京的日子里的关照。我却每每忆起当年之事,心中内疚不已。因为——在他走时,我曾以很烦躁的态度对待过他……

他向我借二百元钱——说是要为父母买些东西带回去。而我,刚刚因他受过厂保卫处的批评。按照北影厂规,是不得将外单位尤其是外地人留宿在办公室的。而且,刚刚觉得受了一次欺骗——一名来自湖南的少年,在我家里住了数日后,我给了他一百元钱,嘱他买火车票回家乡。可半月后他又出现在我面前,并没回家乡,始终流浪在北京,而我给他的一百元钱却花光了。

明明会不会也如此呢?

当时还有几位客人在场。他们都用制止的目光看我。他们目光所含的意思，我理解得很是分明——梁晓声你如果将钱借给这个外地的小青年，那你就是天字第一号的大傻瓜了。你受过一次骗还不够吗？……

他会还我吗？我不知道……

我还是将钱借给明明了。

二百元在今天有些微不足道。但是于当年而言，于当年的我而言，也是一笔数目可观的钱啊。相当于我三个月的工资。相当于我发表一篇一万余字的小说的稿费……

最主要的——我怕我再受一次骗。一个人受骗的次数多了，也许心肠就会变冷了。我很怕我变成一个冷心肠的人，很怕我变成一个面对求助者无动于衷的人……

两个月后，我收到了明明寄还的钱。当时我内心里的喜悦真是无法形容。明明也许至今不知，在这一点上，我是多么感激他！正如他感激我。我曾将汇款单给不少嘲笑我迂腐的人看。对他们说——这个从湖南来的少年，并非像他们所以为的那样……

后来我对明明人生路上的方方面面一直很关心，实在是包含着我对自己也曾疑心过他的那一份儿自责啊！……

我以为，当年明明在北京的日子里，我对他的一些关照，实在是微不足道的。但我以后告诉他的一些道理，即或将来，对明明却可能仍是有益的。对许许多多像明明当年一样的现在的青少年，也是可以参考的……

我曾对明明说——一个青年，当他在愿望选择方面，经受了人生的最初的几次挫折甚至打击之后，尤其是，在他的家庭没有充足的经济实力资助他专执一念继续百折不挠下去时，他便应转而考虑最现实的选择，也是对每个人来说当务之急的选择——就业。有了职业便有了工资收入；有了工资收入，便是一个自食其力的人了。便起码是一个经济方面"自给自足"的人了。而一个自食其力的人，才有资格有条件去追求愿望的实现。才经受得起人生更多次的更大些的挫折和坎坷。一举成名的机会只属于为数不多的天才。而即或确是天才，谁知又有多少终因首先不能是一个自食其力的人竟被客观生存原因所毁灭？

我们大多数人不是天才。一举成名不是属于我们大多数人的机会。我们大多数人几乎每时每刻都离不开钱，而钱对我们大多数人来说，只能靠自己去挣。连一份足以养活自己的钱都挣不到的人，好比连一片可供自己生存的草地都寻找不到的牛羊，除了饿毙没有别的下场……

明明开始将他的愿望由成为一名歌唱家转向成为一名作家。他发誓在三年内写出获奖作品，在五年内成为文坛新秀。为了实现这第二个愿望他在郊区租了房子，将一篇又一篇作品寄给我……

而我每次回信总是对他谈一件事——工作、工作、工作——

两年内他一篇作品也没发表出来……

两年后他有了第一份工作，临时的……

当他在长途电话里告诉我这一点，我内心里真是为他高兴啊！

记得我在信里曾对他说——明明，现在，你尽可以利用一切业余时间去开发自己的种种潜质，去证明自己的种种才华了。你将会明白——一份足以确保自己生活不成问题的工作，和一个人实现自己的愿望选择的条件之间，不是矛盾的，而是相辅相成的。现在，只有现在，我才想告诉你——好好写！继续写下去吧！你已大有进步！你已付出了不少，离收获也便不远了……

初一晚上，明明从南昌打来了向我拜年的长途电话。他说——他又将调转工作了。而这一次调转，可以说十分贴近他的愿望了。如今的明明，不但是一个自食其力的人了，而且，大约还是一个拥有"个体营业执照"的法人了吧？生活上没有后顾之忧，他的小说、散文、诗，都越写越好了，已接连获了几次奖呢！……

我祈祝他再为自己寻找到一位好妻子。果如我祝，明明必会有更令人可喜的成功。

　　忆起这些，屈指算来——十余年矣。对于我们大多数并非天才的人，尤其是青年，从依赖父母供养而至自食其力而至在人生旅途中达到顺境，大抵确乎需要十年的时间。这是一条普遍的规律。我们大多数人的命运，脱离不了这一规律。至于少数并非什么天才而又一帆风顺的人的经历，其实没有任何普遍性。从中也总结不出任何有普遍意义的人生经验。那除了是"幸运"，不是别的。把人生押在"幸运"二字上，对大多数人和大多数青年，是再糟糕不过的……

　　由明明我忆起另一位青年诗人。他流浪在北京，希望靠写诗养活自己并且成名。除了写诗，任何职业都是他所不屑的。他偏执得令我吃惊。"流浪诗人"这听起来多么浪漫！但当他又有一天一文不名地"流浪"到我家时，我已经认识到我的帮助对他毫无意义了。我没能力供养一位只写诗其他任何事都懒得做的诗人……

　　他已三十多岁了，我又可怜他又无能为力。他父亲七十多岁了，生着病，领着民政局的抚恤金。而他，仍靠他父亲用抚恤金养着。

　　说实在的，我甚至已不同情他不可怜他了，开始觉得他不是个东西了，断定他也成不了什么大诗人……

　　青年朋友们，请记住我的话——当你从父母的卵翼之下走向社会，首要的，第一位的，便是首先使自己成为一个自食其力的人。其次再谈论人生的别的什么……

　　我的小朋友徐明明对此最有体会了。

歌者在桥头

我有点儿拿不准该怎么叫他，就是那我见过多次的瘦脸的青年；倘在从前，比如一九四九年以前吧，我若叫他卖唱的那是绝对没叫错他的。但我要是那么叫他，则今天一概的歌星们，似乎便也都成了卖唱的了，所以我不愿那么叫他。那么叫他，对他是多么不敬；而我，起初只不过默默地欣赏他，后来，竟生出一种挥之不去的敬意了。

我家附近有条小河，两畔皆公园，对于城市而言，确乎算得上是两处风景区了。一年四季，那里是周边居民流连忘返的地方。尤其从五月至十月的半年，又尤其在傍晚，简直可以用游人如织来形容。

小河上有数座桥，其中一座桥被马路贯通，自然车来车往。但桥面并不因而全都成了马路的路面，马路两旁的人行道也从桥上延伸而过，每一边的人行道都有三米宽左右，于是成了小摊贩们摆摊的宝地。

小摊贩们偏偏选择那儿卖些小东小西是有他们的道理的，那儿有公园的一处入口，进出之人络绎不绝。

事实上那里是禁止摆摊的，然而我们都知道的，小摊贩们想要赚点儿钱贴补家用的决心都是很坚定的，于是那桥头便成了他们与城管人员们的心理博弈之地。某一时期小摊贩们占上风，某一时期城管人员们占上风。今年的六七月份，小摊贩们占了上风。

就是在那两个月里，我多次见到那瘦脸的青年。

偶尔，我也是喜欢散步的。

一日傍晚，我正在河畔走着，忽被一阵歌唱之声吸引。那首歌我十余年前是听过的，当年挺流行，我也很喜欢。但歌名却不记得了。至于歌词，也仅记得一句而已，便是"家乡才有美酒才有九月九"。

听到久违了又曾喜欢过的歌，我的心情因之一悦。然而我听出不是谁放的录音，分明是有人在用麦克风高唱。并且，依我听来，唱歌的人嗓音不错，唱的水平也几近专业。

出于好奇，我循声而去，至桥头，见唱歌的人是一个瘦脸青年。

天已经黑了，白天的暑热却一点儿也没降，估计还有三十度高。一概的人们，皆穿得短而薄。有的男人，着短裤，趿拖鞋，手持大扇，边走边忽搭忽搭地扇。

相形之下，那瘦脸的青年，实在是穿得太与众不同了。他穿一套绿军装，非是正规军装，是摊上买的那种。脚上是一双解放鞋。那是我年轻时春夏秋三季常穿的鞋。在气温三十度左右的那一个晚上，不出汗的脚穿一双解放鞋，一会儿工夫那也会捂出两脚汗来。解放军而穿解放鞋，同时是穿吸汗性良好的棉线袜的。他提起裤腿挠了一下脚踝，我见他根本什么袜子也没穿。他头上还端端正正地戴着一顶绿军帽，也非是真正的军帽，同样是摊上买的那一种。

桥头有路灯。在灯辉下，我见他脸颊上淌着汗。

他的脸形瘦得使我联想到一个印象深刻的人，一个苏联的青年——保尔·柯察金。他的眼睛也像保尔那双眼睛那么大。帽檐下，那双眼睛被桥头灯的灯辉映得亮晶晶的。

有灯也罢，无灯也罢，人一过了朝气蓬勃的青春期，眼睛就再也不会那么明亮了。

我看不出他是否是一个朝气蓬勃的青年，但他唱得朝气蓬勃。而且，感情饱满：

又是九月九，
重阳夜难聚首，
思乡的人儿，
漂流在外头。
又是九月九，
愁更愁情更忧，
回家的打算，
始终在心头。
……

我觉他唱得好极了。

那么，他真的是一个卖唱的青年么？

真的是。桥面两侧的人行道上聚满了人。看去，大抵都是在北京打工的人，都一动不动地听他唱。那一时刻，除了有车辆从桥上驶过发出声响，除了他在唱歌，可以说周围一片安静。连小贩们，也停止了叫卖。

然而，听他唱歌的人，并没谁丢钱给他。这是他与卖唱者的区别。只有当别人也想唱时，才须付钱给他。于是他将话筒恭恭敬敬地递给别人，之后深鞠一躬，大声说谢谢。说得真挚。

桥头停着一辆经过改装的三轮脚踏车，车上是边角严密的铁皮箱，有门可以双开对关；箱内是一台二十几寸的电视，电视上是卡拉OK装置。别人要点唱什么歌，由他代为调出。他实际上是在租设备，用他的麦克风，用他的设备唱一首歌两元钱。

他所服务的对象是些和他一样的外地青年。他们是进不起北京的歌厅的，但他们既为青年，某时某刻，肯定也会产生想唱一首歌的冲动的。他显然了解此点。也显然地，自以为发现了所谓商机。大概，还希望通过这一种亚文艺性的谋生手段掘到第一小桶金吧？

他唱，分明是企图通过自己的歌声激发起别人也想唱歌的兴致，但那一个晚上，事实证明他的想法大错特错了。因为他唱得那么好（在我听来唱得那么好），别人在他唱完之后，反倒缺乏勇气当众唱了。只有一个小伙子和一个姑娘向他讨过了麦克风。小伙子勉强唱罢一首，任凭他再三鼓励，怎么也不肯唱第二首了。姑娘连一首也没唱完就将话筒还给他了。

他呢，躬也鞠过了，谢也说过了，还将两元钱退给那姑娘了。姑娘不肯接，他硬塞到人家手里了……

我听到有人议论：

"唱得还不赖，可我不喜欢他那身打扮！"

"那叫行头！为了引人注意呗。"

"八成也为了省钱。可惜没什么公司包装包装他，要是有，不久又多一歌星！"站在我旁边的居然是两名城管人员，一个年轻，一个中年。

年轻的问中年的："管不管？"

中年的说："该管则管，不该管别管嘛。"

"到底管不管？"

"起码现在先别管。"

两名城管人员一块儿走了。

那歌者，也就是那瘦脸的青年，见冷场了，一时有点儿不知所措。

突然有人高叫："再来一首！"于是，竟响起一阵掌声。

青年四面鞠躬，接着唱起了李白的《静夜思》：

床前明月光，
疑是地上霜。
举头望明月，
低头思故乡。

他唱出了一种如诉如泣的意味。斯时,一轮明月悬于桥头上空,我见有人不禁地仰起了脸……

那晚,我听他接连又唱了五六首歌才离开。我离开之前,他再没挣到一份儿钱,但掌声又响起了几次……

我回到家,见电视里也有歌星们在唱。他们身着的演出服华美夺目,他们背后的布景红烟紫气,叹为观止。他们都比那桥头歌者唱得好听,可不知为什么,萦绕在我耳畔的,却依然是那桥头歌者的歌声。

连续数日,每晚我都去到那桥头,每晚都能听到那青年歌者唱几首歌。我听到的议论也多了,对那青年歌者的了解也多了。有人说他会唱一百几十首歌……有人说他曾当过挖煤工,遭遇塌方,砸伤了腿,而煤窑主逃了,他没获得补偿……有人说他还在一部什么电视剧中演过一个戏份不少的瘸腿的群众角色,但不知何故,那部电视剧一直没播出……

肯向他讨过麦克风唱歌的人竟也渐多,他的生意也就自然好起来了。然而,两元两元地挣钱,好起来了也分明是挣不到多少的。

某晚,人们都散去了,他正要蹬上车离开时,我见那两名城管人员又出现了。

中年的城管人员问他:"挣够路费了吧?"

他点头。

年轻的城管人员说:"'十一'快到了,你还是趁早离开北京吧。以后我们再不管你,我们可就太失职了!"他点头。

后来有一天晚上九点多时,下起了一场瓢泼大雨。我伫立家窗前看雨,似乎听到他的歌声。起初我以为自己是在幻听,但他的歌声持续不断,东一句西一句的。我疑惑,推开了窗子。不是似乎,果然是他在唱!

天上有个太阳,

水中有个月亮，

我不知道我不知道我不知道……

他唱的还是根据我的小说《雪城》改编的同名电视剧的插曲！他已不是在唱歌，而是在喊歌。

我不但疑惑，以至于惊诧了。寻到伞，打算到桥头去看究竟。突然，他的声音中断了。我愣了愣，没出门。

第二天早晨，天气晴好。我怀着满腹疑惑，匆匆走到了那座桥头。

桥头已经聚了不少人，围看一地碎玻璃。

人们议论纷纷："一掉雨点儿，咱们不都散了吗？就那疯子没走，拽住他非要他再唱。疯子说他如果不唱，自己就跳河。这河水两米来深，疯子真跳下去，那还不淹死啊？……"

"疯子？……"

"那几天总蹲这儿听他唱歌的那个疯子嘛！不少人都注意到过那疯子，你没注意到过？"

"你也走了，怎么会知道走后的事？"

"我听路对面那杂货铺子的主人说的。他站在门口，把事情经过全看在眼里了！为了那疯子不跳河，他就一直唱。疯子和他，都淋得落汤鸡似的！杂货铺子的主人终于被他唱明白了，赶紧拨打110。可警车来晚了一步，疯子捡块砖砸了他的电视，还把他的头拍出血了……"

如今，桥头已被围上了美观的栏杆，摆摊已成严禁之事。

我，也再没见过那瘦脸的、瘸腿的青年歌者。不知他还会不会出现在北京？不知他又在哪一座城市以他那一种方式挣钱？如果确有所谓上帝的话，我愿上帝眷顾于他。上帝岂可抛弃好人？……

二〇〇九年十月八日于北京

在西线的列车上

二〇〇五年十一月,我应邀与中国作家协会的几位领导,前往甘肃天水参加一次民间举办的文化活动。但我和他们乘的不是同一车次——家附近就有代理售票处,购票方便。于是我单独踏上了由北京西站始发的,晚上八点多开往西部的列车……

我已经很少乘长途列车了。

二十世纪八十年代初,我曾是前北京电影制片厂组稿组的一名编辑。陕西、甘肃、新疆都在我的组稿范围,所以那两三年内,我每年都是要乘坐几次西线的列车的。那时中国西部的农村人口,乘坐过列车的人还是很少的,成千上万西部农村人口向中国其他省份流动的现象还没出现。那时的中国,还是一个按地理区域相对凝固的中国。西部的农民如果要到外省去"讨生活",大抵靠的还是他们的双脚,正如西部的一种民歌——"走西口"。

八十年代初曾有一篇口碑极佳的短篇小说《麦客》,描写当年因天灾收获自家土地上的劳动成果的希望已成泡影的西部农民们,为了挣点儿钱将日子继续过下去,成群结队越省跨界,去往中原和南方帮别的省份的农民收割庄稼的经历。在西部蛮荒的山岭之间,在原本没有路而后来被一代一代走西口的中国农民们的脚踩出的蜿蜒的野路上,他们的身影连绵不绝,越聚越多,终于形成一支浩荡的不见首尾的队伍。他们甚至连行李也不带，很可能有的人的家里根本就没有什么可供他带走的行李。除了别在腰间的镰刀和挎在肩上的干粮袋，他们身上再就一无所有。那是中国农民的"长征"，不是为了革命，而是为了糊口。隔年似乎是由兰州电视台将《麦客》拍成了两集的电视剧。在北京，在我的家里，我看得热泪盈眶。记得当年我抑制不住自己的激动，还给电视台写去了一封信，祝贺他们拍出了那么优秀的现实主义风格的电视剧。

当年一个三十岁左右的青年出现在列车的卧铺车厢里，那是会引起一些好奇的目光的。因为当年并不是一切长途列车上都有软卧车厢，硬卧已是某种身份的证明。购票前要经领导批准，购票时要出示单位介绍信。故当年的我，从没觉得从北京到西部是怎样难耐的旅程。恰恰相反，在好奇的目光的注视之下，我常会感到优越。自然，想到西部的"麦客"们，心里边也往往会颇觉不安地暗问自己凭什么。当年我们许多中国人的意识方式真是朴实得可爱啊！

两三年后我调到了编剧组，以后竟再没踏上过西线的列车。屈指算来，已然二十余年了。

天水市委对文化活动极为重视，预先在电话里嘱咐——我们知道您身体不好，请您一定要乘软卧。我想到我是去西部，买了一张硬卧。

严重的颈椎病使我的睡眠的适应性极差，夜里不停地辗转反侧，令下两层铺和对面三层铺的乘客深受其扰。他们抗议的方式是擂铺板、大声咳嗽或小声嘟囔些不中听的话。我猛记起旅行袋里似乎带了一贴膏药，爬起一找，果然。反手歪歪扭扭地贴到后背上。用自己的手无法贴在准确的位置，但那也总算起到了一点儿心理作用，于是不再折腾……

整个车厢我起得最早，盼着到天水，然而中午一点多钟才到。望着车窗外西部铁路沿线的风光从黎明前的黑暗之中逐渐显现得分明了，我似乎觉得那是我所乘过的车速最慢的一次列车，似乎觉得从北京到西部的途程比二十几年前远多了。列车晚点了一个半小时，然而我知道那不是使我觉得途程变远了的真正原因，真正原因是我自己变了。我早已由当年那个坐硬卧很觉得优越并且心生不安的青年，变成了一个不经常乘坐列车的人了。而中国，也变了。习惯于乘飞机的中国人与乘列车的中国人相比，尤其是与乘西线列车的中国人相比，在许多方面都产生了大的差别。每一座城市都尽量将机场建得更气派、更现代，因为它意味着也是一座城市面向国际敞开的窗口。而每一座城市的列车站，则空前地人群云集了。特殊的月份，往往满目皆是背井离乡的中国农民的身影。在大都市的机场候机厅里，一些人感受到的是一种关于中国的概念；而在某些时候，在某些城市包括大都市的列车站里，另一些人将感受到关于中国的另一些概念……

沿线西部的乡村，它们为什么一处处那么的小？黄土抹墙的房舍，灰黑的鱼鳞瓦，家门前没有栅栏的平场，房舍后为数不多的苹果树或柿树，坎坡上放着几只羊的老人，在一小块一小块地里干着农活的老妪和孩子……一切仍在诉说着西部的贫困。

八月是萧瑟的季节。西部的景象裸露在萧瑟之中，如同干墨笔触勾勒在生宣纸上的绘画草图。偶见红的瓦和刷了白灰或贴了白瓷砖的墙，竟使我有眼前一亮的感觉。尽管白瓷砖贴在农家房舍的外墙体上是那么不伦不类，然而一想到有西部的农家肯花那一份钱，还是不禁有些感动。西部农民希望过上好日子的那种世代不泯的追求，像杨白劳给喜儿买了并亲手扎在女儿辫上的红头绳——父女俩自是喜悦着。看着那情形的人，倘对人世间的贫富差距还保留着点儿忧患，则就会难免地心生愀然……

从西部返回时，我登上了一趟特别的列车。因为还要中途到广州去，故我得在咸阳下车，再去机场。

我持的是一张无座号的票，原以为注定是得在列车上站五六个小时了，却幸运得很，偏巧登上了一节空着几排座位的车厢。刚刚落座，列车已经开动。定睛扫视，发现自己置身在民工之间。手往小桌板上一放，觉得黏。细看桌板，遍布油污，显然很久没被人擦过了。于是顾惜起衣袖来，往起抬胳膊时，衣袖和桌板，业已由于油污的缘故，难舍难分了。于是进而顾惜衣服和裤子，往起站时，衣服和裤子也不那么情愿与座椅分开了，那座椅也显然早该有人擦擦却很久没被人擦过了。好在布袋里是有些纸的，于是取出来细细地擦。最后一张纸也用了，擦过后却依然是污黑的。这时我注意到对面有好奇的目光在默默打量我，便有几分不自然了——一个人和某些跟自己有些不一样的人置身在同一环境，他对那环境的敏感，是会令那某些人大不以为然的。这一点，我这个写小说的人是心中有数的。当年我是连队生产一线的知青时，甚至以同样冷的目光，默默打量过陪着首长对连队进行视察的团部或师部的机关知青。那一种冷的目光中，具有知青与知青之间的嫌恶意味。何况，在那一节车厢里，我和我周围的人们之间的关系，连大命运相同的知青们之间的关系都不是。我将一堆污黑的纸团用手绢兜着，走过车厢扔入垃圾桶，回来垂着目光又坐下了。原来这一节车厢的绝大部分座位也都有人坐着，只我坐的那地方空着两三排座位而已。座位、桌板、窗子、地面、四壁、厕所、洗漱池——那列车的一切都肮脏极了。

我将手绢铺在桌板上，取出一册杂志来看。偶一抬头，见一个站在过道里的中等身材的青年还在打量我。他脸颊消瘦，十一月份了穿得还那么少。一件T恤衫，外加一件摊上买的迷彩服而已。T恤衫的领子和迷彩服的领子，都已被汗渍镶上了黑边。我并没太在意他对我的打量，垂下目光接着看手中的杂志。倏忽后我抬起头来，冲那年轻的民工微微一笑。因为我第一次抬起头时，觉得他的目光并不多么冷。我想，我对一个看我时目光并不多么冷的人，理应做出友好的反应——尤其在这一节车厢里，尤其我以显然的另类的外形而存在于某些同类之间的时候。是的，他们当然是我的同类，或者反过来说也是一样。而且，还是我的同胞。而我对于他们，却分明地是一个另类。我所体会的中国，乃是一个概念，一个与从前的中国不能同日而语的概念；他们所体会的中国，乃是另一个概念，一个与从前的中国没什么两样的概念。

我笑后，那年轻的民工也微微一笑。果然，他的眼的深处，非但不怎么冷，还竟有几分柔情。但是，它们太忧郁了。所以，给予我无底之井一样的印象。倘他好好洗个澡，再穿上我的一身衣服，再将他蓬乱的头发剪剪、吹吹，那么我敢肯定他是一个帅小伙子，尽管我的一身衣服实在是一身普通得很的衣服。

他说："你坐过来吧。"我回头看，身后无人，断定了他是在跟我说话。我犹豫。"你还是坐过来吧！列车从新疆开入甘肃的时候，有一个人喝醉了酒，把那几排座位吐得哪儿都是……"他始终微微地笑着，目光也始终望着我。

我早已嗅到了一股难闻的气味儿，只是不清楚发自于何处罢了。他既给了我个明白，我当然不愿继续在那儿坐下去了。

我起身向他走过去时，他用手指着我说："你的手绢！"

而我说："不要了。"

我本打算像他一样站在过道里，但是他请我坐在他的座位上。他一路从新疆坐过来，他说他腿坐肿了，宁肯多站会儿。

那儿的人们都在打扑克，没谁注意我们。

他又说："我知道你是谁。我上初中的时候作文挺好的，经常受到老师的称赞。那时候我以为我将来也能……"

我小声请求说："那就当你不知道我是谁，好吗？"

他点了点头，又问："你看的是什么？"

我说："《读者》。"

我看《读者》历来被不少知识分子耻笑，他们认为真正的知识分子是不应看《读者》这么"低"层次的刊物的。但我以我的眼，在中国知识分子们认为是"高"层次的刊物上，越来越看不到对另一半中国的感受了。那另一半,才是中国的大半!并且,每每因而联想到杜甫《茅屋为秋风所破歌》中的诗句——"茅飞渡江洒江郊,高者挂罥长林梢,下者飘转沉塘坳"。挂罥长林梢,虽高,不也还是茅吗?我倒宁愿入塘坳,毕竟和泥和水在一起,可以早点儿沤烂,做大地的肥料。

年轻的民工听了我的话,点了点头。于是我们一个坐着,一个站着,聊了起来。

他说这一车次是"民工车",也可以说是西北农民工们乘的"专列",票价极便宜。在高峰运载季节,有时超载百分之一百几十。因为它实际上已经等于是一次民工专列了,不是民工的人们,是不太愿意乘坐这一车次的……

他说这一节车厢有人吐过,有一股难闻的气味,所以才有几排空座。说别的车厢里,没票站着的人照例很多……

忽然一阵煤灰飘飞过来,我赶紧闭上眼睛低下头去,抬起头时,身上落了一层。年轻的民工身上也落了一层黑白混杂的煤灰,他却懒得抚一下,笑笑,说车上烧水的不是电炉,仍是大煤炉,显然又有乘务员在捅火了……

他说,他心情很不好——他本在新疆打工来着,同村的人给他传了个信儿,有一个省的煤矿急需采煤工,于是他匆匆前往,去晚了怕就没有缺额了。说一个多小时以前,他透过车厢望见了他的家园——西线铁路旁的一个小小的自然村……

他说,他的父亲几年前死于矿难。几年前死一个采煤的农民工,矿主才补偿给一万多元钱。他说他没下车回家去看一看,也是因为怕见了母亲不知该怎么说。他说家里只有母亲、妹妹和爷爷,爷爷已经老得快干不动地里的活儿了,而妹妹,患着精神病……

我,竟寻找不到一句适当的话可以对这个年轻的农民工说,连一句安慰他的话也寻找不到……

"现在，死一个矿工，真的补偿给二十万吗？农民采煤工和正式的矿工，都能一律平等地补偿给二十万吗？……"

我从他的话中，听出了他对平等的极强烈的要求，以及对二十万人民币的极强烈的渴望。

"这……我不是太清楚……也许……是的吧……可是，矿难发生是难免的，你最好还是不要去……非去……没有比当采煤工挣钱更多的活了吗？……"我语无伦次，反问着不是人话的话。

"还用问吗？对我们，那是肯定没有的喽！"不知何时，玩扑克的都不玩了，都在注意听我和那年轻的农民工的谈话了。

"我记得有一份报上登过赔偿的数额……""一条农民采煤工的命是赔偿二十万的，这肯定没错！""你怎么能那么肯定？是法律条文了吗？什么时候公布过了？""不会二十万那么高吧？现如今车祸撞死一个农民，法院一般不是才判赔偿几万吗？""那是车祸，和采煤不同的。目前正是国家发展需要煤的时候，所以咱们的命也就比以往值钱多了！……""会不会一个省一个价呢？"年轻的农民工说，他和他们是一起的，都是要去同一个省的矿区的。有的是打工时认识的工友，有的是在这一次列车上认识的。他毫不客气地将别人拽了起来，自己坐在腾出的座位上了。接着又说："但愿我们去的地方，一条命也值二十万元……"

被他拽起来的民工说："有人倒下去，那就得有人补上去，好比冲锋陷阵，得有下定决心不怕牺牲的精神！"那样子，那语气，很是光荣，还有点儿悲壮。

我听着，心里不禁联想到了两句诗——"风萧萧兮易水寒，壮士一去兮不复还！"我问："你们要去的是哪个省？"他们相互望着，交换着耐人寻味的眼色，就都不说话了。分明地，他们不愿让我知道。仿佛那是一个他们共同的福音，也是一个需要他们共同保守的大秘密。一旦被旁人所知，尤其是被我这样的旁人所知，大好的机会就会遭到破坏似的。

为了取悦于他们，我说："啊，我想起来了，有一份文件，规定了哪儿都是二十万，一律平等。"他们都很信我的话，脸上的疑虑一扫而光，就都高兴起来。这个说有文件就好，那个说平等才对。他们一高兴，对我的态度也亲近了，请我嗑瓜子，吃花生、枣子，还向我敬烟。我没吃什么，却极想吸烟，又没有烟了，便很高兴地接过了烟。一只按着打火机的手及时向我伸过来，我刚吸了一口，劣质的烟呛得我几乎咳嗽……

后来玩扑克的人接着玩扑克，那眼神忧郁的年轻的农民工也不再开口了，呆呆地望着窗外想他的心事。没人理睬我了，我低下头仍看我的《读者》。

一个青年和他的青春期

　　他是一个青年。一个"文革"年代的青年。小县城文艺团里年龄最小的一个成员，刚过十八岁。说是孩子已不是孩子，说是大人还不算大人，正处在青涩的年龄。

　　不管在任何年代，人类之青春期的特征都有相同之处——生理上开始分泌最初的荷尔蒙，而心理上思情慕美。

　　但是他极能压抑自己。

　　因为，他原本是一个农村青年。形象好而又嗓子好，才有幸被挑选到小县城的文艺团里。一个农村青年居然有如此好命运，这使他诚惶诚恐。

　　报到那一天，领导对他说："五年后你才二十三岁，五年内不许谈恋爱！五年后再恋爱也不迟。"

　　他诺诺连声。

　　领导又说："你现在已经是一名革命的文艺工作者了，怎么才算是一名革命的文艺工作者你懂不懂？"

　　他吞吞吐吐不能即答。

　　领导教诲道："第一政治思想要过硬。对于你，那就得积极参加一切政治学习活动。第二生活作风要过硬，千万不能小小年龄就搞出什么男女关系的花花事儿来。一旦出了花花事儿，那你就拎上你的行李走人吧！"

他连说："不敢，不敢……"

多亏有领导的教诲在先，两年内，这小青年时时处处言行紧束，中规中矩。尤其是对于周围的漂亮女性，回避得很，自拘得很。多一句话也不说，一说话就脸红。

那文艺团里的人，年龄最大的也不过三十几岁。再就都是二十五六岁、二十七八岁的已婚的未婚的男女。他们和她们，倒是不被太严格地加以要求的。平素里，打情骂俏，相互挑逗，寻常事也。蝶引蜂约，偷香窃玉，红杏出墙，投怀入抱，秘密幽欢，婚外云雨之类的勾当，不足为奇。连每一位领导本身，背地里也皆荷尔蒙过剩，不甘寂寞，闲不大住的。

那实际上是一个风气不良的文艺团。没几个人在男女关系上是清清白白干干净净的。要论那方面的清白，那方面的干净纯洁，真是非他莫属了。正因为风气不良，领导们才动辄大讲生活作风要过硬的话。讲归讲，领导们自己先就不过硬。硬也是硬在别的地方。

两年中，他是都看在眼里了。他已经二十岁了，自我压抑了两年了。越压抑，越敏感。越敏感，看在眼里的男女故事越多。团里的一男一女迎面走去，擦肩而过时彼此交换了一种什么样的眼波，只要是在他的视线里，其细节就逃不过他那敏感的目光。

然而他似乎依然是两年前那个青涩的他，似乎不曾有半点儿改变。因为他的不曾改变，领导们时常表扬他。同志们也都夸他小小年龄竟有难能可贵的作风操守。有的人还利用他的"无知"传情递意，以成好事。在他二十岁就要过去那一年，全中国人都开始响应一种"伟大"的政治号召，叫作"斗私批修"，叫作"狠斗私字一闪念"，叫作"革自己的命"，叫作"灵魂深处，刺刀见红"。号召来号召去，学习来学习去，革来革去斗来斗去的，那"私"，已不再是字义上与"公"相对而言的利益层面的内容了，泛指一切"非无产阶级的，不符合革命道德"的思想意识了。

这青年对政治一向是特别虔诚的。政治一号，他便赤心应召。于是某日集体进行照例的政治学习的时候，一向少言寡语的他，展开了几页上写着密密麻麻的字迹的纸，作了他人生最郑重也最虔诚的一次学习发言。用当年的话说，他对自己"动真格的"了。他果然自己跟自己"刺刀见红"了。他说，其实他是根本不配领导表扬的。他说，他留给同志们的老实印象，是他伪装出来的假象。他说，他的灵魂深处，其实存在着许多肮脏的、可耻下流的、见不得人的丑陋的思想意识。

他说，他经过一夜失眠，决定将它们抖搂出来，暴露于同志们和领导们面前，暴露于光天化日之下。他说，抖搂了，暴露了，肮脏外排了，自己的灵魂深处不是从此就干净了吗？

他坦白地承认他多次梦到过样板戏中的某某女演员。在梦中还和她干过那种说不出口的事；承认自己多次偷看过本团的某某女演员冲澡；偷看过另外一名女演员换衣服；和第三个自己喜欢的女演员排练节目时，曾产生过希望能和她通奸的罪大恶极的念头；他还有根有据有时间有地点有情节有细节地指出，其实本团男女演员之间，领导们和女演员们之间通奸之事每每发生，因为那些情形也是他怀着很肮脏的思想意识偷看到的。

他希望领导们同志们，也能像他一样，自己对自己"动真格"的，自己跟自己"刺刀见红"，把自己干过的那些见不得人的勾当，自己彻底地抖搂抖搂，彻底地暴露暴露。

他说作为一次学习发言，他不愿太多地占用大家的时间。为了证明自己虔诚的认真的态度，他可以将自己的一本秘密日记交给领导；关于他自己的更多的下流意识，以及他所亲眼看到的别人的种种可耻勾当，全都一一记在日记中了……

有一点显然需要指出——当年，他所偷窥到的事，却也并非皆属可耻。以欲给欲的勾当有之，而秘密的真情真爱恐怕也是有的。他桩桩件件"刺刀见红"地说时，会议室里一片死寂，似乎所有的人都屏住了呼吸，不再喘气了。当他终于闭上了他的嘴巴，那死寂又延续了几秒钟之后，凡是被他说到的人，不论男女，刹那间几乎全都扑向了他……他们恨不得将他活活撕巴了……而这是他决然没有料到的。在他，那是忏悔，是以神圣的革命的名义当众进行的一次忏悔，无比虔诚地也是鼓足了从来不曾有过的大勇气所进行的一次忏悔。他原本以为自己忏悔了之后灵魂就会变得极其圣洁了，并且会感动别人的。但是他遭到了咒骂和殴打。如果事情到此为止倒还算他幸运；然而这并不是最终的结果。这只不过是另一情节的开始……

简单地说，他在领导们同志们的眼里，成了一个小流氓。不，岂止是小流氓，是小小年纪的大大的流氓呀！他的日记，遂成为他是"大"流氓的物证。真是白纸黑字，铁证如山！凡是被他说到和在日记里写到的人，都极端愤慨地抗议他的造谣诽谤，诋毁了他们的人格。是可忍，孰不可忍？！那日记被交到了县公安机关——由于事件不仅涉及县文艺团里的人们，还涉及对革命样板戏中几位女演员的人格的文字侮辱，流氓行为的性质颇为严重；于是又被呈送到了省公安机关……在"文革"的年代，公检法由造反派们控制，一切判处过程从简。他的流氓罪成立，诽谤罪成立，侮辱他人之人格罪成立。再加一条"文革"年代才有的罪名是——败坏革命样板戏罪——也成立。于是他像上篇写到的那一个老农一样，也被戴上亮锃锃的手铐，推上呼啸而至的警车，拉到省城监狱去了……

他并不和我的朋友马云龙同一监号。但是马云龙入狱不久就听说有关他的事情了。在每天两次的放风时间，马云龙每次都能看到他。据马云龙讲，他确是一个形象挺不错的青年。用今天时尚的话说，是一个帅哥。然而，他的精神已经有些不正常了。他在狱中学会了吸烟。他的是农民的父母,嫌他犯的罪太丢人了,一次都没到监狱来看过他。根本没有一个人给他往监狱里送烟。在放风的时间里,他唯一必做的事情就是低三下四可怜兮兮地向别的犯人乞讨一支烟,或大瞪着一双目光呆滞的眼,在监狱的院子里四处寻找烟头。倘乞讨不到烟,也捡不到烟头,那么他有时会抢别的犯人正吸着的烟。那时候他具有攻击性。结果可想而知,肯定会遭到一顿拳打脚踢。有时候是被抢去了烟的犯人打他,有时候是看管人员打他。

不管打他的是谁,都会同时这么骂他:"臭流氓!"马云龙可怜他,只要自己有烟,放风时总是会带着两三支,在院子里偷偷塞给他。

他,就会双臂肃垂,一脸虔诚,煞有介事地为马云龙背一段《纪念白求恩》中的语录,赞美马云龙是"一个高尚的人,一个纯粹的人,一个有道德的人,一个脱离了低级趣味的人……"贪婪地过了几口烟瘾之后,往往又会以思想家般的口吻对马云龙说出一句话是:"其实,人是没有灵魂的……"言罢,幽幽地,莫测高深地笑……

世上之事,往事便是往事。大抵,总是要成烟的。所谓并不成烟的,无非那留给我们的思考——前事不忘,后事之师。然老百姓们明摆着都是弱势的,能从荒诞中汲取的,只不过是明哲保身的狡黠而已。人世间狡黠太多,它就没什么意思了。倒是那强势的人们,该从依稀的烟气中看到禁忌和黑色的不幽默……

三平方米的金融海啸

这雨，可说是场大雨了。小街上，不见人影。然而，却还是有人的，都躲到人行道两侧避雨的地方去了。所谓避雨的地方，自然是那些没有门窗，竟也叫门面的菜摊或水果摊的屋顶下……

在北京的三环和四环之间，这条小街真是够脏够乱的。路宽不足十米，两侧一辆挨一辆停满了各种卧车，菜农或果农开来的大卡车、小卡车、厢式小货车，以及小贩们的三轮平板车，马车也是常见的。今天是星期日，有三辆马车夹在机动车之间——一辆载满蔬菜，另一辆载满瓜果，还有一辆载的是成袋的大米——幸而已及时罩上了雨布。那情形看去颇为荒诞，仿佛这条街上有处加油站，仿佛这是一个汽油短缺的月份，一概车辆皆在排队加油，马车也不例外……

阿伟坐的地方，是雨淋不着的。不但雨淋不着他，夏季的炎日也晒不着他。而且，只要他想坐在那儿，是可以从早到晚一直坐在那儿的。那儿是一个小区的门旁，有台阶。台阶半圆形，为了美观，向两边延伸出几米，看上去像有帽翅的古代官帽。阿伟呢，就坐在左边的"帽翅"上，臀下垫块纸板。那是他合法的蹲坐之处。右边的"帽翅"，连着一家美发店的台阶。如果他坐到右边去，就不合法了，美发店的老板是有理由也有权利驱赶他离开的。当然，他若真坐到右边去，美发店的老板那也断不至于撵他。他们已很熟，并且，广义言之，阿伟也是老板。

阿伟姓赵，原名赵韦，河南农民，已婚，并有一子。他的家庭成员，皆农民。他们祖祖辈辈是农民，已经十几代之久了。到他这一代，按名谱排下来，都逢上了韦字。韦字是没什么讲头的字，几位盼着家庭兴旺的长者一商量，就将他这一代人的韦字，加上了单立人。于是他的名，就也从赵韦，改成赵伟了。

伟字自然是很有讲头了，但阿伟的人生，还没沾到伟字的什么大光。

阿伟在这条街上收废品。面前，有三平方米的合法地盘，用绿色的、两尺高的硬塑板围着。硬塑板上，白字印着北京某环保部门的名称。除此之外，他还有执照——为这一种合法性，阿伟每年须向有关部门交六千多元管理费，平均每月五百多元。

在那"官帽"的"帽翅"上，阿伟已经坐到第四年了。多垫两块纸板，他便也能够躺下，但腿是伸不开的。"帽翅"没那么长，若他躺下去，只有屈起双膝来。阿伟不常躺下，他对自己的职业形象还是挺在乎的。铁门内，有几幢二十余层的高楼，楼里人家都将废品卖给阿伟。阿伟自然也是有手机的，许多楼里人家知道他的手机号码。倘那些人家积攒的废品多了，一打他的手机，阿伟转眼便会拎着麻袋和秤出现在那些人家的门口。阿伟和小区里的人们关系处得不错……

前三年，阿伟的业务充满光明。起码，他自己是心满意足的。想想吧，一个年轻农民，在北京这一条很脏很乱的小街上，一旦取得了三平方米那么一小块合法坐守的地方，刨去应缴的管理费，一年竟能有两万多元的收入，还不应该谢天谢地吗？所以他总是对北京心怀着几分虔诚的感激，并且总是这么想——如果全中国的大小城市都能有北京这么多照顾穷人的挣钱机会，那么中国的农民就几乎算是熬到了共产主义啦！一个中国农民，不论是哪个省的，即使一年到头辛辛苦苦地侍弄了十几亩地，也未必就能有两万多元的回报啊！而他，几乎就是坐守罢了。这钱怎么说也算挣得容易啊！第二年，他的妻子带着儿子也来到北京了，他以每月三百元的便宜价格租下了一间地下室，就在背后的小区里……

那时两口子对于生活都开始心生出有点儿伟大的憧憬来——他们盘算过攒下多少钱便足以推倒农村的旧屋盖新房了，也盘算过攒下多少钱就可以在小街上租下一间门面，经营一种什么小生意了。那有点儿伟大的憧憬需要用两个五年计划来实现。两个五年计划不才十年吗？他们都年轻着，有那份耐心。

不料好景不长，今年以来，业务每况愈下，都是金融海啸给闹的。

他每日所收的废报和过期刊物的封面上，几乎随时都能扫视到"金融海啸"四个字。那四个字每每作为黑体标题，有时大得离谱，然而他只当那是和自己毫无关系的事。似乎，也和每日出现在这条小街上的人们没什么关系。一切摊位上的蔬菜瓜果并没明显地涨价。理发的价格从八元涨到了十元，然而他并没听到什么抱怨之声。但是不久，"金融海啸"竟啸到了他这一行。虽然不曾见海，其啸却来势汹汹。废品的回收价格都降了一半，而那意味着他们的收入每天、每月、每年便也减少了一半……

某天夜里，妻子轻轻推了他两次。他说："我没睡着。"躺下以后，他就不曾合过眼睛。而妻子，却是睡着了一阵又醒来的。她已经在两个月前开始做钟点工了，做钟点工不能带着小孩。白天，他们四岁的儿子跟他一起守摊。简直可以说，小小的儿子也开始打工生涯了。

妻子没头没脑地问："咋办？"但他一听就明白她在问什么。他说："挺。"妻子沉默一会儿，低声哭了。他摸索到她一只手，握了握，又说："别哭醒儿子。"儿子不知道有什么金融海啸，当然也不觉得有什么危机正压迫着他们一家三口。儿子挺乐于跟他一块儿坦然自若守摊的，困了就偎在他怀里睡一觉。第二天，他与妻子统一了意见，妻子当晚将儿子送回老家去了……

雨仍在下，丝毫没有停的迹象。菜摊的主人们也都躲到避雨的地方去了，隔街望着各自的菜摊而已。他们成心不罩他们的菜——萝卜、土豆、柿子、黄瓜、各类青菜被大雨一淋，红的更红，紫的更紫，白的更白，绿的更绿了，正中摊主们的下怀。他们倒是都有点儿感激金融海啸的。"贵？金融海啸了，不涨价格，我们还有活路吗？"——他们每说这一类话。嫌贵的人听他们那么一说，就不好意思讨价还价了。

阿伟羡慕他们，然而并不后悔。毕竟，他所占据的三平方米地面是合法的。二〇〇九年六千多元的管理费，他在年初如数交了。而他们，城管人员一来到这条小街上，便顷刻作鸟兽散。

雨虽然将菜淋得更新鲜了似的，但街面上流淌着的水却那么污浊，各种各样的垃圾顺流而漂。阿伟却一向以极亲切的眼光来看这一条小街，包括此刻。因为，他视自己那三平方米地面为宝地。在过去的三年多里，他靠它挣了六七万元啊！农村里哪儿有这么宝贵的一小块地啊！

"你手机响了。"——站在铁门旁的保安对他大声说。他赶紧掏出手机。

"响了两次了。""是吗？谢谢，我没听到。"手机里传出一个小伙子的声音，催他到一幢楼里去收废品。他本想说等雨停了再去，听出小伙子很急，张张嘴没那么说……

给他开门的是个二十六七岁的小女子，看样刚迈出大学校门不久。一个三十多岁的男子在屋里对着手机大声嚷嚷："那不行！有规定不能随便裁人！我给公司出了多年的力了，凭什么找个借口就想一脚踢开我？少废话！我不管什么金融海啸不海啸，法庭上见！……"

想必，便是他以为的小伙子。小女子刚将一纸箱塑料瓶放在门外，那男子一步跨到门口，对他大发其火："你他妈怎么回事儿？拨过你两次手机了！"他愣了愣，低声说："下雨，没听到。保安告诉我才听到的，对不起。""你他妈聋了？"他又说："对不起。"小女子默默将那男子推开，催促他："快点儿，快点儿。"他数了数瓶子，忍气吞声地说："总共七角。""七角?!"——那男子又冲到了门口,指着他声色俱厉:"多少钱?再说一遍!""八个小瓶,每个五分,五八四角。三个大瓶,每个一角,三角。四角加三角,七角。信不过我你亲自再数一遍。""你骗谁你?!当我们没卖过瓶子啊?明明小瓶子一角,大瓶子两角,你怎么按五分收?按一角收?……""那是去年的价。去年就是我收的……今年,你们也知道的,金融海啸了……""啸你妈的头啊!你个收破烂儿的,也他妈敢打着金融海啸的幌子呀?你配吗你?!……七角钱!老子宁肯扔了也不卖了!……"那男子气呼呼地跨将出来,捧起纸箱,几步走到公共垃圾桶前,将纸箱扔入。之后,看也不看他一眼,返入家门,将门呼地关上……

阿伟生气地望着那门。他记得以前也来这一户收过废品,主人并非刚才那一对男女。显然,主人将房子租出去了。为了上门来收废品,他淋得落汤鸡似的。那些瓶子一扔进垃圾桶里,捡它们的权利便属于这幢楼的清洁工了,这是小区里的规定。任何别人捡,等于侵权。侵犯别人权益之事,阿伟是做不来的。尽管,他这会儿将纸箱子从垃圾桶里捧出来,没人会看到。他有点儿想那么做,但也只是一念闪过而已。这幢楼的女清洁工,也是从农村出来的。他认识她,他俩常在一起聊农村人进城打工的不容易。他俩同病相怜。他觉得他如果照自己那一闪念去做了,未免太可耻。

他也特想踹开门,将那男子也狗血喷头地骂一顿。如果对方敢跟他动手,他才不怕。打就打,都是高矮胖瘦一般般的男人,谁怕谁?却同样是一闪念而已。听了那男子对着手机嚷嚷的话,他不愿和对方一般见识了。

落汤鸡般的阿伟是在十五层楼。电梯迟迟不上来,他等不及,索性下楼梯。外边,雨终于变小。阿伟出现在楼口台阶上时,天空已经有些见晴。他抬头望望天空,郁闷情绪因之稍释。

"挺。"他喃喃自语,不料脚下一滑,从台阶上跌了下去。他站了几次,没站起来……

在医院,妻子见他一条腿上了夹板,立刻就哭了。"咋办？""挺。""你都这样了,还怎么挺啊……""世上从来没有一直不过去的事儿……咱们那三平方米宝地得坚守住！不放弃,绝不放弃！哪怕把以前挣的钱再贴进去,也要守住！守住了那三平方米地方,盖新房子就还有希望,供儿子将来上学的费用就不愁！……"这农村年轻人的脸上流下泪来,然而,那话语却说得掷地有声。

"听说,不久这条街要改造了……""咱不怕。不管怎么改造,城市人家总还是有废品的。咱那地方,是合法的！"

几天以后,阿伟又出现在他的宝地旁。由于一条腿上了夹板,他只能侧身而坐。那样,他上了夹板的腿就可以平放在水泥台上。那是很累的一种坐法。

在小区的广告板上,新贴了一张纸,上写几行字是:

由于金融海啸的影响,废品收购价格全都下降了百分之五十,请大家理解。又由于本人跌断了腿,一段时期内不能上门收购,也请多多原谅！特殊时期,让我们共渡难关,朝前看。希望在前边！……

兵与母亲

麦子在北方的大地上熟了的时候，兵们复员了。

其中一个当过班长的兵，行前被单独叫到连部。连长和指导员以温和的目光望着他，交给兵一项任务——兄弟连的一位连长不幸牺牲了，他的老母亲在地方办的一所托老院里。他的任务是在复员途中，替兄弟连队顺便绕路去看望一下老人家……

兵接受了这个任务。不待开欢送会，便独自离开了连队。

兵如期来到了托老院，面对的却是他怎么也不曾料到的情况：托老院由于经营不善，濒临倒闭。前几天，有家属接走了最后几位老人，只剩下那一位连长的母亲还住着……

托老院的人对兵说："你可来了！我们托老院的房产已经卖给一家开发公司了。对方急等着开工建别墅区呢。我们因为老太太为难死了。你一来，我们的问题就解决了。你无论如何把老太太接走吧！"

兵愣了一会儿，也为难地说："我把老人家接走倒是件容易的事，可我又该把老人家往哪儿送呢？"

养老院的人说："这你不必愁，她儿媳妇还在当地农村，送到她身旁去吧！"

兵寻思了一会儿，觉得只有这么做。在老人家住的那间房子门外，兵响亮地喊了一声："报告！"

"哪个？"——老人家的语调听起来郁郁寡欢。

兵犹豫了一下，这样回答："我是一个兵。"

"是兵就不用报告了，快进来吧。当兵的都是我儿子，儿子见娘还报的什么告呢？进吧进吧！"

听得出，老人家心情急切。

托老院的人附耳对兵悄语："老太太患了痴呆症。清楚的时候少，糊涂的时候多。这会儿说的是半清楚半糊涂的话。"

兵不由得又是一阵发愣。

"儿呀，你怎么还不进来呢？"

托老院的人又附耳对兵悄语："老太太的双眼也基本失明了……"

兵一听心里就急了。兵怕老人家不慎摔着，顾不得再多想什么，一掌推开门迈进了屋里。

兵又大声说："老人家，您别下床，我已经进来了！"

老人家循声望向兵。垂在床下的一条腿，缓缓地又蜷收到床上去了。她脸一转，头一低，不理兵了……

兵一时不知如何是好。

托老院的人附耳责备兵："你怎么能叫她老人家呢？你应该叫她娘的嘛！你要真想把老太太接走，你就得冒充是他儿子啊！我告诉你她儿子叫什么名字……"

兵竖起一只手制止道："不用你告诉，我知道。"

"知道你还愣个什么劲儿呢？你快叫声娘试试吧！"

"娘……"兵张了几下嘴，终于轻轻地叫出了那个在连队四年不曾叫过的亲情脉脉的字。老人家没有反应。

"娘！"老人家还是没有反应。

对方悄语："她耳朵可一点儿毛病没有。准是因为你第一声没叫她娘，而叫她老人家，惹她不高兴了。"

"这老太太一不高兴,谁都拿她没办法。我看你今天是接不走她了,先找家旅馆住下吧!"

兵接受了建议,怀着几分惆怅,默默地退了出去……

兵在旅馆住下以后,坐立不安,反反复复地只想一件事——如何才能圆满完成任务。

第二天,托老院的人到那家旅馆去找兵,服务台说,兵退房了。"退房了?"这回轮到托老院的人发愣了。"这个兵,太不像话了!"

"看上去挺实在,没想到这么油滑!连句话都不留就溜了!"

不料,第三天,兵竟又出现在他们面前,托老院的人转忧为喜。他们对兵说,情况有变化,变得对兵极为有利了。因为老太太昨天一下午都在不停地念叨:我儿子怎么露了一面就没影儿了呢?怎么不来接我回家呢?

"只要你别再叫她老人家,充当她儿子,她准会高高兴兴地跟你走!"

他们巴不得老太太立刻就在他们眼前消失。他们一边夸赞兵一边把兵往老太太房间里推……

兵进了门,又习惯地喊了一声:"报告!"

老人家的脸倏地向他转过去。老人家那双失明了的眼里,似乎顿时充满温柔的目光。

兵犹豫片刻,说:"娘,是我,您儿子。来接您回家!"

于是,坐在床上的老人家,向兵伸出了自己的双臂……

兵上前几步,单膝跪下……

老人家的双手捧住了兵的脸。接着,摸向兵的肩,兵的帽子……

"儿呀,你衣肩上怎么没那章章了呢?你帽子上怎么没那五角星星了呢?"

"娘,儿复员了!"

"那,你以后就可以整天和娘在一起了?"

"对。儿以后就可以整天和娘在一起了!"

老人家便一下子将兵的头紧紧搂在她怀里了!兵的眼刹那湿了……

兵昨天已经去了百里外的农村,见到了老人家的儿媳。军嫂是个刚强的女子,正承担着丧夫的悲痛在秋收。女儿才九岁,上小学二年级。军嫂对兵说,一忙过秋收,她就会将老人家接回来。

兵当时问:"另转一家托老院行不行呢?"

军嫂说她四处联系过,本县还有另外一家托老院,但收费太高,丈夫的那笔抚恤金支付不了几年啊。转到外县的托老院去,就没法经常去看望老人家了……

军嫂说着说着,落泪了。

兵望着才三十几岁的军嫂,想到了她以后的人生。于是一个决定在心中敲定,他要替军嫂和部队将一位牺牲了的军人的老母亲赡养起来!兵骗军嫂说,他临行前,部队指示他,务必负责将老人家转到另一个省的托老院去。说那儿条件可好了,而且是部队的转业干部在那儿当院长,老人家不会受委屈。军嫂哭了,说她怎么能舍得老人家离她那么远呢?兵就婉言劝军嫂想开点儿,说若辜负了部队的妥善安排也不好啊。军嫂却说,老人家晕车。兵说:"那我用小车推她老人家!"

托老院替兵买了一辆崭新的三轮平板车。装了个美观的遮篷,做了一个分格的箱子,里边可以装食物、矿泉水、药,连修车的工具和气筒都替兵备齐了。

兵很感动。

老人家一坐上那辆车就笑得合不拢嘴,孩子似的嚷着:"回家喽,我要回家喽!是我当兵的儿子来接我回家的!"

兵见老人家高兴,自己也高兴,也笑。兵大声说:"娘,坐稳!咱娘儿俩上路啦!"

在托老院的人们的目送下,那辆崭新又美观的三轮平板车渐渐远去。

兵将他们面临的难题解决了。兵将他自己那张实实在在、憨憨厚厚的脸印在他们的记忆中了。他们从内心里祝福"母子"二人一路平安！

那辆崭新又美观的三轮平板车，在秋高气爽的季节，在斑斓似锦的北方大地上，在由北向南的几乎天天骄阳普照的公路上，如一辆观光旅游车一样，按兵心里的计程表接近着兵的家乡。

兵一路对娘讲着自己看到的景色，偶尔也"引吭高歌"。兵唱得最熟的是《九月九》：九月九，重聚首，美酒浇心头，醉倒在家门口……

路上，"娘"丢过一次：那是在与家乡相邻的一个省份的地界内发生的事。傍晚，在公路旁的一家小饭馆前，兵遇到了几个歹徒抢劫、欺辱一名妇女。兵当然没有袖手旁观。歹徒受到了兵凛然正气的震慑，跑了。但兵的后脑勺儿上挨了重重的一击，昏了过去……

兵醒来时，发现自己躺在县城的医院里。"我怎么会在这儿呢？"护士说："你是见义勇为的英雄呀。在你昏迷不醒的时候，我们县里的领导都来看过你啦！"

"那……我娘呢？""你娘？""我在这儿几天了？""没多久，才四天。"

兵一下子呆住了。兵突然哇地大哭起来。兵双手握成拳，同时擂着病床："这可怎么好，这可怎么好，我怎么把我'娘'丢了！都四天了，我上哪儿去找我娘呀！"

此事惊动了院长。院长问明白以后，立即向县里汇报。于是县里指示公安机关出动人员，帮助兵寻找他的"娘"。

其实四天里，"娘"没离开过公路旁那家小饭馆前。确切地说，除了下车去厕所，几乎没离开过那辆三轮平板车。饿了，就吃箱子里的面包，或几块饼干；渴了，喝几口矿泉水，或吃一个西红柿。晚上，蜷在车上睡。小饭馆的主人目睹了兵见义勇为的那一幕，有心替兵关照他的"娘"。他送给老人家饭菜，老人家一口也不吃；晚上，他想请老人家睡到他屋子里去，老人家也根本不听他劝。她反反复复只说一句话："我儿不会把我撇在这儿的！"

也幸亏头脑痴呆的老人家专执一念守在车上，否则，那车肯定会被贪财的人蹬走了。而饭馆主人唯一能尽一下心意的事，不过就是在老人家下车去厕所时，搀扶她并替她照看着车。

当兵见到"娘"四天里没洗过脸的样子，兵双臂紧紧抱住"娘"，头偎在"娘"脸前，泪如泉涌。

兵内疚地说："娘，对不起，儿让你受委屈了。"

"娘"眉开眼笑，左手拍拍兵的背，右手摸摸兵的脸，高兴地说："我儿叫娘好担心，我儿叫娘好担心……"

小饭馆的主人听别人悄悄议论老人头脑痴呆，认为纯粹是胡说八道，立即予以反驳："造谣！我长这么大就没见过比她更主意铁定的老太太！不听到她儿子的声音，连冬天都会在车上过。如果她头脑痴呆，那我们都痴呆了！"

县里向兵授了一面锦旗，上绣"当兵的人"四字。

"娘"坚持让在车篷旁竖一根杆儿，将锦旗挂着。兵看得出"娘"因他这个儿子感到多么自豪，不愿扫老人家兴，依她。她竟信不过兵，用手摸到那旗杆儿确实竖在车篷旁了，锦旗也确实挂在旗杆儿上了，才欣然地抿嘴笑了。在人们的夹道欢送之下，兵蹬着那辆车离开了县城。

路上，"娘"问："儿呀，旗飘着吗？"兵朗声回答："娘，飘得像一面迎风招展的军旗啊！"

其实，兵已经将旗取下了。他觉得太招摇了。

当然，兵和"娘"也逢过刮风天、下雨天。"娘"就会格外心疼"儿子"，不许他继续赶路，一定要他找个地方避避，或干脆在路边小店住下。兵则完全顺着"娘"的意思，一次也没惹"娘"不快过。

终于有一天，兵蹬着那辆车进入了家乡的地域……在一条盘山路旁，兵刹住车，扭回头喜悦地说："娘，咱们到家了！远处那小村子就是……"

"娘"却在车上舒服地酣睡着。秋日中午的阳光,以它一年里最后那份儿洋洋暖意,慷慨地照耀在"娘"身上,照耀在"娘"脸上。兵不禁笑了。

斯时那辆崭新的车已经变旧了。有的地方已经因被雨淋过而生锈了。美观的车篷也褪色了,蒙尘落土了。而兵的平头已经长成长发了。兵的军装,被一番番汗碱板结了,像刚刚浆过似的。兵用手抹了一把脸上的汗,觉出自己脸上长出了扎手的胡楂……

斯时兵已蹬着那辆车行程数千公里,历时近两个月了……

不久,连队收到了兵的信。信中写道:"敬爱的连长和指导员:由于特殊的情况,你们交给我的任务,我是这样完成的……"

连长看完信说:"想不到啊!"

指导员看完信说:"归根到底,是我们许多这样的兵,使我们的部队有种种理由感到光荣和骄傲呀!"

当天,复员了的兵的这封信,在全连大会上被宣读了。

一阵肃静之后,一名战士大声唱了起来:咱当兵的人,有啥不一样……于是全连战士齐唱:咱当兵的人,咱当兵的人……

他们想,数千公里以外那一名复员了的战友,也许能听到他们的歌声吧。

还是爱兵

天黑了。

暴风雪呼啸得更加狂怒了。一辆客车,已经被困在公路上六七个小时了。

车上的二十几名乘客中,有一位抱着孩子的年轻母亲,她的孩子刚刚两岁多一点儿;还有一个兵,他入伍不久,他那张脸看上去怪稚气的,使人觉得似乎还是个少年哪。

估计那时车厢里的温度,由白天的零下三十摄氏度左右,渐降至零下四十摄氏度左右了。车窗全都被厚厚的雪花贴严了,车厢里伸手不见五指。每个人都快冻僵了。那个兵自然也不例外。不知从哪一年起,中国人开始将兵叫作"大兵"了。其实,按他们的年龄,在城里人家,仍被当"孩子"看待着。普遍的"大兵"们,实在都是些小战士。

那个兵,原本是乘客中穿得最保暖的人——棉袄,棉裤,冻不透的大头鞋,羊剪绒的帽子和里边是羊剪绒的棉手套,还有一件厚厚的羊毛军大衣。

但此刻,他肯定是身上最寒冷的一个人。

他的大衣让司机穿走了,只有司机知道应该到哪儿去求援。可司机起初不肯去,怕离开车后被冻死在路上。于是兵就毫不犹豫地将大衣脱下来了……

他见一个老汉只戴一顶毡帽，冻得不停地淌清鼻涕，挂了一胡子，样子非常可怜。于是摘下他的羊剪绒的帽子，给老汉戴上了。老汉见兵剃的是平头，不忍接受。兵憨厚地笑笑说："大爷您戴着吧！我年轻，火力旺。没事儿。"人们认为他是兵，他完全应该那么做。他自己当然也这样认为。

后来他又将他的棉手套送给一个少女戴。

她接受时对他说："谢谢。"

他说："不用谢。这有什么可谢的？我是兵嘛，应该的。"

后来一位年轻的母亲哭了。她发现她的孩子已经冻得嘴唇发青，尽管她一直紧紧地抱着孩子。

于是有人叹气……

于是有人抱怨司机怎么还没找来救援的人们……

于是有人骂娘，骂天，骂地，骂那年轻的母亲哭得自己心烦心慌……

于是，兵又默默地脱自己的棉袄……

那时刻天还没黑。

一个男人说："大兵，把棉袄卖给我吧！我出一百元！我身上倒不冷，可我的皮鞋冻透了。我用你的棉袄包脚。怎么样，怎么样？"

一个女人说："我加五十元卖给我！他的大衣比我的大衣厚。我有关节炎，我得再用什么护住膝盖呀！"

兵对那男人和女人摇摇头。在人们的注视下，走到那位年轻母亲身边，帮着她，用自己的棉袄，将她的孩子严严地包起来了……

穿着大衣的几个男人和女人，都用大衣将自己裹得更紧了。仿佛兵的举动，使他们冷上加冷了……

再后来，天就黑了。

伸手不见五指的车厢里忽然有火苗一亮。是那个想出一百元买下他棉袄的男人按着了打火机。他接近到兵跟前，一松手指，打火机灭了。

车厢里又伸手不见五指了。

他低声说:"真的,你这兵就是经冻。咱俩商量个事儿,把你的大头鞋卖给我吧!二百元!二百元啊!"

兵说:"这不行。我要冻掉了双脚,就没法儿再当兵了。"

他一再央求。说哪儿会冻掉你双脚呢!你多经冻呀!不会的。说你太傻点儿了吧?你把大衣、棉袄、帽子和手套都白送给别人穿着戴着了,怎么我买你一双鞋你倒不肯了呢?没人会知道你是卖给我的!大家都睡着了,听不到咱俩这么小声说的话……

兵沉默片刻,犹豫地说:"那……如果你愿意用你那半瓶酒和我换的话,我可以考虑……"

于是他又按着打火机,回到自己的座位那儿,取来了他喝剩下的半瓶酒交给了兵……

于是兵弯下腰,默默解自己的鞋带儿……

两人互换之际,他又灌了一大口酒。好像如若不然,这种交换,在他那一方面是很吃亏的。

兵从车厢这一端,摸索着走向那一端。依次推醒人们,让所有的人都饮口酒驱寒,包括那位年轻的母亲,包括那少女。男人在这种情况下一个比一个贪心,反正黑暗掩护着贪心,谁也看不见谁喝得太多了……

酒瓶回到兵的手中时,兵最后将它对着嘴举了起来——只有几滴酒缓缓淌进了兵的嘴里。兵感到口中一热,似乎浑身也随之热了一下……

拂晓,司机引领来了铲雪车和救援的人。乘客们欢呼起来。只有一个人没欢呼。就是兵。就是那脸上看上去怪稚气的兵。就是那使人觉得似乎还是个少年的兵。

他冻僵在自己的座位上。

事后人们才知道,他入伍才半年。他还不满十九岁。他是一个多子女的穷困乡村的农家的长子。他的未婚妻是个好姑娘,期待着他复员后做他的贤妻……

在北京，在一九九六年的夏天，在一家小饭馆儿里，有几个喝得半醉不醉的男人，公开调戏一个女招待员。那姑娘分明是从外地农村进京被招聘的。目睹劣行的人们，包括我自己，敢怒而不敢言。他们人多。我那天是陪一位新疆来的维吾尔族朋友吃便饭。我的维吾尔族朋友已在怒视着他们了。

忽然一个兵走了进来。兵看见那一幕，转身退出了。

我悄悄对我的维吾尔族朋友说："你忍着点儿啊，你看兵都不管这类闲事儿了！"

可那兵却又进来了，而且带进来另一个兵。两个兵都那么年轻，像两个穿兵服的高中男生。

他们干预了。

那些人就骂兵，就转而围攻兵。将两个兵逼在墙角里，用下流的话侮辱他们。

两个小兵隐忍着，涨红了脸。

我的维吾尔族朋友拍案而起……

目睹着势态的人们都拍案而起了……

两个小兵摆出了格斗的姿势……

那些可恶的男人心虚了，胆怯了，撇下一桌子饭菜，一个个神色惶惶地溜之大吉了……

两个小兵，向人们庄庄重重地敬了一个军礼，要了两碗面条，端到一个角落去吃。很快吃完。走前，在门口又向人们庄庄重重地敬了一个军礼……

我的维吾尔族朋友，接着就给我讲了那个被冻死的兵的故事。不，不是故事，而是真事。这事几年前发生在新疆，从没被报道过。当时在车上的那位年轻的母亲，乃是我的维吾尔族朋友的妻子。

他说:"从那儿以后,谁侮辱兵,就像侮辱我的亲弟弟。尽管我没有弟弟。谁骂兵的父母,就像骂我的母。我就想和谁打架!"

从那以后,我就一直想为中国的兵写一篇文字。尽管我一天军装也没穿过。从那以后,我总想说出一句心里话——我爱兵……

"上山下乡"的年代,当兵是逃脱这一场运动的抛掷的捷径。只极少数的父母才有资格替他们的儿女做这样幸运的选择。

现在,据我所知,兵的队列,主要是由农家子弟组成的了。而且主要是由较穷困的农家子弟组成的。富了的和很富了的农家,自有办法不让他们的子弟去当兵。

这些十八九岁的农家子弟啊,他们一穿上那身迷彩服,就开始被训练成为不同的人。

被训练成什么样的人呢?

毛主席当年有一条"最高指示",叫作"一不怕苦,二不怕死"。

他们就被训练成这样的人。时刻准备着,为了老百姓去出生入死,赴汤蹈火。一切的大灾难发生之后,最先出现的,必是当兵的身影无疑。兵的使命,使他们不惧伤亡,一往无前,前赴后继。

在"全国作协第五次代表大会"期间,我与军队作家周大新一同看电影。那是一部国产影片,一部关于兵的影片,反映兵们在中越边境地带如何扫雷。

大新不停地以手拭目。

我问:"大新,你在流泪?"

他说:"嗯,我在流泪。"

我问:"你很受感动?"

他说:"嗯,我很受感动。我带兵执行过这种任务,当过他们的指导员。"

"那雷的威力似乎不大啊,就炸掉了兵的一小截腿嘛!"

"它就要兵的一条腿。"

"那么兵以后呢？"

"就转业了。"

"抚恤金呢？"

"很少……"

"牺牲了呢？……牺牲了给多少钱……"

话一出口，我顿觉自己问得那么轻佻。

而大新又抹眼泪，未回答。

战争也罢，抢险救灾也罢，一道军令，兵就"一不怕苦，二不怕死"。兵的生命兵的血，从穿上兵服那一天起，就完全地奉献给军队了。

人们啊，难道我们能否认这样的事实吗？当你处在危难之际，如果你看见兵，你就会觉得自己有救了。如果你被歹徒拦劫，兵会为救你向歹徒扑上去。哪怕歹徒凶器在手，似狼似虎，而兵赤手空拳……

一位在公安部门工作的朋友曾告诉我——他审讯车匪路霸时，曾有如下的问答：

"为什么单单抢劫第二辆车而放过了第一辆车？"

"因为……因为第一辆车上有几个兵……"

和兵在一起，许多人就会逢凶化吉，一路平安。

如果你有什么事情要向人无虑相托，你看见一个兵，如果他真是一个兵的话，你就是看见了一个最值得信赖的人。报载一位厂长在火车上请一个兵替他看着自己的手提包，他下到站台上没能及时上车，而那手提包里有十几万元公款。不久，那个兵亲自将提包送到了他的单位。

如果你要踏上一条充满艰难险阻的路，有一个兵为伴，你就会暗自庆幸的。因为你深信，无论在什么情况之下，他都不会甩下你不管。如果有两个兵为伴，你就会无忧无虑。如果有三个兵为伴，你简直可以唱着歌儿上路。尽管他们才十八九、二十来岁，尽管在年龄上你可做他们的长兄乃至父亲……

我为海军作家李忠效创作的电视剧写过一篇短评——他是根据一名水兵的真事创作的。水兵是一户穷困渔民的儿子。他回家探亲，和渔民们一同出海打鱼。台风陡起，击碎了渔船。七名渔民无一丧生，水兵的父母却再也见不到儿子了。他三次将自己抱着的碎船板推给了别人抱着，他三次把生的机会留给了别人……

放眼当今，在军队中，在那些年纪轻轻的兵中，才有很多这样特殊的人啊！

关于兵的事，知道的渐多了，真的不能不从心底爱他们。

有时从电视里看兵在进行军训的专题片，心中常不禁地暗想——带兵的军官们啊，现在不是和平时期吗？那就别太严格地要求兵们吧！

这当然是很迂腐可笑的想法。

但是不禁还是要这么想，甚至不止一次、不止对一位当军官的朋友们这么说。

中国的兵，是名副其实的人民子弟兵。

人民子弟兵，据我想来，第一是要忠于人民。谁破坏了人民子弟兵和人民的关系，谁就是有罪过的人。人民子弟兵，永永远远和人民保持鱼水之情，血肉之亲，唇齿之依，多好啊！

据我想来，这该便是中国安定的大前提，"中国特色"的大质量吧？

是的，我爱兵……

从内心里爱他们！

"老兵"和军马

老兵其实并不老，才二十六岁。

八年前，老兵自然是新入伍的小兵。个子不高，刚刚达到体检的身高要求。国字脸，浓眉，厚唇。浓眉下一双单睑眼，目光忧郁而倔强。那种眼睛是最不善于传达心语的。忧郁而倔强乃是它们的"本色"。的确，那是一双很"本色"的眼睛。似乎除了公开它的"本色"，再就没有任何别的内容可流露了。老兵肩宽胸阔，体格看上去相当壮，是干累活儿练出来的。

他结束了身高和体重那一关，问填体检表的医生："合格吧？"

医生头也不抬地边填边说："体重倒是没问题；身高将够格。"

他说："够格就是合格呗！"

医生放下笔，望着他摇摇头："不一定吧？你和他们比比！"

别的小伙子都比他个子高。

他怔了片刻，嘟哝："选兵又不是选跳舞的！"

医生不再说什么，低头填下一张表。

"雷锋个子也不高！"

"……"

"医生，求求你，替我增高几厘米行不？"

医生笑了："我有什么办法替你增高哇？"

"这简单嘛！"他抽出了自己那张表，指着说，"这儿，你把'3'改成'8'，我不是就增高五厘米了么？"

医生说："不行。那是弄虚作假！"便将他的表又压在其他表下了。

"为了当上兵，革命的弄虚作假那也是可以原谅的嘛！求求你了医生，求求你了！"

医生不愿再理睬他。

他竟不去下一关体检，大声发起牢骚来："够格还不算合格，哪有这个理！部队也不来个当官的。来了，我起码还可以当面申诉申诉愿望！"

这时，另一位穿白大褂的向他转过身——他发现对方白大褂的敞领内，显露着军上衣和红领章。

他又怔了。

"为什么想当兵？"

"奔出息。"

"难道只有当兵才有出息？"

"对我，差不多就是这样。"

"当不成兵，还可以考高中，考大学嘛！"

"考上了，家里也供不起。"

"离开过家乡么？"

"到城里打过三年短工。"

"三年？三年前你才十五岁！"

"对。"

"喜爱马么？"

"马？……喜爱！我家一匹马就是我从小养到大的。我对它像对我兄弟！……"

那位招兵的连长凝视他良久，将他扯到一旁，悄悄对他耳语："我给你吃颗定心丸。二十三还蹿一蹿呢！我看你到了部队上个子还能长！……"

就这样，他如愿以偿地穿上了军装，被分到了东北大地上的一处军马场。那军马场位于黑龙江与内蒙古的交界之域，广袤而苍凉。

像所有的农村新兵一样，他怀揣着一个秘密，也可以说是一个心思。那心思倘对所有人公开坦白了，所有人都会予以理解——入党，提干，留在部队，逐级晋升军阶，熬成位校官。一生尽忠于部队，既出息了自己，又荣耀了家门。但是他从没对任何人公开坦白过。人人都有的心思，就不值得谁对谁坦白了。他默默地，吃苦耐劳地，执着不移地接近着他的人生憧憬。军马场的兵也是兵。军训是照例的军营生活的内容。而驯养军马意味着"专业"。好比炮兵和坦克兵对炮和坦克的性能必须了如指掌一样。多亏他在家里养过马，了解马，爱马，所以很快就成了"专业"最出色的新兵。他知道驯养军马仅凭自己养过一匹马那点儿粗浅的经验是不行的，便托人四处买来了有关的书籍，并且天天坚持记录驯养心得。他的军训成绩也很优秀。倘爆发了战争，他随便跨上任何一匹军马，都可以立刻成为一名骁勇善战的骑兵。入伍第二年他在新兵中第一个当上了副班长，第三年入了党，第四年当上了班长。他爱军马，更爱他那一班天天为军马的健壮早起晚睡的战士。第五年他被所在部队授予"模范班长"的称号。

他那一班战士中曾有人说："班长爱咱们像一位母亲爱儿子！"

却立即有人反对："他爱军马才爱到那样！对咱们的感情呀，比对军马差一大截哪！哎，你自己承认不，班长？"

正在替战士补鞋的他，笑了笑，没吱声儿。

众战士逼他作出回答。

无奈之下，他真挚地说："其实呢，我是这么想的，我们为谁驯养军马？为骑兵部队嘛。军马是骑兵不会说话的战友。我们今天多爱军马一分，军马明天就会以忠诚多回报我们的骑兵兄弟一分。爱马也等于爱人啊！……"

于是战士们都肃然了。

有一天，他一个人躲在一处僻静的地方大哭了一场——家信中说，他家那匹马病死了。那匹马是他用在城里打工的钱买的，买时才是个小马驹子。他想，如果自己没参军，那匹马是不会病死的……

从此以后，他更爱一匹枣红军马了。它端秀的额头上，有像扑克牌中的方块似的一处白毛。他给它取了个名字叫"白头心儿"。他家那匹马的额头正中也有"白头心儿"，只不过不是枣红色，而是菊花青色的……

那时他就已经开始被视为"老兵"，尊称为"老班长"了。尽管才二十三岁多点儿。已经欢送过一批战友退伍了，可不是老兵怎么的呢！当年那一批兵中，只留下了他一个，对于后来的一批新兵而言，可不是"老班长"嘛！退伍的战友们与他分别之际，许多人哭了。和他一样来自农村的战友，对他依依不舍而又羡慕。他明白他们的心里话——"班长，就看你的了！"他对他们也同样依依不舍而又颇觉不安，仿佛自己侵占了别人的利益似的。同时，当然还感到了几分欣慰，几分自信。毕竟，已经是班长了，被留下超期服役了，兴许部队将来真的能栽培自己为军官吧？

"白头心儿"救了他一命。那一次军马受惊"炸群"，他从另一匹马的背上一头掼了下去。恰巧"白头心儿"随着受惊的马群冲过来，它一口将他叼起。否则，他将毙命于万蹄之下无疑。当马群安静下来，他搂着"白头心儿"的脖子，感激地涌出了热泪。由于在奔驰中还紧紧叼住他不放，"白头心儿"的嘴唇被撕豁了……

他入伍的第八年，裁军，军马场接到了解散的命令。骑兵这一兵种，因军事装备的越来越现代化，逐渐被认识到，已经不太可能发挥其在以往战争中的迅猛威慑力了。大部分军马被卖了。一小部分优秀的选送给各边防部队了。剩下几十匹略有残疾的，被处理给形形色色的人们了。

有的从此做了普普通通的劳役马；有的做了什么风景区的观娱马，供游人骑着逛景致，照相；有的被什么特技马术队买走了，"白头心儿"便在其中。

"白头心儿"被买走时他在场。那马眼望着他，四蹄后撑，任买主鞭打叱喝，岿然不动。他不忍眼见它受虐，轻轻拍着它脖子，对它耳语般地说："'白头心儿'啊，何苦呢？乖乖跟人家走吧，啊？我不会忘了你的，有一天我会把你买回来，使你成为我的马的！"——分明，马听懂了他的话，马头在他肩上磨蹭了几番，生了根似的马蹄才终于迈动起来……

望着"白头心儿"被拽走，不知不觉地，泪水已淌在二十六岁的"老兵"的脸颊上。

军马场虽然解散了，但仍有诸多的后事需人料理。二十六岁的"老兵"，怀揣着一份退伍通知书，滞留了两个月。他又获得了部队授予的"模范班长"的荣誉。那是对他八年服役的最后的嘉奖。他参军后的种种的希冀，全都休止在那又宝贵又朴素的荣誉上，成了"光荣的梦想"。

他是最后离开军马场的官兵中的一个。那是一个冬日里的黄昏，他们列队肃立在已然空荡无物的营房前，而营房后不远处，是一排排寂静的马厩。连长命令他以"老兵"的身份降下八一军旗。他明白，那也意味着是给予了他一种特殊的资格。仰望着在风中飘荡的军旗徐徐而降，他仿佛听到营房中传出了笑声和歌声，仿佛闻到从马厩发出的草料混杂着马粪那种带着一股温热似的芳香。是的，对于他这名军马场的"老兵"来说，那种特殊的气味儿的确是芳香的……

当他捧着军旗交给连长时，连长未接。

连长说："老兵，收下这面军旗作个纪念吧！"

上级批准他们可以鸣枪告别军马场。

连长允许他们每人鸣枪的次数可以和自己入伍的年限一样。除了连长和指导员，再就是他入伍的年限长了。

但他只鸣放了七枪。

指导员说："老兵，我替你数着呢，你还差一枪。"

他双眼噙泪回答："指导员，我不满八年军龄，差四个月……"

他话音未落，有人哭了。

如血的夕阳沉到地平线以下了，当广袤而苍凉的大草原夜幕降临时分，他们乘军车离开了军马场。回望着在视野中越来越远越来越模糊的营房和马厩，他想——它们也将成为这大草原上光荣与梦想的遗址了。他想——他保存他"模范班长"的证书，一定要比大草原保存那遗迹更长久，更长久……

他突然拍着军车驾驶室的棚盖大喊："停车！"

车停下了。

他喃喃地说："我……我好像听到了'白头心儿'的嘶叫……"

然而其实只有风声……

这提前四个月退役的"老兵"，在归乡的途中，在一个地界毗连大草原的小县城里，竟然发现了"白头心儿"。更确切地说，是那马首先发现了他。也许它并没能立刻认出他，而仅仅是因为他的一身绿军装，唤起了那军马求救的本能。他循着马嘶声望去，见"白头心儿"也正望着他，卧在一幢砖房前。马旁，一根高木杆上挂着一块牌子，牌子上写着四个醒目的大字是——"吕记马肉"。"白头心儿"就拴在那木桩上。他走近它，见它那晶亮的大眼睛里分明地汪着泪。那军马以一种类人的哀怨忧伤的目光瞪视着他。

马肉店的老板告诉他，那军马在为某电影摄制组效劳过程中弄断了一条腿，看来废了，只有杀死卖肉了。

他蹲下查看了一番马腿，请求老板将"白头心儿"转卖给他。

老板出了一个数。那笔钱超过他的复员费，而老板却不肯让价。

"我白替你打工行不行？"

"多久？"

"直到这匹马能站起来了为止。"

老板认为他傻，认为那马永远也站不起来了，便爽快地答应了。

于是他从此一边打工，一边精心照料"白头心儿"。

一个月后，"白头心儿"奇迹般地站起来了。

老板被他感动了，没再收他一分钱，允许他将"白头心儿"牵走，并且，还白赠了他一副马鞍。

由于"白头心儿"，他自然没法乘火车。于是这"老兵"和曾救过他命的那一匹军马，朝行暮宿，向着他的家乡，开始了他们的"长征"……

途中，他度过了二十六岁生日。

两个月后，他老母亲看见一个胡子拉碴的、风尘仆仆的、穿一身军装的男人，牵着一匹瘦骨嶙峋的有"白头心儿"的长鬃枣红马蹒跚地来到家门前。

他激动地叫了一声："妈！"

老母亲惊喜地认出他是她那参军八年一次也没探过家的儿子！

不是老母亲将儿子搂抱在怀里，而是儿子将瘦小的老母亲搂抱在怀里……

他惭愧地说："妈，我的复员费几乎都花光在路上了……"

他又说："妈，你看，咱们又有一匹'白头心儿'了！"

第二天清晨，他牵着"白头心儿"登上了家乡的山头，俯瞰着几处穷困得近乎败落的村子，他对"白头心儿"发誓般地说："'白头心儿'，帮我把咱们的家乡彻底变个样儿吧！"

那一时刻，二十六岁的"老兵"似乎顿悟——军队给予他的，还有比"模范班长"之荣誉重要得多的东西……

马儿安闲地吃着青草……

老水车旁的风景

其实，那水车一点儿都不老。

它是一处旅游地最显眼的标志，旅游地原本是一个村子。两年前，这地方被房地产开发商发现并相中，于是在盖别墅和豪宅的同时，捎带着将这里开发成了旅游景点，使之成了小型的周庄。

在双休日或节假日，城里人络绎不绝地驾车来到这里。吃喝玩乐，纵情欢娱。于是这里有了算命的、画像的、兜售古玩的；也有了陪酒女、陪游女、卖唱女、按摩女，皆姿容姣好的农家少女。她们终日里耳濡目染，思想迅速地商业化着。

城里人成群结队地到来的时候，必会看到，在那水车旁有一老妪和一少女。老妪七十有几，少女才十六七岁，皆着清朝裳。老妪形容枯瘦憔悴；少女人面桃花，目如秋水，顾盼之际，道是无情却有情。老妪纺线，少女刺绣，成为水车的陪衬，景观中的风景。她们都是景区花钱雇了在那儿摆样给观光客们看的，收入微薄。幸而，若有观光客与她们照相，或可得些小费。老妪是村里的一位孤寡老人，在村里有一间半祖宅。村子受益于旅游业，有了些公款，每月亦给她五十元。老妪是以感激旅游业，对自己能有那样一种营生，甚为满足，终日笑眯眯的。少女是从外地流落到这儿的，像寻蜜的蜂儿一样被这旅游地的兴旺发达吸引来的。她的家在哪里，家境如何，身世怎样，没人知道。曾有好奇的村人问过，少女讳莫如深,每每三缄其口,是以渐无问者。当地人对于外地人,免不了有点儿欺生。可像她那么一个十六七岁的女孩,讨生活的方式并不危害任何当地人的利益,虽然明明是外省人,便借故欺她,却是不忍心的。不忍相欺归不忍相欺,但对于那来历不明的小姑娘,当地人内心还是有些犯嘀咕。会不会是个小女贼,待人们放松了警惕,待她摸清了各家的情况,抓住对她有利的机会,逐门逐户偷盗个遍,然后逃得无影无踪。据他们所知,省内别的景区发生过这样的事,祸害了当地人的也是个姑娘。只不过是个二十几岁的大姑娘,只不过没有亲自盗,而是充当一个偷盗团伙的眼线。那么,她背后也有一个偷盗团伙吗?人们相互提醒着。随后,她的行动,便被置于许多双有责任感的眼睛的监视之下。但她一如既往地对人们有礼貌,还特别感激当地人收留她。难道因为她才十六七岁,还太单纯,看不出别人对她的警惕吗?这么小年龄的女孩儿走南闯北,会单纯才怪!那么,必是伪装的了。于是,在当地人看来,小女孩还很狡猾……

只有老妪觉得她是个好女孩儿。

她们成为"同事"几天以后,老妪曾问少女住在哪儿,少女说住在一家饭店的危房里,每天五元钱,晚上还得帮着干两个多小时的活。饭店里有老鼠,她最怕老鼠。"就是每月一百五十元,也花去了我半个来月的工资,还得看主人两口子的脸色……"少女说得泪汪汪的。

"闺女,住我家吧。我那儿就我一个人,我也喜欢有你这么个伴儿,不会给你气受。"

老妪说得很诚恳。

少女没想到老妪会那么说,正犹豫着该怎么回答,老妪又说:"我一分钱不收你的。"

……

于是,少女作为老妪所希望的一个伴儿,住到了老妪家里。

于是，少女脸上笑容多了，喜欢和她一块儿照相的观光客多了，小费也多了。最多时，每天能收到五十元。

老妪脸上的皱纹少了。熟悉她那张老面孔的人，发现她脸上几条最深的褶子变浅了，有要舒展开来的迹象了。她脑后的髽髻也好看了，不像以前那么歪歪扭扭的了。她的指甲不再长而不剪，指甲缝也不再黑黢黢的了。她那身"行头"，显然洗得勤了。她的好心情让她的小费也多起来了。

有好心人提醒她："你让那小人精住你那儿去了？千万防着点儿，万一你那点钱被她偷了，临走连件寿衣都穿不上……"

老妪不爱听那样的话。

她说："走？往哪儿走？人家孩子比我多的钱放那儿都不避我，我那么点儿钱，防人家干吗？"

她爱听少女的话。

少女常对她说："奶奶，尽量想高兴的事儿，那样您准能活一百多岁。"

经历了二十几年孑然一身、形影相吊的孤寡生活以后，忽然有了一个朝夕相处的小女伴儿，老妪返老还童了似的。有时，一老一少对面坐着，各点各的钱，还相互换零凑整的……

然而有天老妪忽然失明，接着咯血了。村里不得不派人把她送到县医院，一诊断是癌症，早扩散了。那么老的人了，是农村人，还是个孤寡老人，也只有回家挨着。

村里负责的人就对少女说："她都这样了，你搬走吧，爱住哪儿住哪儿去吧。"少女哭着说："我不搬走。奶奶对我好，我要服侍服侍她……"非亲非故，来历不明，还口口声声"奶奶，奶奶"叫得挺亲，就是不搬走，图什么呢？村里负责的人想到了老妪的一间半祖屋。这个小人精，不图房子，还图什么？于是，在老妪状态稍好的某日，村里负责的人带着一男一女来到了老妪家里，他介绍那男的是县公证处的，女的是位律师。他开门见山地对老妪说，她应该在临死前做出决定，将一间半祖屋留给村里。那屋子是可以改装成门面房的，稍加改装以后，或卖或租，钱数都很可观。

老妪说："行啊！"村里负责的人又说："那你就在这张纸上按个手印吧！"老妪不高兴了："我觉得，我一时死不了。"村里负责的人急了："所以趁你还明白，才让你按手印嘛！"老妪就不理他们三个男女，把身子一转，背朝他们了……村里负责的人没主意了，找来另外几个有主意的人商议，他们都认为老妪完全有可能被那外省的小妖精蛊惑了，已经按手印留下了什么遗嘱，把一间半祖屋"赠给"那小妖精了……口口相传，几个人所担心的事情，一夜之间，仿佛成了确凿之事。是可忍，孰不可忍？岂能让不相干的人占了便宜？于是全村男女老少同仇敌忾起来。没人愿意去照顾那糊涂的老妪了……少女就连她那份儿工作也不能干了……

村里人们的心，暗中拧成了一股劲儿——你不是哭着闹着要服侍吗？你一个人好好服侍吧！服侍得再好也是枉费心机，企图占房子？法庭上见吧！十几天后，老妪走了。老妪攒下的钱不够发送自己，少女为她买了一套寿衣……又过了几天，那少女也消失了，没跟村里任何人告别，也没留下封信……

村里负责的人竟不知拿老妪那一间半祖屋怎么办才好了。景区内的门面房是在涨价。但他不敢自作主张改造、装修或租或售，因为他怕有一天少女突然出现，手里拿一份什么证明，使村里损失了改造费或装修费，甚至落个非法出售或出租的罪名……

那景区至今依然游人如织。那水车至今还在日夜转动。那一间半老屋子，至今还闲置着，越发破败了。再不改造和装修，不久就会倒塌了……

玻璃匠和他的儿子

二十世纪八十年代以前，城市里每能见到一类游走匠人——他们背着一个简陋的木架走街串巷，架子上分格装着些尺寸不等、厚薄不同的玻璃。他们一边走一边招徕生意："镶——窗户！……镶——镜框！……镶——相框！……"

他们被叫作"玻璃匠"。

有时，人们甚至直接这么叫他们："哎，镶玻璃的！"

一旦被叫住，他们就有点儿钱可挣了。或一角，或几角。总之，除了成本，也就是一块玻璃的原价。他们一次所挣的钱，绝不会超过几角去。一次能挣五角钱的活，那就是"大活儿"了。他们一个月遇不上几次大活儿的。一年四季，他们风里来雨里去，冒酷暑，顶严寒，为的是一家人的生活。他们大抵是些出于这样或那样的原因而被拒在"国营"体制以外的人。按今天的说法，是些当年"自谋生路"的人。有"玻璃匠"的年代，城市百姓的日子都过得很拮据，也特别仔细。不论窗玻璃裂碎了，还是相框玻璃或镜子裂碎了，那大块儿的，是舍不得扔的，专等玻璃匠来了，给切割一番，拼对一番。要知道，那是连破了一只瓷盆都舍不得扔，专等锔匠来了给锔上的穷困年代啊！……

玻璃匠开始切割玻璃时，每每吸引不少好奇的孩子围观。孩子们的好奇心，主要是由"玻璃匠"那一把玻璃刀引起的。玻璃刀本身当然不是玻璃的。玻璃刀看上去都是样子差不到哪儿去的刀具，像临帖的毛笔。刀头一般长方而扁，其上固定着极小极小的一粒钻石。玻璃刀之所以能切割玻璃，完全靠那一粒钻石。没有了那一粒小之又小的钻石，一把玻璃刀便一钱不值了。玻璃匠也就只得改行，除非他再买一把玻璃刀。而从前一把玻璃刀一百几十元，相当于一辆新自行车的价格，对于靠镶玻璃养家糊口的人来说，再买一把谈何容易！并且，也极难买到。因为在从前，在中国，钻石本身太稀缺了。所以，从前中国的玻璃匠们，用的几乎全是从前的，从前也即一九四九年前的玻璃刀，大抵是外国货。一九四九年前的中国还造不出玻璃刀来。将一粒小之又小的钻石固定在铜或钢的刀头上，是一种特殊的工艺。可想而知，玻璃匠们是多么爱惜他们的玻璃刀！与侠客对自己兵器的爱惜程度相比，也是不算夸张的。每一位玻璃匠都一定为他们的玻璃刀做了套子，像从前的中学女生每每为自己心爱的钢笔织一个笔套。有的玻璃匠，甚至为他们的玻璃刀做了双层的套子。一层保护刀头，另一层连刀身都套进去，再用一条链子系在内衣兜里，像系着一块宝贵的怀表似的。当他们从套中抽出玻璃刀，好奇的孩子们就将一双双眼睛瞪大了。玻璃刀贴着尺在玻璃上轻轻一划，随之出现一道纹，再经玻璃匠的双手有把握地一掰，玻璃就沿纹齐整地分开了，在孩子们看来那是不可思议的……

我的一位中年朋友的父亲，便是从前年代的一名玻璃匠。他的父亲有一把德国造的玻璃刀。那把玻璃刀上的钻石，比许多玻璃刀上的钻石都大，约半个芝麻粒儿那么大。它对于他的父亲和他一家，意味着什么不必细说。

有次，我这一位朋友在我家里望着我父亲的遗像，聊起了自己曾是玻璃匠的父亲，聊起了他父亲那一把视如宝物的玻璃刀。我听他娓娓道来，心中感慨万千：

他说他父亲一向身体不好，脾气也不好。他十岁那一年，他母亲去世了，从此他父亲的脾气就更不好了。而他是长子，下边有一个弟弟一个妹妹。父亲一发脾气，他就首先成了出气筒。年纪小小的他，和父亲的关系越来越紧张，也越来越冷漠。他认为他的父亲一点儿也不关爱他和弟弟妹妹。他暗想，自己因而也有理由不爱父亲。他承认，少年时的他，心里竟有点儿恨自己的父亲……

有一年夏季，父亲回老家去办理祖父的丧事。父亲临走，指着一个小木匣严厉地说："谁也不许动那里边的东西！"——他知道父亲的话主要是说给他听的，同时猜到，父亲的玻璃刀放在那个小木匣里了。但他毕竟是个孩子啊！别的孩子感兴趣的东西，他也免不了会对之发生好奇心的呀！何况那东西是自己家里的，就放在一个没有锁的，普普通通的小木匣里！于是父亲走后的第二天他打开了那小木匣，父亲的玻璃刀果然在内。但他只不过将玻璃刀从双层的绒布的套子里抽出来欣赏一番，比画几下而已。他以为他的好奇心会就此满足。却没有。第三天他又将玻璃刀拿在手中，好奇心更大了。找到块碎玻璃试着在上边划了一下，一掰，碎玻璃分为两半，他觉得更好玩了。以后的几天里，他也成了一名小玻璃匠，用东捡西拾的碎玻璃，为同学们切割出了一些玻璃的直尺和三角尺，大受欢迎。然而最后一次，那把玻璃刀没能从玻璃上划出纹来，仔细一看，刀头上的钻石不见了！他这一惊非同小可，心里毛了，手也被玻璃割破了。他怎么也没想到，使用不得法，刀头上那粒小之又小的钻石，是会被弄掉的。他完全搞不清楚是什么时候掉的，可能掉在哪儿了。就算清楚，又哪里会找得到呢？就算找到了，凭他，又如何把钻石安到刀头上去呢？他对我说，那是他人生中所面临的第一次重大事件，甚至是唯一的一次重大事件。以后他所面临过的某些烦恼之事的性质，都不及当年那一件事严峻。他当时可以说是吓傻了……由于恐惧，那一天夜里，他想出了一个卑劣的方法——第二天他向同学借了一把小镊子。将一小块碎玻璃在石块上仔仔细细捣得粉碎，夹起半个芝麻粒儿那么小的一个玻璃碴儿，用胶水粘在玻璃刀的刀头上了。那一年是一九七二年，他十四岁……

三十余年后，在我家里，想到他的父亲时，他一边回忆一边对我说："当年，我并不觉得我的办法卑劣，甚至还觉得挺高明。我希望父亲发现玻璃刀上的钻石粒儿掉了时，以为是他自己使用不慎弄掉的。那么小的东西，一旦掉了，满地哪儿去找呢？即使找不到，哪怕怀疑是我搞坏的，也没有什么根据。只能是怀疑啊！……"

他的父亲回到家里后，吃饭时见他手上缠着布条，问他手指怎么了。他搪塞地回答，生火时不小心被烫了一下。父亲没再多问他什么。

翌日，父亲一早背着玻璃箱出门挣钱去，才一个多小时就回来了。脸上阴云密布。他和他的弟弟妹妹吓得大气儿都不敢出一口。然而父亲并没问玻璃刀的事，只不过仰躺在床上，闷声不响地接连吸烟……

下午，父亲将他和弟弟妹妹叫到跟前，依然阴沉着脸但语调平静地说："镶玻璃这种营生是越来越不好干了。哪儿哪儿都停产，连玻璃厂都不生产玻璃了。玻璃匠买不到玻璃，给别人家镶什么呢？我要把那玻璃箱连同剩下的几块玻璃都卖了。我以后不做玻璃匠了，我得另找一种活儿挣钱养活你们……"

他的父亲说完，真的背起玻璃箱出门卖去了……

以后，他的父亲就不再是一个靠手艺挣钱的男人了，而是一个靠力气挣钱养活自己儿女的男人了。他说，以后他的父亲做过临时搬运工，做过临时仓库看守员，还做过公共浴堂的临时搓澡人；居然还放弃一个中年男人的自尊，正正式式地拜师为徒，在公共浴堂里学过修脚……

而且，他父亲的暴脾气，不知为什么竟一天天变好了，不管在外边受了多大委屈和欺辱，再也没回到家里冲他和弟弟妹妹宣泄过。那当父亲的，对于自己的儿女们，也很懂得问饥问寒地关爱着了。这一点一直是他和弟弟妹妹心中的一个谜，虽然都不免奇怪，却并没有哪一个当面问过他们的父亲。

到了我的朋友三十四岁那一年也就是九十年代初，他的父亲因积劳成疾，才六十多岁就患了绝症。在医院里，在做过玻璃匠的父亲的生命之烛快燃尽的日子里，我的朋友对他的父亲孝敬倍增。那时。他们父子的关系已变得非常深厚了。一天，趁父亲精神还可以，儿子终于向父亲承认，二十几年前，父亲那一把宝贵的玻璃刀是自己弄坏的，也坦白了自己当时那一种卑劣的想法……

不料他父亲说："当年我就断定是你小子弄坏的！"

儿子惊讶了："为什么父亲？难道你从地上找到了……那么小那么小的东西啊，怎么可能呢？"

他的老父亲微微一笑，语调幽默地说："你以为你那种法子高明啊？你以为你爸就那么容易受骗呀？你又哪里会知道，我每次给人家割玻璃时，总是习惯用大拇指抹抹刀头。那天，我一抹，你粘在刀头上的玻璃碴子，扎进我大拇指肚里去了。我只得把揣进自己兜里的五角钱又掏出来退给人家了。我当时那种难堪的样子就别提了，好些个大人孩子围着我看呢！儿子你就不想想，你那么做，不是等于要成心当众出你爸爸的洋相吗？……"

儿子愣了愣，低声又问："那你，当年怎么没暴打我一顿？"

他那老父亲注视着他，目光一时变得极为温柔，语调缓慢地说："当年，我是那么想来着。恨不得几步就走回家里，见着你，掀翻就打。可走着走着，似乎有谁在我耳边对我说，你这个当爸的男人啊，你怪谁呢？你的儿子弄坏了你的东西不敢对你说，还不是因为你平日对他太凶吗？你如果平日使他感到你对于他是最可亲爱的一个人，他至于那么做吗？一个十四岁的孩子，那么做是容易的吗？换成大人也不容易啊！不信你回家试试，看你自己把玻璃捣得那么碎，再把那么小那么小的玻璃碴儿粘在金属上容易不容易？你儿子的做法，是怕你怕的呀！……我走着走着，就流泪了。那一天，是我当父亲以来，第一次知道心疼孩子。以前呢，我的心都被穷日子累糙了，顾不上关怀自己的孩子们了……"

"那，爸你也不是因为镶玻璃的活儿不好干了才……"

"唉，儿子你这话问的！这还用问吗？……"

我的朋友，一个三十五六岁的大男人，伏在他老父亲身上无声地哭了。

几天后，那父亲在他的两个儿子一个女儿的守护之下，安详而逝……

我的朋友对我讲述完了，我和他不约而同地吸起烟来，长久无话。

那时，夕照洒进屋里，洒了一地，洒了一墙。我老父亲的遗像，沐浴着夕照，他在对我微笑。他也曾是一位脾气很大的父亲，也曾使我们当儿女的都很惧怕。可是从某一年开始，他忽然似的判若两人，变成了一位性情温良的父亲。

我望着父亲的遗像，陷入默默的回忆——在我们几个儿女和我们的老父亲之间，想必也发生过类似的事吧？那究竟是一件什么事呢？——可我却没有我的朋友那么幸运，至今也不知道。而且，也不可能知道了，将永远是一个谜了……

老茶农和他的女儿

当女儿的手轻轻推开了窗扇，呵——一阵馥郁的气息随之而至。顿时，她几乎醉了。

那是茶乡的早晨的气息。

城市和乡村的最根本的区别乃在于——乡村是有气息的，正如婴儿是浑身散发奶味的。而城市没有。

窗外，山丘波状的曲线近在眼前。一行行修剪过的茶树，从山脚至山头，层层叠叠，宛如梯田，使整座山丘成为茶山。

在对面的山腰，有这一户人家的几亩茶树。而房屋的左右两边，也是茶山。后边，是一条河。晚上，汩汩之声，彻夜入耳。那是河的永无休止的絮语，也是这茶乡的人们听惯了的。孩子们在家乡河的絮语声中长大成人，于是到城市里去试探人生的前途和世界的深浅。或者，像父母辈一样，成为新一代的茶农。近年，这茶乡的年轻人中，前一种越来越多了，后一种越来越少了。因为种茶也像种庄稼一样，一年到头，辛辛苦苦，也挣不到多少钱了。外出的年轻人们，即使在城市里始终没有获得到什么有保障的人生，那也还是不情愿回到这一个茶乡的。偶尔回来，往往是由于自己在城市里闯荡得实在是太累了，或者父母病了……

然而芸这一次回到家乡来，却是为了能在一个绝对不受任何干扰的地方潜心完成她的"出站"论文的。芸是这个茶乡的骄傲。因为她不但至今仍是这个茶乡唯一考上大学的姑娘，而且现在已经读到博士后了。所以她要完成的论文，也就不是什么一般的毕业论文，而叫"出站"论文。一般人听了，是不太明白的。

芸在清明前十几天就回到茶乡了，那时的南方天气还没怎么转暖。父亲每天起得很早，悄无声息地做好饭，热在锅里，然后自己便背着茶篓上山采茶去了。有时自己也吃几口饭；有时，则连口饭也不吃。芸习惯了熬夜。为将论文写到优等的水平，每天睡得很晚，自然起来得也就很晚。一般总是在八点钟以后才醒。散步，洗漱；吃罢早饭，也就快九点了。一回到房间，便又埋头于写作了。等到父亲叫她的时候，肯定便是中午了。那时父亲已采回过一篓茶叶了。无论第二篓茶叶采满还是没采满，父亲都会在中午之前及时赶回家里，为的是能让女儿及时吃到午饭。开饭的时间，和大学食堂一样正点。午饭后，父亲刷锅洗碗，闲不住地收拾收拾这儿，打扫打扫那儿。而芸，照例再出去散步一小会儿。等芸散步回来，父亲或者盖件衣服在竹躺椅上睡着了，或者又背着茶篓采茶去了。那么，芸也开始午休了。她往往一觉睡到三点钟。那时，父亲已背回了下午采的第一篓茶。父亲总是悄无声息地回来，又悄无声息地离去。那些日子，父亲经常说："茶叶又涨价了。新茶生出得那么快，可是生出的一笔笔钱啊，不采回家里多可惜。"——有时是对芸说，有时是自言自语。对芸说的时候，是在饭桌上的时候；自言自语的时候，是在芸放下碗筷要去散步的时候。那时候，芸并不接话的。怕一接话，父亲就跟她说起来没完。对于父亲的自言自语，芸只当是人老了，很普遍的现象。

在家乡的日子里，确切地说是在回家的日子里，芸的感觉好极了。芸至今还是一个独身女子。她不是一个漂亮女子，当然也不是一个多么丑的学习机器式的女子。她只不过不漂亮而已。那么对于她，在这个世界上目前只有一个家，便是有父母的地方，便是这个茶乡的这一幢两层的老木屋。它留给她的回忆都是那么温暖。正如她所料想的那样,她写论文的过程没受到过任何干扰。除了在她回到家里的当天,有些乡亲们闻讯来看她,家里再就没人来过。因为父亲和乡亲们打过招呼了。那天父亲往家院外送乡亲们时,芸听到父亲这么说:"我女儿这次回来和往年回来不一样。她这次是为了能安心地写好论文才回来的。那对她将来的前途要紧得很哩!大伙互相转告,还没来看过她的,先就不要来了吧。等我女儿写好了论文再来看她也不迟。"第二天吃早饭时,芸关心地问父亲为什么夜里咳嗽不止,并表示愿意陪着父亲到镇里的医院去检查检查。父亲笑了笑,说没什么大不了的,老毛病了,春秋两季常犯的,过了季节就好了。她本想到镇里去替父亲买药的,但一离开饭桌,伏到写字桌上去,不一会儿就忘了。晚上,父亲夹着被褥睡到楼下去了。芸也就没听到过父亲的咳嗽声……

芸有一个哥哥。哥哥嫂子有一个女儿,已经七岁了。哥哥嫂子带着女儿到广州打工去了。若从广州回来就和父亲住在一起。他们还没有自己的家。他们带着孩子到广州去打工,为的就是挣够一笔足够的钱,也好早日盖起一处他们自己的家。而芸的母亲五年前去世了,芸竟没能及时赶回家乡和母亲见上最后一面。芸在大学里读的是新闻专业,毕业了通常是要当记者的。省城的一家报社在学校里进行招聘活动时,面试后对芸相当满意,基本上是将她预先聘定了。是她自己后来变卦了。大学快毕业的芸,对自己的人生有了更高的追求,觉得当记者太没意思了。人生的更高的追求,在芸的思想里,肯定是要凭借更高的学历去实现的。于是考研。芸有很好的记忆力,不久便成了本校经济学系的研究生。然而经济学非是她所喜欢的,也不相信学了经济学自己的人生将来便注定获得优越的经济基础,于是又向比更高还高的人生目标发起冲刺。三年后她成了北京某所大学中文系的博士生,专业方向是中国古典诗词研究。母亲正是在她成为博士生那一年去世的。母亲去世前,哥哥曾给她写过一封信，告诉她母亲是多么想她，而且病了。那时芸正以"头悬梁，锥刺股"般的刻苦精神备考，哪里会接到哥哥的一封信就十万火急地赶回家呢？等她顺利考完，隔了几天回到家乡时，母亲已成土中之人。芸自然是很悲痛的。她埋怨哥哥不该在信中将母亲的病告之得那么轻描淡写。而哥哥，一句话都没说，狠狠瞪她一眼，起身走到外边去了。倒是父亲向她承认，是他不许哥哥在信中写得太明白，怕她着急上火，影响了考博的状态。事实上，芸是幸运的，在获得研究生文凭以后，也曾有多种在省城就业的机会。但已经获得了研究生文凭的芸，觉得自己的就业人生不该是在省城里开始，而应该是在北京实现。既然自己具有那么强的记忆能力，既然自己那么善于考试，既然考博能使自己特别令人羡慕地成为北京人，干吗不呢？而读博的几年里，芸的日子基本上过得挺快活。人生初级阶段的最后竞争业已获胜，满心怀饱涨着不可名状的优越感，芸也有好情绪进行恋爱了。两次恋爱却都未成功。一次因男方多次地也是公然地蔑视她的博士学位而夭折；一次因她自己的虚荣而告终——那个男人对她倒是无限崇拜，但是个子比她矮了三厘米。如果她不是博士，仅仅是一名普通的大本毕业生，那么那三厘米的身高差距她也许还是可以包涵的。但是自己已经是一位女博士生了啊，于是那三厘米的差距她就无论怎么也跨不过去了。然而她倒也没觉得心灵上留下了多么大的创面。疼还是疼过几天的，仅仅几天之后就结痂了，日子便又渐渐恢复了快活的状态。干吗不快活呢？校园的环境那么美好，两人一间宿舍，博士同学是已婚女子，更多的时候那间宿舍完全属于她自己。如果自己并不向导师请教什么问题，导师是不怎么过问她究竟在干什么的。至于专业呢，古典诗词的背后，有着许许多多或流芳千古或鲜为人知的才子佳人们的爱情故事，对于芸而言，研究那些故事是趣味无穷的。而最主要的心情快活的保障是——她再也不像是大本生和研究生时那么手头拮据了。博士生的生活补助够每月吃饭的了，协助导师编书的报酬也不菲。

自己还为某杂志开辟了一个专门介绍古典诗词背后的爱情故事的专栏，颇受好评，杂志社竟给她开出了最高稿酬，每月又是相当稳定的一千来元的入项……

昨天晚上，吃罢饭，芸没有像往日一样立刻起身回到自己的房间去。

她说："爸，我的论文写完了！"——说完，伸了个懒腰，一副大功告成的喜悦模样。她对自己的论文质量很满意，也很自信。

父亲望着她，欣慰地说："好啊。写完了好。"

芸又说："我怎么觉得我没瘦，反而胖了呢！"

父亲就笑了，再没说话。

怎么会瘦了呢？

饭桌上几乎顿顿也没断过鱼汤或鸡汤。老茶农对自己是博士的女儿的爱心，全都煨在汤里了。

"爸，我已经决定了明天下午就回北京去。"

"明天就回去？"

"我想学校的环境了。爸，我们的校园可大了，可美了！有湖，还有假山。湖里有野鸭，我想那些野鸭了……"

"女儿，你是不是还要再往下读好几年的书呢？"

"爸，我再也不必考什么学位了！我想，我已经该算是我这个专业的精英了。"

"什么鹰？"

"爸，你别想错了！好比一座宝塔，我已经是塔尖上的人了。"

"好。好啊。女儿，你终于出息了……"

不知为什么，父亲嘴上这么说着，表情却变得忧郁了。

女儿困惑地问："爸，你有什么愁事儿吗？"

老茶农微微摇头道："没有。女儿，你这么出息，爸爸还会有什么愁事呢？就真有，也不愁了。只是，茶叶又涨价了……"

"茶叶涨价了不是好事吗?"

"是啊,是好事。可我一个人,采不过来啊!"

"爸,那就雇人嘛!"

"雇人倒是省事。但四六分钱,一小半被别人得了,不划算啊!"

"爸,采一斤茶叶能卖多少钱?"

"十二三元呢。"

"那您一天采十斤,不才能卖一百二三十元嘛?爸,您就别计较划算不划算的了,干脆雇人吧!"

"干脆雇人?"

"干脆雇人!"

临睡前,当女儿的塞给父亲一千元钱,说是早就想寄回家来孝敬父亲的。

父亲却无论如何不肯收下。

父亲说:"女儿,我不缺钱,真的不缺。你在北京花销大,还是你留着吧。"

……

现在,女儿的皮箱已经放在门口了,单等着听到摩托车的喇叭声,拎起来就走了。

她已归心似箭。

可父亲为什么还不回来呢?

女儿望着山上那些采茶的身影,看不出哪一个是自己的父亲。

可自己一会儿就要走了,父亲为什么一早还要上山去采茶呢?不就多采回一斤茶才能卖十二三元钱吗?

女儿心里正这么责备着父亲,却听到了父亲上楼的脚步声;一转身,父亲已在跟前,手拿一只塑料袋,里边装的是刚煮熟的茶叶蛋。就在此时,一个本村的小伙子,在老屋前按响了他的摩托车喇叭。父亲头天晚上求他用摩托车将芸送到镇上去，镇上有去省城的长途公共汽车……

当芸已经坐在直达北京的特快列车上时，认出坐在自己对面的，竟是邻村的一位远房叔叔。

于是二人亲热地聊了起来。

"叔，到北京干什么去？"

"还能干什么去？打工呗！"

"如今一斤茶就能卖十二三元了，还非得背井离乡地去打工？"

"谁说一斤茶叶能卖十二三元了？"

"我父亲啊。"

"他骗你哩！现而今茶叶不稀罕了，种茶的收入也薄多了。清明前的头遍茶，最高价也就以每斤四五元来收！清明一过，一斤才能卖两元钱！"

"可，可……可我爸他骗我干什么呢？"

"我怎么知道！哎，芸啊，你父亲的病轻了重了？"

"我父亲……我父亲得什么病了？"

"你不知道？你不知道，我倒不好说了……"

"叔，快告诉我！……"

"唉，芸啊，你父亲他得的是肺癌啊！他已经是个活一天赚一天的人了啊！……"

……

车轮隆隆……

列车向北，向北……

直达北京，而且特快，自然向北……

那茶乡，那老屋，那住守着老屋的老父亲，离着博士后的女儿分分秒秒地远着……

车轮隆隆，仿佛在说："回来！回来！"

当女儿的心里霎时明白了——茶叶的价格已经降到两元钱一斤了，而父亲却骗她说涨到十二三元一斤了；分明地，老父亲多希望她这一个是博士后的女儿能留下帮他采几天茶呀！茶叶究竟多少钱一斤哪里还重要呢？……

车轮隆隆，仿佛在说："分明，分明……"

是博士后的女儿，顿时省悟了——苦读十四年，年年月月收到过钱，原来是父亲、母亲、哥哥和嫂子，以每采一斤茶叶才挣几元钱的辛勤劳作成全着她的人生追求啊！

如今母亲已是泉下之人，而父亲说不定哪一天也是了……自己心里边所装的却是校园湖里的野鸭们！……

"唉，芸啊，我觉得你是读书读傻了哩！你父亲身体那么单薄了，脸色那么不好了，你怎么就会一点儿都没看出来呢？……"

女博士早已泪流满面！

她在心里对自己说："我不是读书读傻了呀，我是……我是……"

车轮隆隆……

列车向北，向北……

车厢里忽然响起了哭声……

母与女

这一户人家只有两个人了,是丈夫也是父亲的男人一年前病死了。

在二〇〇〇年正月十五那一天,母亲很晚才回到家里。女儿竟还没吃晚饭。母亲说她也没吃。母亲带回了一盒元宵。母亲说完就煮元宵去了。

一会儿,母亲煮好了元宵,盛在两只碗里,女儿一碗,自己一碗。

女儿呆呆地望着碗,不动筷子。

母亲就很奇怪,拿起筷子,困惑地问:"女儿呀,你不饿吗?"

女儿低声说了一个字:"饿。"

"既然饿,为什么看着不吃?不爱吃?"

"……"

"我记得你是爱吃元宵的啊。"

"妈妈,我怕。"

"怕?"——母亲更奇怪了,"怕什么?"

"怕你在元宵里下了毒……"

女儿抬起头,目光定定地望着母亲,眼中已噙满了泪。

"你这是说的什么话?"

"妈妈,你把筷子放下吧!我不想死,我也不愿你死……"

"可我……"

"可我觉得你肯定在元宵里放了毒……"

女儿的眼泪，吧嗒吧嗒掉在桌上，掉在碗里。

母亲缓缓放下了筷子，表情一时变得异常严肃。她也目光定定地望着女儿问："女儿，你今天究竟是怎么了？你头脑里为什么会产生如此荒唐的想法？"

"妈妈，我今天听来家里玩的同学讲，别的中学里有一名女生，和我一样爸爸也死了，妈妈下岗了。下岗的妈妈就买了一盒元宵，煮时下了毒，结果她自己和她的女儿吃了后，都死了……妈妈我知道你也下岗了，只不过你一直装出每天都去上班了的样子……妈妈我真的很怕死，也不愿你死……"

女儿说罢，就哭起来了。

而母亲则起身走到了女儿身旁；女儿扑在母亲怀里，双手紧紧搂抱住母亲。

母亲抚摸着女儿的头，用特别温柔的语调说："好女儿呀，妈妈有多么爱你，你是知道的。妈妈怎么会忍心毒死你呢？妈妈才四十多岁，小时候挨过饿，十六七岁下乡，整整十年后才返城，结婚了仍没有属于自己的房子，你十岁了我们终于有了房子，你爸爸又病了多年……妈妈的命虽苦，可妈妈珍惜自己的命，才不愿死呢！……"

母亲也流泪了。眼泪掉在女儿脸上、手上……

母亲又说："好女儿呀，不错，妈妈是下岗了，妈妈是一直在瞒着你这件事。妈妈每天早出晚归，就是去找工作的呀。"

"找到了吗，妈妈？"

"暂时还没有。"

"那，我们以后可怎么办呢？"

"这是妈妈应该考虑的，是你不必发愁的。你替妈妈发愁也没用。你同学对你讲的事，也许是真的，也许是假的，即使是真的，那个母亲的做法也是罪过的，妈妈才不会那样呢！"

"妈妈，我错了，我不该胡乱瞎猜疑你。可……可我们以后究竟该怎么办呢？……"

"女儿，你先放开妈妈……"

女儿放开了母亲，母亲就又回到桌子那一边坐下去了。女儿仍像刚才那样目光定定地望着母亲，但眼中已充满了信任。

母亲慢言细语地说："好女儿呀，如果我们要鼓起勇气生存下去，那么，你就得和妈妈共同接受另一种现实。"

女儿说："妈妈呀，不管那另一种现实是什么样的，我都有勇气和你共同面对它。"

"其实那另一种现实无论对我还是对你，都并不那么可怕。"

"妈妈，你就说吧。我做好种种心理准备了！"

"我们住的这个两室的单元房，你爸爸活着时我们不是已经买下了吗？首先，我们把它卖了。而且妈妈已找到了买主。那么，我们就有十几万元钱了……"

"可……我们住哪儿呢？"

"我们将用一半的钱买一处一居室。所以你以后不可能再有属于自己的房间了，你同意吗？……"

"这……我听妈妈的。"

"在那一间房子里，我们要摆一张双人的大床……"

"我高兴和妈妈睡在一张床上！"

"双人床上还要想办法架一张单人床，你将睡上边的单人床……"

"为什么？为什么要那样呢，妈妈？双人床上架一张单人床，看上去多古怪呀！"

"必须那样。因为，将有一个男人和妈妈睡在双人床上……"

"女儿，听明白妈妈的话了吗？"

"妈妈，你要给我……找一个后爸？"

"是的。他比妈妈年龄大，五十多岁了。他是一个有技能的人，善于修理家电。剩下的钱中，妈妈将动用两万元，租一个门面，向他学习家电修理，与他共同开好一个家电修理部。其余的钱，为你储蓄着，留作你上高中上大学的学费。女儿，这就是我们未来的生活。妈妈本不打算在今天晚上和你说这些，但是你想得太多了，妈妈只有现在就讲……"

女儿眼圈一红，又低下了头。

母亲低声问："女儿，你为什么不说话了？"

"他……那个男人，会对你好吗，妈妈？你们不会整天吵架吧？"

女儿的声音比母亲的声音更低。

"妈妈怎么会找一个对妈妈不好、整天和妈妈吵架的男人呢？"

"他……也会对我好吗？"

"妈妈保证他也会对你好，只要你能渐渐习惯于接受他。"

"他……不酗酒吧？"

"他偶尔也喝，但是绝不酗酒……"

"他赌钱吗？我比讨厌酗酒的男人还讨厌赌钱的男人……"

"妈妈怎么会找一个赌徒呢！"

"妈妈，你可要看准人呀！"

"妈妈都是四十多岁的女人了，不是那么容易被男人的假象欺骗的。"

"那么，妈妈，这一个现实，我也接受。"

女儿抹了一下眼泪，抬起了头。她望着她的母亲，见她的母亲脸上也和自己一样正淌着泪。

母亲抹了一下眼泪，嘴角微微一动，似乎笑了一下。

女儿觉得母亲真的是笑了一下，于是自己也笑了一下。

女儿低声说："妈妈，咱们吃元宵吧，要不凉了。"

母亲说："对，吃吧，凉了就不好吃了。"

于是女儿首先拿起了筷子。

"女儿，吃出什么馅儿的了吗？"

"山楂馅儿的，酸甜。我爱吃。"

"女儿呀，咱们生活在社会底层的人，命运就像这元宵制作的过程一样。做元宵不是首先得有馅儿吗？咱们就是元宵馅儿。咱们被放在社会那只大簸箕上摇啊摇啊，渐渐地粘满江米面儿，一个个元宵就做成了。那就是咱们的命运形成了呀！咱们不能被摇散了。咱们应该经得起摇。摇散了的馅儿还怎么能滚成元宵呢？只要咱们自己不散，只要咱们本身酸甜酸甜的，咱们的命运就也会像元宵一样，有自己的滋味儿。女儿你说对不对？"

"妈妈呀，你不但说得对，而且比喻得好极了。以后我要把你的话写进作文里！"

女儿的语调乐观起来了。

"还吃吗？"

"妈妈，再给我盛一碗！"

在二〇〇〇年的正月十五，有一个人听到了这母女二人的全部对话。

那一个人是我们都不太相信存在着的上帝。

上帝被母女二人的相互理解感动了。于是上帝使那个将要介入她们命运的男人的心肠变得更好，性情也变得更好。

那么，当然地，他很爱那个女人，也很爱她的女儿……

离 乡

九月的这一个夜晚，月亮好圆啊！

村子是静极了。那些在整个夏季里能吟善唱的鸣虫们，这会儿也仿佛集体地"谢幕"了。没有了它们的声音，九月的这一个夜晚，静得似乎休克着了。

偶尔的，只有一种声音，从村子的这个或那个方向传来——是狗们在打哈欠，并用它们的语言嘟哝着几句梦话。

姗姗的，一个身影从村子的那一端向这一端走来。村子的住家很分散，村路也不规则，那人影儿一倏被宅墙隐住了，一倏转现了，像幽灵，在寻认属于它的家门。

村子的这一端有一株柳树，树干很老很粗的一株柳树。然而枝杈却是那么稀疏了，并且，树干弓似的弯曲着，看去宛若脱发而佝偻的老妪，在九月的这一个夜晚，在夜晚的这一个寂静悄悄的时分，呆立在那儿等着谁来领她回家……

身影儿走到树旁站住了。月亮从夜空上看出，身影儿是一个小女子，才十七八岁的样子，将到可以被认为是小女子的年龄。她站住了和老柳树并没什么关系。她恰恰走到那儿站住，只不过是因为她的心思恰恰在那一时刻有了反复。

造物并不只将美好的身材和容貌赐给城市里的女子。它有时也和自己使性子，随心所欲地，甚至是故意地，一甩手就将女人的两种"黄金股"丢向了贫穷的农家。过几十年再看会有怎样富有戏剧性的人生演绎在人世间……

她幸运地有了美好的身材和美好的容貌。

这一个夜晚她决定离家出走。

她站在那儿是在做最后的考虑——走，还是不走？

正如戏剧舞台上的哈姆雷特迷惘地问自己——生，还是死？

这个村子所拥有的年轻女子已经不多了，确切地说，只剩下这个叫小芹的一个了。

如果谁有兴趣统计一下，定会在中国发现这一规律——叫什么什么"qin"的女子千千万万，但城里人家的父母给出生的女儿起名时，大抵是用另一个"qin"字的，亦即钢琴的琴，当然也是提琴或其他琴的琴，尽管那些城里人家的父母也许从不操弓弄弦。

小芹站在那儿想，她还是得离乡出走。而且呢，到了城里以后，找工作时要将她的"芹"字写成"琴"字才好。一有机会，也得将她身份证上的"芹"字改成"琴"字。她想，她得从名字上首先变成一个城里女子。

从她十来岁起，村里年轻又好看的女子便开始一年一个一年几个地离乡出走了，后来连只年轻并不好看的女子也不心甘情愿地留在村里了。最后一个年轻女子离开村子也有两年多了。从那一年起，这个村子就像一个人没有了魂，起初男人们还欣慰于女人们从城市里寄回来的钱。他们高高兴兴地用女人们寄回来的钱盖砖瓦房。所以这个村子基本上实现了砖瓦化。住进了砖瓦房里的男人们，渐渐开始习惯于用女人们寄回来的钱聚赌。起初仅仅在夜晚赌，后来连白天也赌了。

于是村里的地荒芜着了。

荒芜就荒芜吧，反正辛辛苦苦一年，靠种粮食也不能从土地上把弄到手几个钱——男人们都这么想。

　　离乡的女人们起初年年回村，或在春节前；或在这个季节，回来过"重阳节"。如果是这个季节回来，那么往往会被男人们强留到第二年开春。男人们强留她们，是因为他们仍需要女人。男人们毕竟还是得放任她们返回到城市里去，是因为他们尤其需要她们继续寄钱给他们。在城市里被"洗礼"过的女人们，特别是年轻的颇为好看的她们，回村时都变得更年轻更好看了，也分明地更具有女人味儿了。这使她们的男人们内心里也很舍不得放任她们走。她们带回来的钱，能给家里添令别人家羡慕的大件东西，能给男人们买体面的衣服和好酒喝，这使男人们最终仍是明智地放任她们走……

　　后来女人们不再寄钱给男人们了——砖瓦房盖起来了，偌大屏幕的彩电看上了，女人们离乡出走的当初使命已经基本完成了；后来女人们甚至也不太回村了，渐渐地与她们的男人们断了音讯，走失的家禽似的消踪灭迹在城市里了。既然男人们又酗酒又赌博，她们还回来看她们那样的男人们干什么呢？她们中有的最后一次回村，编一套男人们能信的话，将儿女接走了；有的寄回最后一封信附带最后一笔钱，便宣布和她们的家没任何关系了……

　　于是村里的青壮年男人们也纷纷打起行李卷，离乡而去，去往东西南北各大城市，寻找曾是他们的女人的女人。找到了的，他们的女人不肯跟他们回来，他们自己也便无脸回来；找不到的，不甘心不明不白地就没了曾属于自己的女人，继续在城市里一边打工一边找……

　　连青壮男人也几乎流失光了的这一个村，不但像人没了魂，而且像人没了骨。生气不复存在于那些新的和半新的砖瓦房里，连曾经从原先的泥草房里也传出过的男女调笑声和孩子的玩耍嬉闹声都听不到了。人气也不复存在于这个荒芜了它周围土地的村子里，连人锄牛耕的情形也看不到了。失去了天伦之乐的老太婆和老爷子们不再有心情凑在一起聊家常，渐渐习惯于自囚在砖砌的院墙内，与鸡犬为伴，熬冬混夏，寂寞候死……

这一个在月夜里蹓行于村间的叫小芹的小女子，从十二岁到十八岁的六年里，先是见惯了女人们离乡，后是见惯了男人们离乡。终于，在这一个寂静的月亮好圆的夜晚，她自己也决定背井离乡了……

她没有生得好看的姐姐，因而她家住的仍是村里为数不多的泥草房之一。她的母亲已经四十多岁了，是麻脸，因而从未产生过离开她的父亲到城里去的念头，她的父亲也没指望过。她的父亲患过肺结核，人很瘦，经不起劳累。比她小三岁的妹妹患白内障。全家的生活担子，几乎全压在她母亲一人身上。她母亲也没别的能耐，起早贪黑养几头猪而已。近几年卖掉一口猪是比养肥一口猪还不容易的事了。母亲因而更加的沉默寡言了，父亲因而更经常地莫名其妙地发脾气摔东西了。父亲是全村唯一不酗酒的男人，也是全村唯一不好赌的男人。从前父亲因而受别的男人们的耻笑。他们认为她的父亲不酗酒也不好赌是由于没钱买酒喝没钱赌，这又基本上是一个事实。她的父亲对这个事实的态度是隐恨，觉得她的母亲对不起他。令她百思不得其解的是——母亲分明地也觉得特别对不起父亲……

芹开始意识到自己的身体价值和容貌价值，起初是从那些回村探家的年轻女人们的目光和话语里。其实她们中最年轻的只比她现在大一两岁。

"瞧这两条迷人的长腿！瞧这小腰儿细的！瞧这张瓜子脸儿俊俏的！"

"就是胸脯还没长好……"

"那用不着你替她惋惜呀，我看十七八后会长得高高的挺挺的……"

"那时要到城市里去，还不将城市里的男人们一片片地迷倒哇！"

"我说芹呀，快长大吧，快长大吧！长大了姐儿们一定带你到城市里去！城市可需求你这样的可爱人儿啦！"

她们嗑着瓜子，以骡马市上内行者相牲口那一种目光上上下下前后左右地打量她，端详她，仿佛她是一匹将来准能长成高头大马的小马驹。她们的目光充满了羡慕，甚至不无嫉妒的成分。她们的话语既使她飘飘然的，也使她害羞极了。六年前的她，还不大明白"需求"二字的意思。但是她们却使她明白了这样一点——将来如果她到城市里去，她对城市有一定的征服性……

明白了这一点以后，那些她从来也没去过的大城市，似乎不再是梦里才能去到的地方了。有朝一日穿着时髦的衣裙，臂上搭着美观的小包包，小包包里装着厚厚的一叠钱，高跟鞋咯噔咯噔地走在城市最繁华的街上，似乎也不再是什么异想天开之事了。

于是她每天数次地照镜子自我欣赏了。

于是她偷了母亲十几元钱，买了香皂、洗发液和润肤霜，藏在只有自己知道的地方，为了保养她的头发她的皮肤而独自使用，虽然挨了母亲一顿打骂，却一点儿都不后悔，觉得很值得。

于是她再干活儿时，想到应该戴上一双破手套了。为了更具备将来征服城市的资本，她认为她的双手也应该白白的，细皮嫩肉的了。

于是城市对于她意味着这样一种地方了——那里有属于她的一大笔钱，有属于她的好房子，甚至有属于她的名牌小汽车，以及不少整天围着她转，处处讨她欢心的有身份有地位的男人。

于是她对自己的人生不再迷惘，也不再沮丧和苦闷，更不再委屈了。好比一个实际上是百万富翁的流浪汉，知道落魄只不过是眼前之事，几年后定当结束，而一旦结束了，人生的每一个日子便都是无比幸福的好日子了……

十五六岁那一年起，父母对她的态度也与以前不同了。

先是母亲看她的目光发生了变化。母亲的目光温柔了，流露着依依不舍的眷恋，还流露着淡淡的忧郁。母亲似乎总在以那一种特殊的目光默默无言地问她：我的女儿呀，你是不是打算离开妈妈了？像别人家的女儿们一样？你一旦离开了家还稀罕回到这个破家吗？妈妈多怕你忘了这个家，多怕失去你呀……

父亲对她的态度也发生了变化。似乎的，在父亲看来，他的女儿每长一岁，决定家庭命运的能力也便随之显示，因而必得他时不时地巴结着才对了。的确，父亲跟她说话时，都有那么点儿低三下四的样子了。仿佛他已不是她的父亲，而只不过是她的一名家仆。仿佛他如果不巴结着她一点儿，她的人生一朝富贵了，并且嫌恶他，那么他的人生就将一路滑向无法自拔的泥淖没任何指望了……

十七岁那一年起，父母对她的态度又发生了变化之后的变化。

母亲开始常在她面前叹着气说："不小了，明年就十八了，心里边究竟怎么想的，也该及早有个决定了……"

她从母亲的话中听出了这样的弦外之音——我是有点儿舍不得你离家远去，可是你也不能不考虑你对家庭的义务呀！

而父亲则越发地怨天咒地了："这破泥草房，住到哪一天是个头儿？我今年秋天是不收拾它了。塌了才好。塌了一家人一块儿砸死，穷日子倒也是个了断！"

她能听出父亲的话是冲她说的。仿佛家里至今还住泥草房，完全是由于她的不争和她的不语。

分明的，父母期待着她有一天主动说："爸，妈，我得到城市里去了！"

在期待的日子里，骨血亲情不显山不露水地变质着，转化为一种没有了耐性的，难以启齿言明的，因而特别屈辱又特别迫切的要求。

十七岁的芹已经感觉到了这一点，开始怀疑父母究竟是不是她最亲的人了。她心里对父母的爱减少到了最低的程度。她心里只剩下了对父母的可怜。与可怜某些不幸而又陌生的人没什么两样了。

有一天连双眼接近于全瞎的妹妹也突然大声问她："姐你还打算在家里待到哪一天是个头哇？你就忍心看着我没钱治眼一辈子是瞎女呀？"

听妹妹那话，好像她有很多钱却又极其吝啬似的。

她被问得一愣，随即扇了妹妹一耳光。

结果妹妹大哭大闹了一场。她在妹妹的哭闹声中，跑出家门，跑到村外，坐在河边也哭了一场……

月亮真大真圆啊！

在九月的这一个夜晚，十八岁的芹决定离乡了。

父亲母亲和妹妹都在酣睡着。他们不知道明天早上将见不到她这个女儿和姐姐了。她没跟他们说，故意不跟他们说。她甚至也没留下一页纸，在纸上写几句话，连件换洗的衣服都没带。

这会儿，她离乡的决心稍微动摇了一下立刻又坚定了以后——不，事实上那非是动摇；她离乡的意念随着年龄一岁岁增长而明确为决心以后从未动摇过。也非是犹豫，而只不过是倏然间产生的一缕留恋之情。仅仅一缕而已。

她想，除了她兜里的二百多元钱，她没从家里没从村里带走任何东西，那么是不是应该留下什么呢？哪怕是留下别人对自己的某种回忆也好呀！不与父母和妹妹打声招呼，是否也应该与某一个和自己关系较为亲近的村人告别呢？自己可不是村外那条河里的水呀，淌过去就没谁牵挂地淌过去了。自己是一个人啊，自己决心一去不返了呀！那些消失在城市里的女人们，以及去寻找她们的男人们，就除了她们自囚在砖瓦房里不愿出门的老弱病残的家人，再不被任何别人牵挂了。仿佛她们只曾属于过她们的家，从未属于过这个村子似的。

而不知为什么，她却希望除了父母和妹妹外，起码被一个村人所牵挂。

这一希望对她有什么意义，她是不愿进一步多想的，但它一经萌生在她心里，她的脚步竟不能轻快地继续向前了，它也在她头脑中挥之不去了。

于是她的目光不禁地向那株老柳树的左前方望去。那儿，山坡下，有一幢孤零零的泥草房，比她一家住的泥草房还低矮，还破败，与村里那些举架很高的砖瓦房相距半里左右。那泥草房里住着三十来岁的叫"二憨"的本村男人。他是近年以来村里最年轻的男人了。他没到城市里去乃因城市里没有曾属于他的女人，确切地说他由于穷而未结过婚。他穷是由于他有一个从他十几岁起就全身瘫痪拖累着他的人生的哥哥。自从他二十岁那年父母先后去世了，他的人生就和他的哥哥系在一起无法解开了。有一年他的哥哥患了很重的胃病，一口饭都咽不下去了。许多村人都暗中替他庆幸，都私下里议论说这下可好了，他哥哥饿也活活饿死了。那么好端端的一个小伙子的拖累不就解脱了吗？然而他却用一辆手推车来回五六十里三天一次两天一次推着他的哥哥去县城里看病，并为了治好哥哥的病多次卖血。如今他哥哥的胃病治好了，看样子起码还会在他的照料之下活二三十年。故而村人们都认为他傻。哪家的女儿肯嫁给一个有兄长拖累的傻子呢？没有女人嫁给他，也就没有女人从城市里寄钱给他。因而他和他的哥哥一直住低矮破败的泥草房也就那么的自然而然。他们原先也是住在村里的，且曾与她家是近邻，后来他为了种甘蔗才住到山坡下的。住到山坡下引水灌地方便。

芹与村人们对他的看法不同。她一向认为他一点儿也不傻，恰恰相反，她认为他很善良，是个好男人。父亲每年修房子都找他帮工。在这个村子里，除了找他帮工还能找谁呢？并且，从未付过他报酬。只不过春节期间，母亲让芹请他到家里来吃顿饺子而已。近年芹是大姑娘了，他一见到芹脸就红，就低垂下他的头，抬了头目光也不知朝哪儿望才好。去年她家修房子，她从房顶上滚了下来，幸亏被他从房下张开双臂接抱住了，否则她一定会摔坏的。当时她的父母都不在眼前。他没立即将她放落于地。他双臂托着她，像托一件易碎的器皿。他俯视着她，目光竟是那么温柔，并且，他在她眉心迅速地亲了一下……

她并没生他的气。

不过她以后再见到他，自己的脸也会红起来……

芹的目光一望向山坡下那幢低矮破败的泥草房，就再也不能转移向别处了。她对自己说，就让我去与那个亲过我一下的男人作别吧！让他代表这个村子记住我吧！在这个村子里，除了我的父亲母亲，还应该有另外的人记住我。她这么对自己说时，越发地在乎起这一点来，却不能明白自己为什么特别地在乎这一点。她如此思想着，抬头望月亮，仿佛月亮是她最知心的一个密友，仿佛要征求月亮的意见。斯时月亮升高了，似乎也在俯瞰着她，并以它温柔的沉默，向她传达着一种支持……

于是她信步向那幢低矮破败的泥草房走去。那一时刻，她看去像一个夜游者。在月辉下，泥草房的轮廓特别清晰。它完全地黑暗着，如一块长方形的巨石，没有一丝光线从门窗泄出来……

从老柳树到泥草房，芹不快不慢地大约走了六七分钟。当她走到泥草房门前，一个新的决定已在她心里一意孤行地形成了。它不复再是起先那种希望。它比起先那种希望强烈得多，而且充满了大胆放纵惊世骇俗的成分。她要留下她最宝贵的东西给那个被村人们认为傻，绰号叫"二憨"的男人。不因为什么特殊的缘故，仅仅因为他是本村目前唯一年轻强壮的男人，还因为她觉得他是一个好人。确信他喜欢自己，确信他做梦都不敢妄想自己肯给予他什么。她被自己的新的决定深深感动。她的决定里包含着对他的可怜，也包含着对城市的，某种性质不确定的抵牾……

"是小芹吧？"——歪斜的木板门吱扭开了。叫"二憨"的，全村唯一没到城市里去的，也是唯一年轻强壮的男人，还没迈出门来，就已经在屋里很有把握地问着了。

她说："是我……"

声音低低的。

"有事？"

"嗯……"

"等会儿,我披件衣服……"

自然地,她并不想在外边等。她一步跨过门槛,进到屋里去了。借着从外边照进屋里的月光,看见他刚将一件上衣披在肩上。显然地,他不愿意裸着上身面对她。见她已然进到屋里已然站在跟前了,他一时有点儿不知所措,后退一步,主动与她本能地离开着。她明白,在他,是为了避免瓜田李下之嫌。

他那样,使她不禁在心里嘲笑地对他说:你这个娶不起媳妇的男人啊,你可是装什么样儿给我看呢?难道你就不想女人吗?难道你没亲过我一次吗?难道那还不能证明你喜欢我吗?

不待他开口再说什么,她问:"你怎么知道是我?"

他低了头回答:"深更半夜的,除了你家有事会来找我,村里还会有谁来敲我的门呢?你家出什么事了?"

"没出什么事儿。"

她低声答着,在他那张破床的床边儿坐下了。

分明的,她的话使他奇怪。他抬起头,见她竟坐着了,张张嘴想说什么,又不知说什么话好,一时地愣住了。在二人无言对视的片刻间,里屋传出来鼾声。"你愣在那儿干吗?把门关上呀!……"他没动。她抬起手臂指了指门。他还没动。"你聋啦?"她的语调急躁了。他这才走过去关门。"插上。"她没听到落闩声。"我叫你把门插上!"她的话近乎命令。之后她听到落闩声了。她扭头看他,借着从窗子照进屋里的月光,见他的影子呆呆地站立在门旁。她的一只小手,轻轻在床沿上拍了两下,示意他坐过去,坐在她身旁。他的影子仍呆呆地站立在门旁。她不禁叹了口气,暗想也许村人们是对的,他果然傻。如果不傻,一个从未被女人亲近过的男人,难道此时此刻还不明白自己该怎么做吗?还要她怎样他才能明白呢?她又叹了口气,以惆怅的语调说:"我要走了。"很久,才听到他低声问:"到哪里去?"在那段沉默中,她反复要求自己,不达目的,誓不罢休。"我要到城市里去了。""哪天?""今天。""今天?""对。一会儿,跨出你家门槛,就走了。""可你……什么都不带?""带了二百多元钱,三四年里我到镇上做小工积攒的……""深更半夜的,你爸妈知道?"

"不想让他们知道。你明天替我去告诉他们吧。就说我在城市里混得好,会给他们按月地寄钱。混不好,就永不回来了……"

"你不对……"

"我怎么不对?!"

她双眉一挑,嚷了一句。之后便后悔,怕惊醒里屋熟睡着的人。听鼾声依旧,才又定下心来。

"小芹,你听我说……"

"你别说,先听我说……"

"那,我就先听你说……"

于是她急急切切地说了起来,语无伦次,越说越快。她的话语所表达的心理相当芜杂,而且前后矛盾。她说她感激城市,因为城市使村里许多人家都住上了砖瓦房;她说她憎恨城市,因为城市将村里年轻的女子一个不剩地全都吸引了去,还迫使男人们也纷纷背井离乡;她说她多么多么向往城市,确信属于她的好运气正在城市里期待着她;她说她多么多么的嫌恶城市,所以并不愿用干净完整的自己去与城市进行交易……她说呀说呀,直说得口干舌燥。

"明白了?"

"不明白……"

"你装傻!"

她几乎叫喊起来了。

接着,她开始不管不顾地脱衣服。顷刻将自己脱得赤身裸体一丝不挂。随即，她往他的破床上仰躺下去……

"我才上到小学五年级，没文化，没知识，没技能。城市需要我有什么用？城市里的男人纵使对我好，还不是由于我的年龄，我的身子，我的脸！我懂这个。所以我的身子首先要给咱们本村男人！也就是首先给你这个男人！我才不让城市里的男人第一次占有我呢！所以你得成全我的想法。你要不，我会恨你。你成全了我，日后我在城市里混出了好光景，我会想着你，也寄些钱给你……"

她终于不再说话了，闭上了双眼。

斯时从窗子洒在破床上的月光，将她本就白皙的女儿身，照得像玉雕雪塑的一般。

她闭着双眼朝他伸出了一只手……

她又说："你不要我，我就不起来！"

一会儿，他的手握住了她的手。她感觉到了自己的手被男人的唇温柔地亲着，感觉到了男人的脸偎在了她胸脯上，感觉到了男人的嘴急切地吻住了她的嘴……

随后，她感觉到了男人的身子扑压在自己的身子上……

疼痛……

男人急促的喘息……

一连串被近乎粗暴地摆布的过程……

终于，男人精疲力竭地软在她身上，发出了压抑的哭声。

听着他的哭声，她的心里感到非常满足。

她的双手怜悯地抚摸着他汗淋淋的肩、颈、脊背，回味着刚刚发生过的事，困惑男人和女人们一谈起那种事便津津乐道或讳莫如深，似乎那是足以使一切男人和女人在那一时刻都变成神仙的快活无比的事……

而她除了疼痛和被近乎粗暴地摆布的过程，再就什么美妙的体验都没享受到啊！没有爱意在内心里弥漫……甚至也没有纯粹的情欲一阵阵波涛般汹涌……连官能的快感都没产生……但是，她认为她毕竟达到了目的——她"破坏"了她自己。这目的之实现，使她觉得自己暗中报复了她又向往又嫌恶的城市——替砖瓦房舍里那些没了年轻女人也没了壮实汉子的农家；替她的没了人气也没了生气的村子……将以自己被"破坏"了的身子去满足某些城市里男人们的需求，让他们当她是玉洁冰清的，那么显得愚不可及的不就是他们了吗？

这一目的之实现，也使她心理上对城市的潜伏的嫌恶烟消云散了，仿佛互相扯平了种种恩怨，仿佛以后可以在完全友好的关系中彼此建立好感了……

一个小时以后，她又走在路上了。低矮的破败的泥草房在她身后了；村子在她身后了；家在她身后了……她大步朝前走，头也不再回一次。走得义无反顾，破釜沉舟。

她衣兜里少了二十元钱。离开他的家时，悄悄压在他那散发着汗味和烟味的枕下了……她肩上多了一根甘蔗，又长又粗的一根甘蔗，扛在肩上，竟觉沉甸甸的。他从他的甘蔗田里替她砍下了那一棵甘蔗。他对她说："带着。渴了解渴，饿了充饥，遇到狗拦路打狗，走累了当手杖拄着，就是碰上坏人了，也可用来防一会儿身啊……"那是他唯一能送给她的东西，也是她唯一从村里带走的东西。她给一个本村男人留下了他必将终生难忘的回忆……她带走了一棵想必很甜很甜，也许同样使她终生难忘的甘蔗……她很熟悉的家乡离她越来越远……她向往又很陌生的某一座城市，在九月的这一个夜晚，在更其遥远的地方，冷漠地感觉着她的脚步正接近着它……月亮走，芹也走……月亮照耀着她走……她觉得自己走着走着，不再是"芹"，而已然地是"琴"了……

羊皮灯罩

此刻，羊皮灯罩拎在女人手里，女人站在灯具店门外，目光温柔地望着马路对面。过街天桥离得不远横跨马路。天桥那端的台阶旁是一家小小的理发铺。理发铺隔壁，是一间更小的板房，也没悬挂什么牌匾，只在窗上贴了四个红字"加工灯罩"。窗子被过街天桥的台阶斜挡了一半，从女人所伫立的地方，其实仅可见"加工"二字。

女人望着的正是那扇窗，目光温柔且有点儿羞赧，还有点儿犹豫不决。她已经驻足相望了一会儿了。她似乎无视马路上的不息车流，耳畔似乎也听不到都市的喧杂之声。分明，她不但在望着，内心里也在思忖着什么。

这一天是情人节。

女人另一只手拿着一枝玫瑰。

太阳在天空的位置刚刚西偏。一个难得的无风的好天气。春节使过往行人的脚步变得散漫了，样子也都那么悠闲。再过几天，就是这女人二十九岁生日了。在城市里，尤其大都市里，二十九岁的女人，倘容貌标致，倘又是大公司的职员，正充分地挥发着"白领丽人"既妩媚又成熟的魅力。

这二十九岁的来自乡下的女人，虽算不上容貌标致，但却幸运地有着一张颇经得住端详的脸庞。那脸庞上此刻也呈现着一种乡下水土所养育的先天的妩媚，也隐含着城市生活所造就的后天的成熟。只不过她这一辈子怕是永远与"白领丽人"四字无缘了。因为她在北京这座全中国生存竞争最为激烈的大都市拼打了十余年，刚刚拼打出一小片属于自己的天地——一个雇了两名闯北京的乡下打工妹的小小包子铺。在那两名打工妹心目中，她却是成功人士，是榜样。她的业绩对她们的人生起着她自己意想不到的鼓舞作用。

她今天穿的是她平时舍不得穿的一套衣服。确切地说那是一套咖啡色的西服套装。对于一个二十九岁的女人，咖啡色是一种既不至于使她们给人以轻浮印象，也不至于看去显得老气的颜色。而黑色的弹力棉长袜，使她挺拔的两条秀腿格外引人注目。她脚上穿的是一双半高跟的靴子，脸上化着淡淡的妆。总之在北京二月这一个朗日，在知名度越来越高地影响着中国人的情人节的下午，这一个左手拎着一盏羊皮灯罩，右手拿着一枝红玫瑰，目光温柔且羞赧地望着马路对面那扇窗的，开家小小包子铺雇两名乡下打工妹的二十九岁的女人，要踏上离她不远的过街天桥"解决"一件对女人来说比男人尤其重大的事情。那件事有的人叫作"爱"，有的人叫作"婚姻"。

其实她并不犹豫什么，也对结果抱着感觉特别良好的预期。她非是一个脱离现实的女人。北京对她最有益的教诲那就是——任何时候任何情况之下，都千万别变成一个脱离现实的人而自己懵懂不悟。她那一种感觉特别良好的预期，是马路对面那扇窗内的一个男人，不，一个青年的眼睛告诉给她的。尽管她比他大五岁，她却深信他们已心心相印。那是一双怎样的眼睛啊！充满自尊，也有点忧郁。对于那样一双眼睛，爱是无须用话语表达的。

灯具店的售货员要将她买了的羊皮灯罩包起时，她说不用。

"拎到马路对面去进行艺术雕刻吧？"

她点了一下头，一时的脸色绯红。

"凡是到我们这儿买这一种羊皮灯罩的，十有六七都拎到马路对面去加工。那小伙子特有艺术水平，不愧是专科艺术院校的学生。唉，可惜了，要不哪会沦落到那种……"

她怕被售货员姑娘看出自己脸红了，拎起羊皮灯罩赶紧离开。

一男一女从那小屋走出，女人所拎和她买的是一模一样的羊皮灯罩。女人将灯罩朝向太阳擎举起来，转动着，欣赏着。男人一会儿站在女人左边，一会儿站在女人右边，一会儿又站在女人背后，也从各个角度欣赏。隔着马路，她望不到人家那羊皮灯罩上究竟刻着什么图案或字。却想象得到，对着太阳的光芒欣赏，一定会给人一种比灯光更美好的效果。艺术加工过的羊皮灯罩，内面是衬了彩纱的。或红，或粉，或紫，或绿，各色俱全，任凭选择。那男人一手搂在女人肩上，当街在女人颊上吻了一下。她想，如果他们不满意，是不会当街有那么情不自禁的举动的。于是她内心替那扇窗里的青年感到欣慰，甚而感到自豪。望着那一对男女坐入出租车，她不再停忖什么，迈着轻快的步子踏上了天桥台阶……

半年前的某日她到工商局去交税，路过马路对面那扇窗。突然，玻璃从里边被砸碎了，吓了她一大跳，紧接着传出一个男人的叫嚷声："你算什么东西？你怎么敢不经我们的许可给加了一个'、'号？！你今天非得用数倍的钱赔我这灯罩不可！因为我的精神也受损失了！……"

于是很多行人停住了脚步。她也停住了脚步，但见小屋内一个衣着讲究的男人，正对一个坐在桌后的青年气势汹汹。男人身旁是一个脂粉气浓的女人，也挑眉瞪眼地煽风点火："就是，就是，赔！至少得赔五倍的钱……"

坐在桌后的青年镇定地望着他们，语调平静而又不卑不亢地说："赔是可以的。赔两个灯罩的钱也是可以的。但是赔五个灯罩的钱我委实赔不起，那我这一个月就几乎一分不挣了……"

同是外乡闯北京之人，她不禁同情起那青年来，也被那青年清秀的脸和脸上镇定的不卑不亢的神情所吸引。在北京，在她看来，许许多多男人的脸，都不同程度地存在着酒色财气浸淫和污染的痕迹，有的更因是权贵是富人而满脸傲慢和骄矜，有的则因身份卑下而连同形象也一块儿猥琐了，或因心术不正欲望邪狞而样子可恶。她的眼前大都市里的形形色色的男人形形色色的脸已极富经验，但那青年的脸是多么清秀啊！多么干净啊！是的，清秀又干净。她只有小学五年级文化。清秀和干净四字，是她头脑中所存有的对人的面容的最高评语。她认为她动用了那最高评语是恰如其分的。

人们渐渐地听明白了——那一对男女要求那青年在他们的羊皮灯罩上完完整整地刻下苏轼的一首什么似花非花的词，而那青年把其中一句用标点断错了。一位老者开口为青年讨公道。他说："没错。苏轼这一首词，是和别人词的句式作的。'恨西园、落红难缀'一句，之间自古以来就是断开的。"

那青年说："我就是这么告诉他们的。"语调仍平静得令人肃然起敬。

那男人指着老者说："你在这儿充的什么大瓣蒜，一边儿去。没你说话的份儿！"——他口中朝人们喷过来阵阵酒气。

老者说："我不是大瓣蒜。我是大学里专教古典诗词的教授。教了一辈子了。"

那女人说："我们是他的上帝！上帝跟他说话，他连站都不站起来一下！一个外地乡巴佬，凭点儿雕虫小技在北京混饭吃，还摆的什么臭架子！"

这时，理发铺里走出了理发师傅。理发师傅说："刚才我正理着发，离不开。"说着，他进入小屋，将挡住那青年双腿的桌子移开了。那青年的两条裤筒竟空荡荡的……

理发师傅又说："他能站得起来吗？他每天坐这儿，是靠几位老乡轮流背来背去的！他怕没法上厕所，整天都不敢喝口水！……"在众人谴责目光的咄咄盯视之下，那一对男女无地自容，拎上灯罩悻悻而去。有人问："给钱了吗？"青年摇头。有人说："不该这么便宜了他们！"青年笑笑，说跟一个喝醉了的人，有什么可认真的呢？……她从此忘不掉青年那一张清秀而又干净的脸了。后来她就自己给自己制造借口，经常从那扇窗前过往。每次都会不经意似的朝屋里望上一眼……再后来，每天中午，都会有一名打工妹，替她给他送一小笼包子。她亲手包的，亲手摆屉蒸的……再再后来，她亲自送了。并且，在他的小屋里待的时间越发地长了……终于，他们以姐弟亲昵相称了……二十九岁的这一个女人，因为迟迟地还没做妻子，已经有点儿缺乏回家乡的勇气了。二十九岁的这一个女人，虽然迟迟地还没做妻子，却有过十几次性的经历了。某种情况之下是自己根本不情愿的；某种情况之下是半推半就的。前种情况之下是为了生意得以继续；后种情况是由于心灵的深度寂寞……

现在，她决定做妻子了。她不在乎他残疾，深信他也不会在乎她比他大五岁。她此刻柔情似水。踏下天桥，站在那小屋门外时，却见里边坐的已不是那青年，而是别的一个青年。

人家告诉她，他"已经不在了"。他在大学三年级时不幸患了骨癌，截去了双腿。他来到北京，就是希望减轻家里的经济负担，靠自己的能力医治自己的病，可癌症还是扩散了……

人家给了她一盏羊皮灯罩，说是他留给她的，说他"走"前，撑持着为她也刻下了那首什么似花非花的词……

二十九岁的这一个外省的乡下女人，顿时泪如泉涌……

不久，她将她的包子铺移交给两名打工妹经营，只身回到乡下去了；很快她就结婚了，嫁给了一个四十多岁的二茬光棍。在她的家乡那一农村，二十九岁快三十岁的女人，谈婚论嫁的资本是大打折扣的。一年后她生了一个男孩儿，遂又渐渐变成了农妇。刻了什么似花非花词的羊皮灯罩，从她结婚那一天起，一直挂着，却一直未亮过。那村里的人都舍不得钱交电费，电业所把电线绕过村引开去了……

那羊皮灯罩已落满灰尘。

又变成了农妇的这一个女人，与村里所有农妇不同的是，每每低吟一首什么似花非花的词。只吟那一首，也只知道世上有那么一首词。吟时，又多半是在奶着孩子。每吟首尾，即"似花还似非花，也无人惜从教坠"和"细看来，不是杨花，点点是离人泪"二句，必泪潸潸下，滴在自己乳上，滴在孩子小脸上……

某种错误

三十六岁的女人，是妻子已经十一年了。婚后第二年生了个女儿。但丈夫希望她生的却是儿子。于是这女人仿佛有了罪。在丈夫面前逆来顺受，几乎由妻子的身份降低为婢女了。

女儿还未满周岁，丈夫进城打工去了。她所在的村并非一个穷村。人们只要勤劳，每家的小日子都能丰衣足食地过着。

丈夫是因为嫌弃她和他们的女儿才离乡的。

这一点女人心里十分清楚。

女儿一岁半那一年的春节，丈夫回家过一次；女儿四岁那一年，丈夫第二次探家；女儿七岁那一年，丈夫在家里住的日子最短，才十几天。

至今丈夫再没回过家。

起初还寄信回家，还寄钱回家；后来信写得短了，钱数少了；再后来只能收到钱，收不到信了……

终于，连钱也收不到了。

这样的事，在人世间是不少的呀。农村有，城市也有；中国有，外国也有。

所以朋友讲给我听时，我并不特别往心里去。

女人和朋友沾点儿亲，他对她的生活现状挺关注。

他接着讲到的事，竟使我也成了关心那女人的一个人：

她是一个省吃俭用的女人。一分也不乱花丈夫寄给她的钱。不仅小有积蓄，还盖了两架塑料棚，种时令菜蔬，每年收入也可以。她雇了一名外省的帮工，曾做过他三年半的女东家。

丈夫第三次探家以后她雇的那帮工，他是一个流浪的打工者。有时也从城市流浪到农村，替别的农民种粮种菜。她是在县里的"劳力市场"上见到他的。询问了他一番，觉得他怪憨厚老实的。她又是个有心的女人，向劳力资格登记处的人方方面面地详细了解他。人家对她说只管放心地雇他。说他已经由这个"劳力市场"中介，被雇过数次了。没有雇主对他不满意的。

登记表上，写着那小伙子二十七岁，未婚。

"这话问的，穷地方的人啊！就是为了挣点儿钱娶媳妇才离开家乡的嘛！"

于是她将他带回村里，带回了自己家，腾空院子里的仓房让他住。

小伙子是个尽职的人，责任心很强。将她家的两架大棚当成自己家的一样精心侍弄。她每年靠那两架大棚所获的收入自然更值得欣慰了。她也和气地对待他，不当他是外人。

当年春节前，小伙子要回家乡去了。她大方地多给了他二百元工钱，还买了些东西送给他。

他临走问她："东家，今年还雇我不？"

她说："当然雇呀。不过你可以和老父母多团圆些日子。只要你五月底前能回来，我保证不雇别人。"

他走后，她想——这种关系，雇工哪肯讲什么信用的？不可信他一过完春节就回来的话啊。他那么问我，无非因为我多给了他二百元工钱和些东西，他表示满意罢了。

她决定一开春就到"劳力市场"去再雇个人。

不料他初八就回到了她家里。

她问他为什么回来得这么急呀。

他说有点儿信不过她的保证，怕她雇下别人。

他说得老实。她听得笑了。

那一年菜蔬过剩，很不好卖。卖不是小伙子分内的事。她雇他时双方面讲明确的，他只负责大棚里的菜蔬生长得好坏。但小伙子连他分外的事也主动承担起来了。幸亏有他尽心尽力，那一年她的大棚没亏损……

她更不当他是外人了。遇什么拿不定主意的事便愿与他商议，听听他的看法。他也简直将她的家当成自己的家了，眼里总是有活儿。从早到晚干这干那，使她看着过意不去……

她每每问他为什么不知道累呀。

他憨厚地笑笑说，从小就喜欢干活儿。

连她的女儿，也觉得他是除了妈妈外第二可亲的人了。

当年十一月份，她一想到往年过春节母女二人的寂寞，不免地忧上心头，怨挂眉梢。

有一天她终于忍不住，试探地问他留下来陪她母女过春节行不行。

他犹豫片刻，坦率地说，那得允许他先回家乡一次，将老父老母送到至亲家去。他说否则他会觉得愧对父母，怕父母在春节喜庆的日子里倍感冷落。

她从他的话里听出，他是一个有孝心的儿子，也认为他的要求合情合理，提前与他结了工钱，放他走了。

春节是一天天地近着了。

过去一天，她就不免这么想——一个有孝心的儿子，怎么会已经回到了家乡，却不与老父老母团团圆圆地过春节，反而千里迢迢地赶回别省异地陪东家母女过春节呢？

东家就是东家，雇工就是雇工，双方之间是有利益得失互相算计的呀。关系处得再好那不过也是表面的现象呀。

然而他二十八那一天竟回到了她家，还带回了些他家乡的土特产。

多了一个男人，那一年春节，她的家里多了往年春节缺少的、除非男人才能带给一户人家的生气。

那一年春节女儿过得很开心。

她自己脸上也每浮现着少有的愉快微笑了。

她不是一个感觉粗糙的女人。渐渐地，从小伙子在她面前常常无缘无故地脸红这一点，她看出他是爱上她这位女东家了。

而她自己呢，夜里扪心自问，也不得不承认，她也是多么的喜欢上他了啊！

但一想到她名分上是有丈夫的女人；一想到她大他三四岁；一想到两年来他一直是她的雇工，他们之间的关系一直清清白白；一想到他们之间如果有什么不该发生的事发生，即使无人知晓，自己在他面前还能维护住女东家的庄重形象吗？而倘若被外人觉察，口舌四播，自己还能在村里抬得起头来吗？

于是她又故意在他面前处处不苟言笑，严肃得十分可以了……

而那小伙子，他的身份是雇工，他对女东家的感情——不，让我们照直了说就是对女东家的爱吧，是没资格主动流露的呀。对于一名雇工，那将是多么不明智的事啊！她对他好，那是抬举他；而她某天上午说辞退他，他是不可以滞留到下午的啊！正因为他爱上她了，他希望自己别被辞退。正因为他怕被辞退，他比刚到她家时话更少了，更循规蹈矩了。

他像一只蚌，将对女主人的爱，严严密密地夹在心壳里。

在她那方面，亦如此。

她是妇道观念特别强的女人。

他是特别本分的小伙子。在乎自己的品行端否，像传统的少女在乎贞操的存失。

爱这件事，在这样的两个人之间，注定了是不自然的，极为尴尬的。

它明明发生着了，却又被两个人处心积虑地、竭力地掩盖着。尽管他们的心灵与肉体都是那么的渴望彼此亲近，彼此占有。哪怕是偷偷摸摸地，以类似通奸的方式……

爱对于那一个男人和那一个女人，成了自己折磨自己也相互折磨之事。

然而他们的关系一直清清白白的。

他们从来也没想过那一种清清白白对他们各自的意义究竟何在？

因为，相对于人性，相对于爱，甚至，仅仅相对于本能的情欲和性的渴望，一对暗暗爱着的男女之间那一种清清白白的意义，是根本不可深思的。一旦深思，便极可疑。一旦质疑，便会如窗上的霜花遭到了蒸蒸热气的喷射，化作微不足道的水滴，并显现它的晶莹所包含的尘粒……

又一年过去了。

身为东家的女人，首先经受不住那一种爱的非凡的折磨了。

那对一个有丈夫而又等于常年守寡的三十余岁的女人，可以想象是一种怎样的煎熬啊！倘若没有一个自己喜欢的男人还则罢了。明明有的呀，明明就同她生活在一个院子里，想要看见一抬头就能近在咫尺地看见的呀！又明明清楚他是爱她的呀！……

人有时和自己人性作对的那一种莫名其妙的坚决，大约是连上帝也会大感不解和吃惊不已的吧？

有一天她对他推心置腹地说："我非常感激你对我这东家的忠诚呀。我想我再也雇不到比你更好更值得信赖的雇工了。现在呢，我请求你一件事，我希望你到城市里去把我的丈夫找回来。你会明白这件事对我有多么重要。我除了求你，还能求谁呢？……"

她说完，给了他一处她丈夫早年的通讯地址和两千元钱。而他却只说了一个字："行。"说得毫不犹豫。

在那女人，将丈夫找回来，确乎是她多年以来的夙愿。

但她偏偏请求于他，还有另外的原因——她想打发他走。打发他走了，她觉得自己被爱所折磨的心就会渐渐平静了。倘他竟能替她将丈夫寻找回来不是很好吗？她自信她已经懂得如何拴住她的丈夫，不使他离自己而去了。倘这个目的没达到，她对她的雇工的信赖，不也是打发他走的最温良的方式吗？这个主意是她想了几个夜晚才想出来的。她不愿伤害他。她觉得她替自己替他都考虑得够全面的了……

至于那小伙子当时作何想法，我们就不得而知了。

总之他第二天一早就离开了她的家……

半年内她没有他的任何音讯。他仿佛泥牛入海，无影无踪于城市里了……

女人的心确乎地渐渐平静了。然而这绝不等于她能够彻底地忘掉他。事实上她不能，事实上她经常想他。尤其在夜里，在女人的心最容易因孤独而苦闷的那种时候，她想他想得厉害，想得不知拿自己怎么办才好……

那种时候她就对自己说她应该嫌恶他，理由是他辜负了她对他的信赖。她进而认为，他是为了占那两千元的便宜才杳无音讯的。

我多傻呀，我怎么可以信赖一名外省的雇工呢？难道女东家是可以信赖雇工的吗？那么还有哪种人是绝不能信赖的呢？

所幸自己和他的关系是清清白白的。

这么一想，她就又觉得，损失两千元而从此确保了清白，是极其值得的了。

然而半年后的某一天，他竟回到了她的家里，并带回了她的丈夫。

那年轻人头发很长，脸上长出了胡子，衣衫不整，还蒙尘吸土的。

他避开她的丈夫，抱歉地对她说，按照她给他的地址没找到她的丈夫。他不死心，钱花光了，一边打工一边继续找，找了几个省才终于找到她的丈夫。她的丈夫不肯跟他回来，他打了她丈夫两次，把他打怕了，他才不得不跟回来的……

她听了，一时竟不知对他说什么好。

他当天晚上就又离开了她的家。没告别，没留言，悄悄走的。

然而他替她找回来的是什么样的丈夫啊！丈夫起先在城市里学会了修理摩托，之后又学会了简单的汽车检修，挣了点钱；与人合伙开了个车辆修理铺。生意渐佳，钱包鼓了，就吃喝嫖赌起来。于是又把钱挥霍光了，把生意也断送了。乞讨过，骗过，抢过，被劳教过，却恶习难改。他本是没脸回家乡面对村人面对妻子女儿的。既然回来了，就收了劣心安居乐业吧？可他已经变成另类人了，不可救药，某夜偷了家中所有现钞，又溜了……

几天后，那做妻的女人将女儿安排在一所学校里寄读，也离开村子到城市里去了。

她的目的极为明确——寻找男人。

不过，不是寻找是她丈夫的那个男人。

寻找一个四处漂泊的打工者不是一件容易之事。

她却发誓一定要找到。

她找到了。

两年后。

在他的家乡。

他已是丈夫了，而且刚刚做了父亲。

她撒谎说不是去找他的，而是出远门路过他的家乡，一时心血来潮，想见他一面。

他知道她撒谎。因为他父母告诉过他，在他漂泊在外的日子，曾是他女东家的那个女人来找过他……

但他当时已将后来是他妻子的姑娘带回了家乡……

他留她住几天。

她自然不会住下的，连杯茶水也没喝完就走了……

寻找他的两年里她变老了三四岁。

回到村里后又变老了三四岁，而且变得性情乖张，难以相处了……

"才三十六岁，看去像四十六岁似的。而且变成个手不离烟的女人了！还经常喝酒，每喝必醉……"

朋友这么结束了叙述。

而我，连续几天里，每每思索不止。

最终，我悟到了这么一点——每个人的一生，难免会犯许多种错误。而有些错误，无论对于自己的人生还是他人的人生，往往是无法纠正的。此类错误似乎具有明显的宿命的特征。因而常被索性用"注定"两个字加以解释。其实不然，正是此类似乎无法纠正的错误，最多地包含着理性的误区。

理性强的人并不都是"好人"。

俗言的"好人"，却通常都是自设理性樊篱较多的人。

"好人"大抵奉行维名立品的人生原则。

但是，当"好人"的理性和"好人"的人性相冲突时，"好人"们又是多么可能犯难以纠正的错误啊！

有裂纹的花瓶

这是一只很普通的花瓶,深蓝色的,卷口、细颈,上宽下窄,最传统的样式,一件过时货,没有任何图案,除了通体的蓝色,也没有另外的釉彩点缀。

如今,已很难见到如此普通的花瓶了。正如已很难见到"解放"牌胶鞋;很难见到一件平纹或斜纹布的衣服;很难见到一只粗瓷大碗。

时代淘汰某些事物,真仿佛秋风从树枝上掠下落叶。

但这一只普通得不能再普通的花瓶,却有幸多次成为恭贺新婚之喜的礼品。

最先收到它的是一对儿六十年代末的新婚夫妻。

它当年的标价才两元几角钱。

送它的人觉得将它作为贺婚之物未免"礼薄",外加了五元钱。五元钱在当年是不少的"份子钱"。所以,它实际上等于是五元钱的陪送物。

这使花瓶怪失落的。它当然挺不情愿作为五元钱的陪送物。

幸而那一对儿新婚夫妻喜欢它。在六十年代末的中国,即使是城市人家,十之八九也并无花瓶。他们是一对儿年轻的知识分子。他们的新房特别简陋,除了一张旧双人床,连桌子也没有,两只旧木箱并列摆在一处,就算是桌子了。他们在上面蒙了一块塑料布,将花瓶摆在当中。花瓶旁是别人送的一只小闹钟。小闹钟也和花瓶一样,被新婚夫妻视为足以美观家居的"工艺品"。女主人找出一小块红布，叠了又叠，罩在小闹钟上。那是五月的日子，院子里有株老丁香树，正盛开着一簇簇淡蓝色的花。男主人剪下了几簇，插在花瓶里。简陋的新房，于是充满了让人迷醉的芬芳。

至夜，花瓶和小闹钟望着那一对儿新婚夫妻之间的无限恩爱，百般柔情，都深深地被感动了。

花瓶说："是人真好。"

小闹钟忽闪着钟盘上的一双"猫眼"说："是啊！"

花瓶又说："爱情真好。"

小闹钟心有同感地说："如果我的弦上得不是这么满，我宁愿我的指针移动得慢些，再慢些，好让这一对儿爱人度过一个很长很长的新婚之夜。"

斯时，丈夫捧着妻子的脸，吻着她说："我爱你！"

妻子也说："我爱你！"

说这话时，她的眼睛好亮好亮。

花瓶就悄悄地对闹钟说："听到了吗？我敢肯定，他们都在说诗句呀！"

闹钟喃喃回答："如果这么美好的话语还不是诗，世界上就没有诗了。"

正是从那一刻起，普通得不能再普通的这一只花瓶，具有了与人性相通的灵性。

后来，就是"文革"了。那对儿夫妻去干校之前，又将它作为礼品，送给了另一对儿新婚夫妻。他们也觉得怪拿不出手的，也觉得应该外加几元钱。妻子说："那就再加五元吧。"

丈夫说："不妥。好像把人家曾送我们的，又过手转送了似的。加十元吧。多加五元，性质就不同了。"

于是，那花瓶又当了一回十元钱的陪送物。

在以往的年代，花瓶其实是一般人家的多余物。大多数城市人家，即使有花瓶，也无鲜花可插。在乎家居情调的人们，年节前只能买到纸花插。但纸花太招灰，招了灰的纸花又且不能洗，往往年节一过，蒙上了灰的纸花被扔掉，花瓶便只不过是一件摆设了。

花瓶这样的多余之物，正适合做礼品转送来转送去，尤其是在逢年过节的时候。以往中国人的收入普遍低得可怜，所以对此绝对"理解万岁"。只不过那花瓶每被转送一次，必有钱钞随贺罢了。钱多于五元时，花瓶就觉得委屈。因为那样一来，它似乎就更不被看重了。它不愿是陪送物。钱少于五元时，送的人自然局促窘迫，但花瓶却特高兴，因为它觉得这是以自己为主了。

于是花瓶转移了一家又一家……

从自己是花瓶的那一天开始，它便有着一种愿望，且变得越来越强烈，那就是——它渴望拥有属于它这只花瓶的一束鲜花。哪怕一枝也好啊！

这乃是花瓶的本能的愿望。

于是，这一只花瓶它害上了一种病。我们人将那病叫作单相思。丁香花的芬芳，一直弥漫在它的回忆之中，它十分懊悔自己曾拥有那几束丁香花时，竟不太懂得爱情。它暗暗发誓，倘自己又拥有了一束花，不，哪怕一枝花，它对花将比人对人爱得还痴情。它要每天对它的爱人说一百遍那样的诗句——"我爱你！"

八十年代以后，中国人的生活水平普遍提高了。它这一只花瓶，不可能再有幸被当作贺婚礼品转送了。那会大遭白眼的。

结果它在最后一位主人家里成了多余之物。

尽管它内心里铭记了那么多人间爱情的悲喜剧……

某天，女主人拿起它说："越看越难看，还得擦，扔了得啦！"

男主人说："别扔啊！好歹曾是当初人家送的礼品。你要实在觉得难看，搁窗台上吧！"

于是花瓶连被摆在屋里的资格也没有了。

它从此被弃置于阳台的一个角落……

男主人清理阳台时，将它碰倒了。结果，它就出现了一道裂纹，不太长，所以不太显眼，不仔细看是发现不了的。裂纹在瓶腰处，自然容易漏水。

"唉，这下可彻底没用了！"

男主人拿起它，心想干脆把它摔碎算了。正要动手，又改变了主意。人恋旧物那一种情结，在他心里起了作用。他推开阳台窗户，将它放在阳台护栏内了。

这户人家有了一只新的花瓶，造型美观的一只水晶花瓶。男主人和女主人结婚整二十年了，朋友们送给他们这一纪念品。

到处都可以买到鲜花了。女主人喜欢花。水晶瓶里没断过鲜花。

那只有裂纹的花瓶，从阳台护栏内，是可以看到屋里那只水晶花瓶的。

它羡慕极了。

它忧伤极了。

花瓶对鲜花的渴望正是它对爱的渴望呀！

它也能从阳台护栏内，望见对面一栋楼的所有窗子。一户户的人家窗后有花瓶。九十年代的花瓶，造型皆那么新颖美观。所有那些它能望见的花瓶，都插着令人赏心悦目的鲜花。

它想拥有一束花，不，它仅仅想拥有一枝花的愿望，于是更加强烈了。

那乃是被羡慕和忧伤折磨着不泯的一种愿望。

……

又有一天，女主人新买来一束花。她将插在瓶里开败了的那束玫瑰花取出，看到了带蕾的花枝，仅有一枝，太细弱了，花蕾也太小，把它重新插到花瓶里，怕是根本开不了的，她想。

在阳台处，她一眼瞥见了那只有裂纹的花瓶："喏，赏赐给你吧，废物！"

她随手将那枝她认为根本开不了的花插入了花瓶。

有裂纹的花瓶激动得浑身一阵颤抖。

"哦，上帝，上帝，仁慈的上帝啊！我也终于有一枝属于我自己的花了！现在我可以用尽心思来爱这一小枝花了！虽然我很丑，虽然我被视为废物，但我将用我全部的爱，向我的爱人来证明我会爱得多么温柔、多么永久……"

可是，它哭了。因为它意识到，自己毕竟是一只没有水的花瓶啊！

水！

它曾见惯了人们对水的浪费。

但是，它却没有一滴水。

非但没有一滴水，而且被阳光晒得通体发烫。它听到已属于自己的那一小枝花，被它灼伤时发出一阵呻吟。

哪怕把要从水晶瓶里倒掉的水，给我一点点也好啊！

但它眼睁睁地看着女主人双手捧着水晶瓶换水去了……

一会儿，水晶瓶又被摆在了原处。插在水晶瓶里的一束白玫瑰，吸足水分，显得那么水灵！仿佛每一片叶子和花瓣都往外渗着一层水珠似的。

但是它一滴水也没有。它和它的"小爱人"，只有绝望地相伴哭泣。

两三个小时后，它的"小爱人"蔫萎了……

夜里，在它的"小爱人"昏睡了以后，有裂纹的这一只被弃的花瓶，虔诚地向上帝祈祷："仁慈的上帝啊，你何以赏赐我爱，却不赏赐我营养爱的水分？你何以赏赐我这样一位楚楚可人的小爱人，却反而使我成为伤害她的罪人？如果你真是仁慈的，那么请你降一场大雨吧！……"

乌云汇聚……

闪电……

雷鸣……

好一场大雨！

那一小枝花被雨淋"醒"了。

有裂纹的花瓶，在雨中盛接了满满一瓶水！

花说："谢谢你的祈祷。"

有裂纹的花瓶说："现在，我不知自己有没有爱你的资格，但我可以说出那句神圣的诗了——我的小爱人啊，我爱你！"

花就羞得低下了头。

花多情地在瓶口边，也就是在它的唇上吻了许久……

然而，毕竟是有裂纹的。天亮时，花瓶中的水只剩一半了，它万分忧虑。

花安慰道："我的爱人啊，你高兴起来吧！我有办法弥住你的裂痕呢！"

于是花就尽量地从它的枝中分泌出一种汁液，那汁液渗入了花瓶的裂纹里；花瓶跟着尽量绷紧它的身体，以使花的汁液更容易粘住自己的裂纹。

花那样对自己是非常不利的。因为它分泌出液体的同时，也在损失着养分；瓶那样对自己是非常危险的。因为如果掌握不好力度，它则太容易因用力过大裂为两半。

但是它们为了它们的爱，为了爱对方，都宁愿付出，宁愿冒任何危险。

裂纹被粘住了。

半瓶水不再外渗了。

花渐渐恢复了生机，叶子开始变得滋润了，花蕾也一日日变大了。

花瓶陶醉在它的幸福之中。它每天都对它的"小爱人"说无数遍"我爱你"！每天都给它的"小爱人"讲自己的经历。在花听来，它的经历那么曲折，那么富有传奇性。当它讲到伤感处，花就用吻安慰它的心情。有时，花瓶会自暴自弃，花就挺自豪地对它说："我亲爱的爱人啊，不要贬低自己吧！你应该明白你是多么值得我爱呀！因为你的历史使你有另外一种精神另外一种气质啊！这一点并不是什么高级的材料和成本所能带给一只花瓶的呀！"

终于有一天，花蕾完全开放啦！

红艳艳的一朵玫瑰，开放得那么娇美！那么妖娆！

花瓶幸福得终日对它的"小爱人"说缠绵而甜蜜的情话，唱热烈而浪漫的情歌。说也说不完，唱也唱不够。花，一直那么娇美那么妖娆地开了六天。

在那六天里，瓶所感到的无限幸福，一天比一天浓，一天比一天深。用人的话说，瓶简直"幸福死了"！

第七天早上，男主人望着阳台外诧异地说："咦，怎么那破花瓶里有枝花在开着？"

女主人一边对镜梳妆一边回答："是前几天扔进去的。既然开了，就取出来插水晶瓶里吧。搁在那破瓶里谁能看到呢？"

于是男主人走到了阳台上。

"永别了，我的小爱人！"有裂纹的花瓶顿时哽咽起来。

眼望着男主人，花低头吻着瓶的唇，镇定地说："不，我亲爱的爱人，我只属于你这只有裂纹的花瓶，因为没有你，我不会开放。"

"我的小爱人啊，别管我了，到水晶瓶那里去吧！那一束白玫瑰会把你衬托得更娇美！"

"如果那样，我将再也吻不到你了，将再也听不到你对我说的情话为我唱的情歌了……"

男主人探臂将有裂纹的花瓶拿在手里，他奇怪它有裂纹怎么还能存住水？

"我们的爱情多么美好啊！亲爱的，我感激你啊！"花泣不成声。

花瓶轻轻点头，早已悲伤得说不出话来……

当男主人的手刚将花从瓶中抽出时，那有裂纹的花瓶猝然四分五裂，碎片溅落，水也洒了一地……

几乎同时，人手中娇美的玫瑰花，刹那间凋零了，变成了秃枝。

红艳艳的花瓣，每一瓣都落在花瓶的那些碎片上。

它们以这样的方式，完成了自己生命的最后一次拥抱，依偎，亲吻。

"爱你！……"

"爱你！……"

——真正的爱情，乃是义无反顾的、身怀感激的，因而具有誓言和诗性的意义。

——出于感激而言爱情是不真实的；为了爱和被爱而彼此感激，爱情之"情"就更浓更深了。

此情可贵……